ÜBER DEN AUTOR

Marcus Hünnebeck gehört zu den erfolgreichsten Thriller-Autoren Deutschlands. Seine Bücher erreichen regelmäßig die vordersten Positionen in den Bestsellerlisten und begeisterten inzwischen weit über zwei Millionen Leser. Besonders mit der Reihe um die beiden Hauptkommissare Robert Drosten und Lukas Sommer hat er sich in der Gunst der Leser nach vorne geschrieben. Nachdem er im Ruhrgebiet aufgewachsen und danach viele Jahre im Rheinland gelebt hat, wohnt er inzwischen in Hamburg.

ÜBER DAS BUCH

Ein Blick in das Notizbuch seines Schülers lässt den Atem des Lehrers Tom Stobbe stocken. Er fotografiert heimlich ein paar Seiten, bevor er das Buch zurück an seinen alten Platz legt. Handelt es sich dabei nur um die grauenvolle Fantasie eines Schülers, der von einer weiblichen Geisel träumt, oder um Schlimmeres? Stobbe fährt zu dem Vater des Jungen und wird danach nicht mehr wiedergesehen.

Personenfahnder Till Buchinger begibt sich auf die Suche nach dem Lehrer. Unterdessen bemerkt eine seit Jahren gefangen gehaltene Frau Nervosität bei dem Mann, der sich auf perfide Weise um sie kümmert – ausgelöst durch Tills Recherchen. Diese Ermittlungen werden zu ihrer größten Chance. Und gleichzeitig zum tödlichen Risiko für alle Beteiligten.

Der Kümmerer: Thriller

1. Auflage, Mai 2022

Covergestaltung: © cover.artwize.de

Lektorat: Ruggero Leò
Korrektorat: Kirsten Wendt

Herausgeber:
Marcus Hünnebeck
Heimweg 6, 20148 Hamburg

ISBN der Taschenbuchausgabe: 9798824698602

Alle in diesem Roman geschilderten Handlungen und Personen sind frei erfunden. Ähnlichkeiten mit lebenden oder verstorbenen Personen sind zufällig und nicht beabsichtigt.

1

Sechs Jahre zuvor

Was für eine dumme Idee!, dachte Wolfgang Ruhr. *Warum haben wir den Wanderurlaub nicht einfach storniert?*

Ihre anscheinend unvermeidliche Trennung würde so teuer werden, da wäre es auf die knapp zweitausend Euro auch nicht mehr angekommen. Ein paar Tage vor Weihnachten hatte seine Frau vorgeschlagen, ihrer Ehe während des Urlaubs noch eine Chance zu geben. Seit ihrem Aufbruch aus Deutschland in die Schweiz hatten sie einander keinerlei Vorwürfe gemacht wie sonst und auch kein Streitthema angeschnitten. Sie wollten herausfinden, wie sich das anfühlte. Ob sie miteinander klarkämen und eine neue Basis fürs Zusammenleben fänden.

Unter ihren Füßen knirschte der Schnee. Abseits der Wanderwege lag die weiße Pracht meterhoch und türmte sich stellenweise zu richtigen Wänden auf. Rita und Alexander gingen vor ihm her. Ob der Junge etwas von den

Problemen seiner Eltern ahnte? Vermutlich nicht, denn er trug die Differenzen mit seiner Frau zu Hause leise aus. Meistens nachts im Schlafzimmer, wenn Alexander schlief.

Für wen würde er sich entscheiden, sobald sie ihn über die Trennung informierten? Würde er zu seiner Mutter ziehen? Die beiden hatten ein angespanntes Verhältnis. Spätestens, seit sie ihn wiederholt beim Pornokonsum am PC erwischt hatte, kriselte es zwischen Mutter und Sohn. Sie hatte ihm nur zu deutlich klargemacht, was sie davon hielt. Meine Güte! Alexander war in der Pubertät, und das Internet steckte voller Verlockungen. Rita hatte so getan, als sei Alexander pervers. Nur weil sie mit pornografischen Filmen nicht klarkam. Wolfgang hatte viel mehr Verständnis dafür aufgebracht. Auch mit den Videospielen ihres Sohnes hatte Rita ihre Probleme. Aber es war für Jungs in Alexanders Alter normal, Ballerspiele zu zocken. Wieso sah sie das nicht ein?

Falls es ihm finanziell gelänge, das Haus zu halten, würde Alexander ziemlich sicher bei ihm bleiben. Vor allem, wenn er ihm ein paar Freiheiten verspräche. Ob Rita um ihren Sohn kämpfen würde? Wolfgang befürchtete es. Sie wollte sich vermutlich nicht die Blöße geben und vor ihren Freundinnen oder Arbeitskolleginnen als Mutter gelten, die keinen engen Draht zu ihrem Sohn hatte.

Ein Leben ohne Alexander konnte Wolfgang sich nur schlecht vorstellen. Wie würde sich das anfühlen, den Jungen bloß wochenends oder noch seltener zu sehen? Die Verbindung zu ihm zu verlieren? Er wollte sich das lieber nicht ausmalen. Genauso schlimm wäre es, das Haus aufgeben zu müssen. Er hatte es damals entdeckt und Rita mühsam davon überzeugt, dem Kauf zuzustimmen. So viel Arbeit steckte nach all den Jahren darin. In der Umgestaltung des Kellers und dem Ausbau des Dachgeschosses. Durch seine Hände war aus dem engen Einfamilienhaus ein

Heim geworden, in dem sie alle mehr als genug Platz hatten. Das könnte er nicht einfach einem Fremden überlassen, der die Veränderungen nicht wertschätzen würde.

Um auf andere Gedanken zu kommen, konzentrierte sich Wolfgang auf die herrliche Umgebung des Berner Oberlandes. Heute war ihr fünfter Tag in den Schweizer Bergen. Sie wanderten rund zweitausendfünfhundert Meter über dem Meeresgrund, den Blick auf den Oeschinensee gerichtet. Die Außentemperatur betrug bei wolkenlosem Himmel etwa minus fünf Grad. Durch die Sonne und den Schnee war es stellenweise gleißend hell.

Wieso konnte er sich nicht an der Schönheit der Natur erfreuen und seine Gedanken einfach abschalten? Das gelang ihm sonst bei Wandertouren auch immer.

Lohnte es sich, weiter um die Ehe zu kämpfen? Oder wäre es besser, einen Schlussstrich zu ziehen? Vor ihm lagen vermutlich noch zahlreiche Lebensjahre. Sollte man die an einen Partner verschwenden, den man nicht mehr hundertprozentig liebte? Oder war das nur ein vorübergehendes Tief, das beinahe jedes Ehepaar überstehen musste?

Die Sonne wärmte trotz der eisigen Temperaturen sein Gesicht. Ohne konkreten Anlass erinnerte er sich an ein lange zurückliegendes Familienfest. Ritas Mutter hatte ihren fünfundsiebzigsten Geburtstag gefeiert, in ihrem Garten. Alexander war knapp zwei Jahre alt gewesen und barfuß durchs Gras gelaufen. Wolfgang lächelte, als er sich die Blicke ins Gedächtnis rief, die sich Rita und er damals zugeworfen hatten. Stolz und verliebt. Weitere Erinnerungen folgten Schlag auf Schlag. Pustete ihm die frische Bergluft all die schlechten Gefühle weg? Mit einem Mal muteten die Eheprobleme klein an. Vertrieb die gleißende Helligkeit jeden dunklen Gedanken? Die Gegend, in der sie wanderten, stand vielleicht sogar sinnbildlich für das, was er in diesem Moment empfand. Sie hatten soeben eine Brücke betreten. Hatte auch er innerlich eine Brücke gefunden, die ihn von ihren Problemen fortführte?

»Pass schön auf, wo du hintrittst«, sagte er zu seinem Sohn. »Das ist nicht ungefährlich hier. Wir sind auf einer Strecke für fortgeschrittene Wanderer.«

»Bin kein Baby«, antwortete Alexander. »Ist auch nicht schwieriger als letztes Jahr.«

Wolfgang überholte ihn. Am Ende des Übergangs erreichte er Rita.

»Hey«, sagte er.

Sie trat von der Brücke. Die nächste lag nicht weit entfernt. Rechts von ihnen ging es steil bergab.

»Ich kann nicht mehr«, flüsterte sie.

Ihre Worte trafen ihn wie ein Schlag in den Magen.

»Ich will dich nicht anlügen«, fuhr sie fort. »Da gibt es diesen Arbeitskollegen. Gregor. Ich muss die ganze Zeit an ihn denken. Noch ist zwischen uns nichts passiert. Er ist auch verheiratet. Aber ...« Sie sah ihn an und zuckte mit den Achseln. »Es tut mir leid. Ich hätte dir das vor dem Urlaub sagen sollen.«

»Du betrügst mich?«, fragte Wolfgang fassungslos.

»Nein! Hör mir wenigstens zu. Da war nichts zwischen Gregor und mir. Wir schreiben uns nicht einmal privat übers Handy oder so, weil wir erst alles klären wollen. Einen fairen Schnitt mit unseren alten Partnern.«

Alte Partner? Sah sie nur noch das in ihm? »Soll ich dafür dankbar sein?«

»Ich will fair bleiben. Aber ich kann meine Gefühle nicht länger unterdrücken. Es tut mir leid. Mit dir hier unterwegs zu sein, fühlt sich nicht mehr richtig an.«

Unbändige Wut überkam ihn. Ausgerechnet jetzt gestand sie ihm die Wahrheit?

Er machte einen Schritt zurück. Sie sah ihn mit einer Mischung aus Mitleid und Verachtung an.

»Keine Szene«, flüsterte sie. »Nicht vor dem Jungen. Das müssen wir uns schwören.«

War das ihre einzige Sorge? Er konnte das nicht glauben. Sie zerstörte gerade ihre gemeinsame Vergangenheit und ihre mögliche Zukunft.

Er ging einen Schritt auf sie zu und stieß ihr mit beiden Händen vor die Brust. Sie taumelte nach hinten und verlor das Gleichgewicht. Rita schrie gellend.

Dann verschwand sie in der Tiefe.

»Rita!«, brüllte er und versuchte, sie mit einem Handgriff zu retten. Doch er reagierte zu langsam. »Schatz!«

»Papa, was hast du getan? Mama!« Alexander trat neben ihn. »Bist du verrückt? Mama!«

Wolfgang hielt seinen Sohn an der Schulter fest. »Pass auf, wo du hintrittst. Mama ist im Schnee ausgerutscht.«

»Ausgerutscht? Du hast sie gestoßen.«

»Nein!«

»Ich hab's gesehen. Du hast sie umgebracht.«

Er drehte seinen Sohn zu sich. »Sie ist ausgerutscht und hat das Gleichgewicht verloren. Das haben wir beide gesehen. Wenn du etwas anderes behauptest, komme ich ins Gefängnis. Verstehst du, was das bedeuten würde?«

Alexander schüttelte den Kopf.

»Dein Leben wäre vorbei. Du müsstest ins Heim. Deine Großeltern sind tot, deine Tante lebt irgendwo in Skandinavien. Es gibt keine Verwandten, die dich aufnehmen würden. Kapierst du das? Das war ein schrecklicher Unfall. Mama ist ausgerutscht. Verstehst du das?«

Tränen traten Alexander in die Augen. »Du hast sie gestoßen«, schluchzte er.

»Hilf mir, und du bekommst Narrenfreiheit«, flüsterte Wolfgang. Er drückte seinen Sohn an sich, doch der wollte ihn wegstoßen. »Narrenfreiheit!«, wiederholte er. »Pornos, Ballerspiele. So viel Taschengeld, wie du willst. Alles, was du dir wünschst. Wenn du mir hilfst. Oder du musst ins Heim. Im Knast würde ich verrecken.«

Der körperliche Widerstand seines Sohnes ließ nach. Wolfgang drückte ihn fest an sich.

»Ich mach das wieder gut. Hilf mir. Bitte! Ich will nicht ins Gefängnis. Das überleb ich nicht. Es tut mir leid. Mama ist ausgerutscht, und ich konnte sie nicht retten. Ich war zu weit weg.«

Das Nicken seines Sohnes schenkte ihm ein bisschen Zuversicht, nicht in einem Schweizer Gefängnis zu versauern. Er löste sich von Alexander. »Hilfe!«, brüllte er. »Hört mich jemand? Hilfe! Meine Frau ist abgestürzt.«

2

4. April

Nur noch wenige Wochen.

Tom Stobbe lächelte einigen Schülern auf dem Gang zu, ohne sie richtig wahrzunehmen. Er war durch die Ereignisse der letzten Tage urlaubsreif. Die Sommerferien begannen zwar erst Anfang Juli, aber sobald seine Abiturklasse die Prüfungen absolviert hätte, würde eine schwere Last von ihm abfallen. Der Mai und Juni könnten vergleichsweise ruhig verlaufen. Die langen Ferien wären der richtige Zeitpunkt, um grundsätzliche Entscheidungen zu treffen. Vor allem darüber, ob es mit ihm und Johanna weitergehen würde, oder ob es besser wäre, die gemeinsame Wohnung zu kündigen. Vielleicht könnte er sogar die Zeit nach den Abifeiern nutzen, um alles anzuschieben. In Hamburg mit einem Lehrergehalt eine passende Wohnung zu finden, wäre kein leichtes Unterfangen.

Kurz stellte er sich vor, wie Johanna reagieren würde.

Sie liebte ihr Wohnumfeld und würde es mit Klauen und Zähnen verteidigen. Letztlich wäre das ihre Entscheidung. Seinetwegen könnte sie den Mietvertrag allein übernehmen – auch wenn das finanziell ziemlich knapp werden würde.

Tom näherte sich dem Klassenraum, in dem er den Deutsch-Leistungskurs abhalten würde. Die Tür stand offen. Noch hatte es nicht zum Unterricht geklingelt. Er betrat den Raum und ließ den Blick über die Schüler schweifen. Die meisten von ihnen waren in Gespräche vertieft. Als sie ihn bemerkten, lächelten einige ihm zu oder stellten zumindest ihre Unterhaltung ein. In der letzten Reihe saß Alexander allein und hatte Kopfhörer aufgesetzt. Er starrte aus dem Fenster.

Woran denkst du bloß immer?, fragte sich Tom. *Ich geb dir die Höchstpunktzahl in der Abiprüfung, wenn du mir deine Gedanken verrätst.*

Allerdings bekäme Alexander höchstwahrscheinlich auch ohne diese Hilfe die volle Punktzahl.

»Guten Morgen«, begrüßte Tom seine Schüler.

Er suchte Alexanders Blick und tippte sich auf die Ohrmuscheln. Ohne eine Miene zu verziehen, nahm der Klassenälteste den Kopfhörer ab.

»Vielen Dank für deine Aufmerksamkeit«, sagte Tom.

»Für Sie jederzeit«, erwiderte Alexander. Er zeigte keinerlei Emotionen.

Einige der Schüler lächelten amüsiert. Alexander war nicht nur wegen seines Alters ein Außenseiter. Er hatte vor wenigen Wochen seinen zwanzigsten Geburtstag gefeiert, während die meisten seiner Mitschüler gerade einmal volljährig waren. Darüber hinaus war er in allen Fächern der Beste. Er wollte Psychologie studieren und könnte sich vermutlich die Unis aussuchen dank der zu erwartenden Abiturnote. Kein Schüler mobbte ihn, Freundschaften pflegte er trotzdem keine. Die Klassenkameraden hatten

Respekt vor Alexander, der nicht bloß älter war als sie, sondern vor allem muskulöser.

»Hattet ihr ein schönes Wochenende?«, fragte Tom.

Die meisten nickten. Alexander starrte einfach nur nach vorn.

»Und bestimmt habt ihr voller Freude das siebte Kapitel aus *Transit* gelesen, das ich euch aufgetragen habe, oder? Holt eure Bücher raus, bevor ihr mich anlügt. Ihr lest jetzt alle Kapitel acht, und wir reden gleich über die beiden Abschnitte.«

Tun wir nicht, dachte Tom. *Aber das dürft ihr noch nicht wissen. Sonst sind die Direktorin und ihr Stellvertreter sauer auf mich.*

Die Schüler schlugen die entsprechenden Stellen auf und arbeiteten konzentriert. Unauffällig musterte Tom seine Schützlinge. Sie würden ihm fehlen. Trotzdem war es immer ein gutes Gefühl, sie ins wahre Leben schicken zu können. Denn damit hatte die Schulzeit fast nichts zu tun.

Leider werden noch so einige schlimme Erfahrungen auf euch warten.

Sein Blick blieb automatisch an Alexander hängen. Der Junge hatte mit vierzehn Jahren seine Mutter verloren, was ihn anderthalb Schuljahre gekostet hatte. Deswegen machte er erst mit Anfang zwanzig Abitur. Ob er auf die Reifeprüfung verzichten würde, wenn er dafür seine Mutter zurückbekäme? Oder verschwendete ein intelligenter Mensch wie Alexander an so etwas keine Gedanken?

Tom richtete den Blick nach unten. Auf dem Boden stand die Schultertasche des jungen Mannes. Sie war nicht geschlossen. Tom erkannte das braune Ledernotizbuch, das Alexander immer dabeihatte. Manchmal blätterte er darin, wenn er sich unbeobachtet glaubte.

Ob er Tagebuch schrieb?

Tom hatte ihn einige Wochen zuvor auf das Notizbuch angesprochen. Sein Schüler hatte sehr ungewöhnlich reagiert. Er war errötet, hatte gestammelt und schließlich behauptet, an Songtexten zu arbeiten. Als Tom sich interessiert gezeigt und ihm angeboten hatte, sie sich einmal anzusehen, hatte Alexander das vehement abgelehnt und das Gespräch rasch beendet. In den Tagen danach hatte er das Buch nicht mehr in die Schule mitgebracht. Mittlerweile steckte es jedoch wieder regelmäßig in der Schultertasche.

Tom hätte zu gerne gewusst, ob der Abiturient die Wahrheit gesagt hatte. Zwanzig Jahre zuvor hatte Tom selbst in einer Band gespielt. Er würde einen guten Songtext erkennen. Allerdings zweifelte er an Alexanders Behauptung. Der Schüler hatte Musik abgewählt und spielte kein Instrument. Wieso sollte ausgerechnet er Songtexte schreiben? Das klang nicht schlüssig.

Verstohlen schaute Tom auf seine Armbanduhr. Gleich war es so weit. Der Alarm würde in wenigen Augenblicken ertönen. Ihm schoss eine Idee durch den Kopf. Er war ein neugieriger Mensch und hasste es, seine Neugier nicht befriedigen zu können.

Was stand in dem Buch?

Innerlich amüsierte er sich über seine Gedanken. Wahrscheinlich war das bloß seine Art, die eigenen Probleme zu verdrängen. Er dachte lieber über das Leben der Schüler nach, statt über den Streit mit Johanna und die Konsequenzen. Wenn er nur wüsste, wieso das Buch so wichtig für Alexander war.

Der Feueralarm ertönte. Einige Schüler wirkten erschrocken, andere verzogen mürrisch den Mund.

»Ist das ein verspäteter Aprilscherz?«, fragte Karl.

»Ganz sicher nicht. So, ihr Lieben«, sagte Tom. »Ich erwarte von Abiturienten ein astreines Verhalten. Ihr lasst eure Sachen zurück und versammelt euch am Treffpunkt auf dem Schulhof. Julia, du trägst die Verantwortung.«

»Wieso ich?«, fragte die Schülerin verwundert.

»Wir Lehrer der Abschlussklassen haben untereinander vereinbart, euch die Aufgabe zu übertragen. Los jetzt! Wenn es wirklich brennen würde, hättet ihr ein Problem. Denn dann würde das hier deutlich zu lange dauern.«

»Ihr habt gehört, was Herr Stobbe gesagt hat«, erhob Julia ihre Stimme. »Wir verlassen geordnet den Klassenraum. Auf geht's.«

Tom nickte ihr wohlwollend zu. »Gut gemacht.«

»Was ist mit Ihnen?«

»Ich lasse euch vorgehen und komme später zum Treffpunkt.« Er klatschte in die Hände. »Beeilt euch!«

Die Schüler verließen nacheinander den Raum. Draußen auf dem Flur herrschte lautstarkes Durcheinander. Niemand nahm seine persönlichen Gegenstände mit. Auch Alexander nicht, der als Letzter auf den Flur trat.

Tom schaute ihm hinterher. Er zählte langsam bis drei, dann sprang er auf und ging zu Alexanders Platz. Er bückte sich, zog das Notizbuch aus der Tasche und schlug es irgendwo in der Mitte auf.

»Was ist das?«, fragte er leise.

Sein Misstrauen war gerechtfertigt. Um Songtexte handelte es sich definitiv nicht. Eher um die Mitschrift einer seltsamen Therapiesitzung zwischen einer schwer traumatisierten Frau und ihrem Therapeuten. Hatte das etwas mit seinen Plänen fürs Studium zu tun?

Tom zog sein Handy aus der Hosentasche. Er konnte seine Schüler nicht ewig warten lassen. Außerdem würde der stellvertretende Direktor als Brandschutzbeauftragter alle Räume abgehen. Er entsperrte das Display und öffnete die Kamera. Dann fotografierte er vier Doppelseiten. Sobald sich ein ruhiger Moment ergäbe, würde er die Texte studieren. Doch dafür war jetzt keine Zeit. Er schob das Telefon zurück in die Hosentasche und packte das Buch zurück in die Tasche.

Kaum hatte er sich erhoben, hörte er eine wohlvertraute Stimme.

»Tom, was machst du denn hier?«, fragte der stellvertretende Direktor. »Warum bist du nicht bei deinen Schülern?«

»Ich habe der Kurssprecherin Julia die Verantwortung übertragen«, sagte Tom.

»Wieso?«

»Sie sind fast alle volljährig. Da sollten sie in der Lage sein, sich geordnet auf dem Schulhof einzufinden.«

»Und was ist mit deiner Vorbildfunktion? Du darfst während eines Probealarms nicht im Klassenzimmer bleiben.«

»Hatte ich gar nicht vor. Ich war auf dem Weg nach draußen.«

»Den Eindruck hatte ich gerade eben nicht«, erwiderte der stellvertretende Direktor.

»So kannst sogar du dich täuschen. Gehen wir?« Ohne eine Antwort abzuwarten, verließ Tom den Klassenraum.

3

Was macht dir mehr Angst? Nicht zu wissen, wann es passiert? Oder keine Ahnung zu haben, was passiert?

(Sie schaut mich verzweifelt an.) Am schlimmsten finde ich, mit dir darüber zu sprechen. Warum machst du das? Du könntest mir helfen. Stattdessen quälst du mich.

(Nur mühsam unterdrücke ich ein Lächeln.) Gespräche sind also schlimmer als der Schmerz, wenn er sich nimmt, wonach ihm der Sinn steht? Soll ich dir das wirklich glauben? Ich habe dir noch nie etwas mit Gewalt in deine Körperöffnungen eingeführt.

(Sie antwortet nicht, sondern starrt mich bloß an. Doch darin bin ich besser. Ich starre zurück, bis sie den Blick senkt.)

Geh! Du dringst in meinen Verstand ein. Das ist genauso schlimm!

Das entscheidest nicht du. Ich will dir helfen. Unsere Gespräche können dir helfen, das alles zu verarbeiten. Ich bin gut darin und …

»Tom!«, ertönte eine Stimme.

Schuldbewusst zuckte er zusammen und sperrte schnell sein Display.

»Hey, Carlo«, begrüßte er den Kollegen, der sich im Lehrerzimmer zu ihm gesellte.

»Wobei habe ich dich erwischt?«, fragte der zehn Jahre

ältere Studienrat amüsiert. »Guckst du dir in der Pause heimlich Pornos an?«

»Erwischt?« Tom lachte künstlich. »Wie kommst du denn darauf?«

»Jetzt verhältst du dich wie einer meiner Schüler.« Carlo schaute ihn verwundert an. Er setzte sich auf den Stuhl neben ihm. »Alles in Ordnung?«, fragte er leise.

Tom war versucht, den Kollegen ins Vertrauen zu ziehen. Doch er hatte sich bislang bloß zwei der vier Doppelseiten angesehen und konnte noch nicht sagen, was die Notizen zu bedeuten hatten. Dachte sich Alexander das alles aus? War das wie ein Roman? Oder hatte es einen ganz anderen Sinn? Und das war nicht der einzige Grund, warum Tom lieber nicht darüber sprechen wollte. Sein Verhalten im Klassenzimmer war nicht korrekt gewesen. Als Lehrer stand es ihm nicht zu, an die Tasche eines Schülers zu gehen. Dafür könnte er gewaltigen Ärger bekommen. Bis hin zu disziplinarischen Maßnahmen. Also war es besser, diesen Punkt vorläufig nicht zu erwähnen.

»Mit dir und Johanna alles in Ordnung? Haben sich eure Hochzeitspläne konkretisiert?«

Tom atmete tief durch. Carlos Spekulationen halfen ihm, den wahren Grund seiner Besorgnis zu verbergen. Das Kollegium hatte zur offiziellen Verlobung im letzten Jahr ein Geschenk besorgt. Seitdem fragten vor allem Kolleginnen immer wieder nach, wann es denn endlich so weit wäre. Offensichtlich spekulierten sie auf eine große Hochzeitsfeier. Normalerweise wich Tom der Antwort aus und sprach vom kommenden Jahr. Wie lange wollte er die Lüge noch aufrechterhalten?

»Dein Gesichtsausdruck gefällt mir genauso wenig wie dein Schweigen. So kenne ich dich gar nicht«, stellte Carlo fest.

»Wir haben Ärger zu Hause«, bekannte Tom. »Ich

überlege, die Verlobung aufzulösen. Aber das wäre ein weitreichender Schritt.«

»Shit.« Carlo beugte sich vor. »Weswegen?«

»Wenn ich das mal wüsste. Das sind alles Kleinigkeiten, die zwischen Johanna und mir nicht mehr passen. In jeder Lebenslage. Sie hält mir Vorträge, ich würde zu viel Bier trinken. Sie will mir die abendliche Portion Chips verbieten. Wir streiten uns über die Aufteilung der Hausarbeit. Solche Dinge.«

»Und im Bett?«

Tom lachte.

»So schlimm?« Carlo grinste.

»Wie lange ist das letzte Mal her? Irgendwann im Winter. Also mindestens zwei Monate. Als es draußen so geschneit hat.«

»Na super. Und ihr seid noch nicht mal verheiratet. Sei vorsichtig, Tom. Sobald sie den Ring am Finger trägt, lässt sie dich endgültig austrocknen. Es sei denn, sie will schwanger werden.«

»Das ist der nächste Punkt. *Ich* will Kinder. Du kennst mich ja. Am liebsten einen Jungen und ein Mädchen. Aber Johanna hält das in der heutigen Zeit für unverantwortlich. Man könne dem Planeten nicht noch mehr Kinder zumuten. Als könnte sie in die Zukunft sehen.«

»Und was hast du gerade eben an deinem Handy so aufmerksam studiert? Du warst ja total abwesend. Hast du schon was Neues am Start?«

Tom schüttelte den Kopf. »Nein.«

Leider ließ Carlo nicht locker. »Sondern?«

»Wohnungsanzeigen«, log Tom spontan.

»Also schon so konkret. Mist! Tut mir leid für dich. Willst du in Rotherbaum bleiben?«

»Keine Ahnung. Die Preise sind der Wahnsinn, wenn ich das mit unserer Miete vergleiche.«

»Wie lange wohnt ihr da? Sechs Jahre?«

»Sieben«.

»Seitdem hat sich die Erde weitergedreht. Ich kann dir Winterhude oder Eppendorf empfehlen. Da lässt es sich auch leben.« Carlo schlug ihm jovial auf die Schulter. »Du hast einen großen Vorteil. Wir Lehrer sind gern gesehene Mieter. Beamte auf Lebenszeit. Was Besseres kann einem Vermieter nicht passieren. Soll ich mich für dich umhören? Ganz im Vertrauen.«

»Lieber noch nicht. Ich muss erst ...«

»Alles klar. Johanna weiß noch nicht Bescheid. Ahnt sie denn wenigstens was, oder fällt sie aus allen Wolken, wenn du die Verlobung auflöst?«

Gute Frage, dachte Tom. Er zuckte die Achseln.

»Lass dir eins von einem alten Mann sagen. Das Leben ist zu kurz, um schlechte Beziehungen zu führen. Dass seit der Verlobung so viel Zeit vergangen ist, kam mir schon immer komisch vor. Man verlobt sich und feiert spätestens im nächsten Jahr Hochzeit.«

Das Klingeln kündigte das Ende der großen Pause an. Carlo seufzte. »Jetzt muss ich in die 8 b. Eine meiner Lieblingsklassen. Die haben so viel mathematischen Sachverstand wie ein Goldfisch im ...« Er winkte ab, tippte sich an die Stirn und stand auf. »Lass den Kopf nicht hängen. Beim nächsten Mal wird alles besser.«

Tom schaute ihm nach. Am liebsten hätte er auch noch die nächsten beiden Fotos vom Notizbuch studiert. Aber das musste warten. Er packte seine Sachen zusammen und griff zu den Klassenarbeitsheften, die er den Schülern der siebten Klasse heute zurückgeben würde. Ihre Begeisterung darüber würde sich in Grenzen halten.

4

Tom saß in seinem Wagen und starrte auf das weitgehend im Dunkeln liegende Einfamilienhaus. Lediglich hinter zwei Fenstern brannte Licht. Er schaute auf die Fahrzeuguhr. Halb sechs. Normalerweise könnte er jetzt mit Johanna zu Abend essen. Stattdessen hatte er ihr nicht einmal von seinem Vorhaben erzählt, und sie hatte sich bisher noch nicht erkundigt, wo er blieb. Offenbar hallte auch in ihr der Streit vom Wochenende nach. Früher hätte sie ihm längst eine Nachricht geschickt. Vielleicht gefiel es ihr sogar, allein in der Wohnung zu sein.

Tom entsperrte das Display und rief das vierte Foto auf. Noch immer machte ihn der Inhalt fassungslos. Er überflog die Notizen seines besten Schülers, auf dessen Leistung er bislang stolz gewesen war.

Er hat mich gerade anal vergewaltigt. Ich blute. Und du willst wissen, wie es mir geht?

Wie geht es dir?

Du bist ein Monster!

Ich will dir helfen!

Dann ruf die Polizei! Bitte! Ich ertrage es nicht länger. Ruf die Polizei!

Unmöglich.

Warum?

(Ich seufze. Diese Diskussion führen wir nicht zum ersten Mal. Wieso ist sie heute wieder so störrisch?) Du weißt, wieso das nicht geht. Ich schaufle mir nicht mein eigenes Grab.

Ich blute!

Es tut mir leid, wenn er zu grob war. Er schien mir vorhin ziemlich schlecht gelaunt. Bestimmt ist irgendwas bei der Arbeit passiert.

Warum bringt er mich nicht einfach um? Dann hätte ich es hinter mir.

(Weil ich ihre Tränen und diese Diskussion nicht länger ertrage, stehe ich auf und verlasse wortlos ihr Zuhause. Vielleicht ist sie morgen zugänglicher.)

Tom sperrte das Display. Er hatte den schockierenden Text bereits mehrfach gelesen. Was war das? Hatte das etwas mit Alexanders Wunsch zu tun, Psychologie zu studieren? Aber wieso stellte er sich so eine krasse Ausgangslage vor? Offenbar ging es um eine Frau, die gegen ihren Willen festgehalten und regelmäßig vergewaltigt wurde. Zu allem Überfluss musste sie nach den schrecklichen Taten über ihren Seelenzustand Auskunft geben.

Tom seufzte.

Wie kam Alexander bloß auf solche Gedanken? Verarbeitete er damit seinen Verlust, den er als 14-Jähriger erlitten hatte?

Alle Lehrer des Gymnasiums kannten die Geschichte. Im Winterurlaub war Alexander mit seinen Eltern in der Schweiz gewesen. Das war eine ihrer jährlichen Traditionen. Bei einer Wanderung im Kanton Bern war seine Mutter vor den Augen ihrer Familie tödlich verunglückt. Sie war im Berner Oberland mehrere hundert Meter über eine Felswand in die Tiefe gestürzt. Nach diesem Schock war

Alexander in den Folgemonaten nicht in der Lage gewesen, zur Schule zu kommen. Deswegen hatte er das Schuljahr wiederholt, und auch im Folgejahr war er oft krank und seine Leistung schlecht gewesen. In der Schulkonferenz für die Sommerzeugnisse hatte das Kollegium darüber beraten, ob er noch eine Chance bekommen sollte. Eine knappe Mehrheit hatte sich dafür entschieden, nicht zuletzt wegen der guten Noten, die er zuvor erhalten hatte. Und nach den Sommerferien war das Wunder geschehen. Alexander erschien wieder jeden Tag zur Schule und knüpfte an seine herausragenden Leistungen an, die vor dem tödlichen Wanderunfall für ihn normal gewesen waren.

Aber was machte das mit einem Jugendlichen, der mitangesehen hatte, wie seine Mutter in den Tod gestürzt war? Verarbeitete er mit den fiktiven Gesprächen zwischen ihm und dem Vergewaltigungsopfer sein Trauma auf erschreckende Weise?

Tom fuhr sich übers Gesicht. Er kannte Alexanders Vater von früher, doch seit sein Sohn das achtzehnte Lebensjahr erreicht hatte, war er nicht mehr bei den Elternsprechtagen aufgetaucht. Hatte er eine neue Partnerin gefunden? Akzeptierte Alexander sie eventuell nicht und stellte sich vor, sie sei eine Gefangene, der schreckliche Dinge zustießen?

Er schaute noch einmal zu dem Haus. War es möglich, dass dort tatsächlich jemand gefangen gehalten wurde? Eine Sexsklavin als Ersatz für die Mutter?

»Deine Fantasie geht mit dir durch«, flüsterte Tom. »Schwachsinn! So etwas gibt es im echten Leben nicht.«

Wie würde der Vater auf die Enthüllung reagieren? Sein Sohn stand kurz vor den Abiturprüfungen. Trotzdem duldete die Angelegenheit in Toms Augen keinen Aufschub. Alexander würde das Abitur mit Bestnoten schaffen, egal, was bei dem Gespräch heute herauskommen würde.

Er gab sich einen Ruck, schob das Telefon in die Hosentasche und stieg aus. Langsam ging er auf den Hauseingang zu. Tom trat unters Vordach und klingelte. Es dauerte einige Sekunden, bis sich die massive Haustür öffnete. Alexanders Vater starrte ihn aus dem dunklen Flur heraus an.

»Ja, bitte?«, fragte er mit leiser Stimme.

»Herr Ruhr? Ich hoffe, Sie erinnern sich an mich. Tom Stobbe. Ich unterrichte Ihren Sohn Alexander in Deutsch und ...«

»Oh ja.« Ruhr tastete nach dem Lichtschalter. Als die Deckenlampe aufleuchtete, blinzelte er und unterdrückte nur mühsam ein Gähnen. »Ich bin auf der Couch eingeschlafen, obwohl ich mich bloß kurz ausruhen wollte. Mein Arbeitstag war ziemlich stressig. Entschuldigen Sie. Wie kann ich Ihnen helfen? Wenn Sie Alex sprechen wollen, kommen Sie zu früh. Er ist noch beim ...«

»... Sport. Ich weiß. Wie jeden Montagabend. Er hat mal erwähnt, dass er dreimal wöchentlich ins Fitnessstudio geht. Was man ihm zweifelsohne ansieht. Ihr Sohn ist gut in Form.«

Ruhr nickte, verzog aber keine Miene. Die körperliche Verfassung seines Sohnes schien ihm egal zu sein. »Also wollen Sie mit mir sprechen«, folgerte er.

»Wenn es möglich wäre.«

»Worum geht's?«

»Könnten wir das eventuell drinnen besprechen?«

Ruhr zögerte. »Na klar. Wo sind meine Manieren? Gehen wir in die Küche. Ich könnte einen Kaffee gebrauchen. Kommen Sie!«

Ruhr ging voran. Tom zögerte kurz. Sein Bauchgefühl warnte ihn. War es ein Fehler hierherzukommen? Schließlich gab er sich einen Ruck. Er betrat das Haus und schloss die Tür.

»Was führt Sie zu mir? Hat Alex etwas angestellt?«

Auf dem Weg in die Küche kamen sie am Wohnzimmer vorbei. Tom warf nur einen kurzen Blick hinein. Es wirkte nicht aufgeräumt.

»Ich bin mir nicht sicher«, gestand er.

»Was heißt das? Setzen Sie sich.«

Auch die Küche hätte eine Grundreinigung gebrauchen können. Auf dem Boden bemerkte Tom Brötchenkrümel, in der Spüle stand dreckiges Geschirr.

»Wollen Sie einen Kaffee?«

»Gerne.«

Ruhr holte aus einem Hängeschrank zwei Tassen, die er neben einen Kaffeeautomaten stellte. Er schaltete ihn ein, das Gerät spülte und war kurz darauf einsatzbereit. Ruhr drückte eine Taste, und das Mahlwerk startete geräuschvoll.

»Was hat mein Sohn angestellt? Sie kommen ja bestimmt nicht hierher, um über seine Noten zu sprechen. Zumal er ja überall Einsen kassiert.«

»Das stimmt. Seine Schulleistungen sind vorbildlich.«

Das Mahlwerk stoppte, und Sekunden später floss Kaffee in die Tassen.

»Aber?«, fragte Ruhr.

»Kennen Sie sein braunes Notizbuch?«

Der Vater runzelte die Stirn und schüttelte den Kopf. »Wovon sprechen Sie?«

»Alexander hat in seinen Schulsachen immer ein braunes Notizbuch. Manchmal liest er vor dem Unterricht gedankenverloren darin.«

»Ja und?«

»Kennen Sie es oder nicht?«

»Noch nie gesehen.«

Die Aussage irritierte Tom. Wenn Alexander das Buch überallhin mitschleppte, wieso behauptete der Vater dann, darüber nicht Bescheid zu wissen?

»Was ist mit dem Buch? Hat er geschummelt? Lösungen reingeschrieben?«

»Nein. Das nicht.«

»Sondern?«

Ruhr wich seinem Blick aus. Toms schlechtes Bauchgefühl verstärkte sich. War es ein Fehler gewesen, ohne Rückendeckung herzukommen?

Alexanders Vater wandte sich von ihm ab und stellte die beiden Kaffeetassen auf den Tisch. Er nippte an seiner eigenen. »Das tut gut. Kennen Sie das Gefühl, wenn Sie aus dem Schlaf gerissen werden und dann erst einmal völlig neben der Spur sind?« Er lächelte. »Jetzt noch mal von vorn. Alex hat ein braunes Notizbuch, in dem offensichtlich etwas steht, was Sie beunruhigt. Verstehe ich das richtig?«

Tom nippte ebenfalls an dem Kaffee. »Genau.« Inzwischen wirkte der Vater nicht mehr bedrohlich. Offenbar weckte das Koffein seine Lebensgeister.

»Um was geht es dabei?«

»Ich kann's schlecht beschreiben. Vielleicht ist das ein Rollenspiel. Oder so eine Art schockierende, literarische Erzählung. Ich kann das nicht einschätzen.«

Ruhr lachte. »Und ich verstehe kein Wort. Reden Sie Klartext! Was hat mein Sohn verbrochen?«

»Ich habe ein paar Seiten aus dem Buch fotografiert. Könnten Sie sich das ansehen?«, bat Tom.

»Zeigen Sie her.«

Tom zog das Telefon aus der Hosentasche und entsperrte das Display. Er rief das erste der vier Fotos auf und schob Ruhr das Gerät über den Tisch zu.

5

Die Fahrstuhltür glitt auf, und Till öffnete die Glastür.

Miriam lachte laut. »Passen wir da beide überhaupt rein?«, fragte sie amüsiert. »Oder hast du zu breite Schultern?«

»Das werden wir gleich sehen.« Till ließ Miriam den Vortritt, eher er sich selbst in die schmale Kabine zwängte und den Knopf für die vierte Etage drückte. »Ob das der kleinste Aufzug der Welt ist?«, fragte er. »Oft werde ich ihn nicht benutzen. Hier kriegt man ja fast Platzangst.«

Die Tür glitt zu, und der Fahrstuhl setzte sich langsam in Bewegung.

»Wenn wir vom Einkaufen wiederkommen, sind wir bestimmt froh, nicht alles hochschleppen zu müssen.«

Nach etwa dreißig Sekunden kamen sie in der obersten Etage an. Till stieß die Tür auf. Er erblickte die lächelnde Maklerin, die sie bereits erwartete.

»Ein richtiges Erlebnis, diese Aufzugfahrt, oder?«, fragte sie.

Miriam trat zuerst hinaus und schüttelte der Frau die Hand. »Oh ja. Zunehmen darf man hier nicht.«

»Für sportliche Menschen wie Sie wohl kein Problem«, sagte die Maklerin, die nun auch Till die Hand gab. »Willkommen in Ihrem neuen Zuhause. Leider stehen noch ein paar Möbel der Vormieter in einigen Räumen. Aber ich denke, diesmal können Sie sich einen besseren Überblick verschaffen als bei der ersten Besichtigung.«

»Und selbst da haben wir uns sofort wohlgefühlt«, erwiderte Miriam.

Till lächelte ihr zu. Für einen Moment hielt er inne. Sie würden zwar erst in knapp einem Monat einziehen, aber zweifelsohne begann jetzt ein neuer Lebensabschnitt. Er nahm Miriams Hand, und gemeinsam betraten sie die Wohnung. Sechs Wochen zuvor hatten sie dieses Schmuckstück im Stadtteil Rotherbaum entdeckt. Eine vierköpfige Familie hatte in der Maisonette gewohnt, sich aber für ein Leben im Grünen entschieden. Der Mietpreis war mit zwei vollen Einkommen für Miriam und Till gut zu stemmen und die Lage ideal. In Zukunft könnte er um die Alster laufen, um zu seinem Büro zu kommen. Konnte es einen schöneren Arbeitsweg geben?

»Wo wollen wir beginnen?«, fragte die Maklerin.

»Gern in der oberen Etage«, antwortete Miriam. »Mein Partner und ich sind uns noch nicht einig, wie wir den Raum nutzen wollen.«

»Der Vormieter hatte sich dort ein Büro eingerichtet.«

»Ich erinnere mich«, sagte Till. »Aber ich habe Publikumsverkehr und werde deshalb mein altes Büro nicht aufgeben. Miriam arbeitet nur selten von zu Hause. Insofern fällt uns hoffentlich etwas Besseres ein.«

»Dann folgen Sie mir. Der Raum ist übrigens schon leer geräumt. Vielleicht haben Sie ja eine Idee, wenn Sie ihn in voller Pracht bewundern. Der Ausblick auf die Elphi ist bei diesem Wetter ein Traum.«

Till drückte Miriams Hand etwas fester, bevor er sie

losließ. Er lächelte glücklich. Hoffentlich verging die Zeit bis zu ihrem Einzug am ersten Mai wie im Flug. Er konnte es kaum erwarten, sich auf dieses Abenteuer einzulassen.

Eine knappe Stunde später verließen sie die Wohnung. Sie überließen der Maklerin den Fahrstuhl und stiegen langsam die Treppe hinunter.

»Was für eine schöne Wohnung«, sagte Miriam. »Und wir brauchen nicht viele Möbelstücke, um es uns richtig gemütlich einzurichten. Das meiste können wir mitnehmen. Zum Glück ergänzt sich unser Geschmack.«

»Und für den Rest haben wir ja noch vier Wochen Zeit. Kannst du wirklich damit leben, dass wir uns in der oberen Etage ein gemeinsames Büro einrichten?«

»Auf jeden Fall. In den eigenen vier Wänden meine Gedanken zu sortieren, ohne dass mir Bastian über die Schultern schaut, klingt verlockend.«

Sie erreichten das erste Stockwerk in dem Moment, als in einer der beiden Wohnungen eine Tür aufgerissen wurde. Eine Frau stürmte heraus, warf die Tür hinter sich zu und schien sie gar nicht wahrzunehmen. Mit einer Handtasche in der Linken rannte sie die Stufen hinunter. Miriam und Till lächelten sich amüsiert zu. Dann warf Till einen Blick auf das Namensschild an der Klingel, auf dem zwei Namen standen.

»Ob das Frau Prietl oder Frau Stobbe war?«, fragte er leise.

Miriam musterte ebenfalls das Klingelschild. »Wer auch immer es war, sie hatte es wohl ziemlich eilig und wirkte nicht glücklich.«

6

Vier Wochen später.

Till näherte sich der Absperrung, die ihre Straße vom Mittelweg trennte. Rechts lag eine Eisdiele, links ein Bistro. Vor beiden Läden saßen Menschen, die ihn teilweise musterten, während sie Kaffee tranken. Till lächelte einem älteren Mann zu, der ihn unverhohlen beobachtete. Der Mann erwiderte den Gruß, ehe er den Blick abwandte. Till öffnete die Schranke mit dem entsprechenden Schlüssel. Dann schaute er auf das Straßenschild an der Hauswand. *Heimweg*. Ein schöner Straßenname für das neue Zuhause.

Hinter ihm erklang ein Motor. Till sah über die Schulter. Der Lkw des Umzugsunternehmens bog in die kleine Zufahrt ein, der kritische Gesichtsausdruck des Fahrers war unverkennbar. Offenbar befürchtete er, dass der Lkw zu groß sei. Aber Till und Miriam hatten sich bereits bei Nachbarn erkundigt und erfahren, dass ein 7,5-Tonner problemlos den Weg befahren konnte. Er drehte sich um und ging rückwärts die Straße entlang. Per Handzeichen gab er dem Fahrer Anweisungen, bis der Lkw vor der richtigen Hausnummer stehen blieb.

Till lief zur Haustür. Ehe er den Schlüssel ins Schloss stecken konnte, öffnete sich die Tür, und ein blonder Mann, in dessen Haar eine schwarze Brille steckte, kam heraus.

»Ihr zieht heute ein?«, fragte er.

»So ist es. Ich bin Till.«

»Andreas. Viel Erfolg. Wir wohnen unter euch.«

Die beiden Männer gaben sich die Hand.

»Wenn wir mit allem fertig sind, sagen wir richtig Hallo.«

»Mir gehört übrigens das Bistro. Falls eure Umzugshelfer Hunger kriegen, schick sie vorbei. Die erhalten einen Einzugsrabatt.«

»Mach ich gern«, versprach Till.

Am nächsten Morgen saßen Miriam und Till bei herrlichem Sonnenschein auf ihrer neuen Dachterrasse und frühstückten.

»Ein Bäcker nur wenige Schritte entfernt. Das ist ideal«, sagte Till. »Ich glaube, wir haben die richtige Wahl mit der Wohnung getroffen.«

Miriam biss in ein mit Honig bestrichenes Brötchen und nickte. »Die Nachbarn, denen wir gestern begegnet sind, wirkten alle sympathisch.«

»Wir können uns ja zur Mittagszeit überall vorstellen. Heute am ersten Mai sind die meisten bestimmt zu Hause.«

»Okay. Ich brauche noch ein oder besser zwei Stunden, um alles einzuräumen, dann können wir loslegen.«

»Und ich bringe oben unsere Computer zum Laufen.«

. . .

Nachdem Till mehrfach geflucht hatte, weil das WLAN-Signal in der oberen Etage nicht stark genug war, starteten sie ein wenig später als geplant ihre Vorstellungstour. Innerhalb einer Viertelstunde sprachen sie mit drei Nachbarn.

»Wow«, sagte Miriam, als sie auf dem Weg in die erste Etage waren. »Ich kann's kaum glauben, wie viel Glück wir haben. Die sind ja alle total nett. Alle duzen sich hier. Das gefällt mir besonders.«

»Und jeder ist begeistert von deinem Job. Wahrscheinlich fühlen Sie sich durch deinen Einzug von jetzt an sicherer.«

Er drückte die Klingel, unter der die Namen Prietl und Stobbe standen. Es dauerte nicht lange, bis eine Frau die Tür aufriss. Nach einem Sekundenbruchteil fielen ihre Gesichtszüge zusammen. Offenbar hatte sie jemand anderen erwartet.

»Oh, hallo«, sagte sie mit matter Stimme.

»Hallo«, übernahm Miriam die Vorstellung. »Wir sind die neuen Nachbarn. Vierter Stock.«

»Ich hab gestern den Umzugswagen gesehen. Hat alles geklappt?«

»Ganz wunderbar. Ich bin Miriam.«

»Und ich Till.«

»Johanna«, stellte sich die Frau vor. »Ich wohne hier mit meinem ...« Mitten im Satz brach sie ab. »Scheiße«, sagte sie leise.

»Was ist los?«, fragte Miriam.

»Entschuldigung. Ich will euch nicht den Einzug versauen. Alles in Ordnung. Mir fällt's bloß ... Na ja.« Hilflos zuckte sie mit den Achseln.

»Können wir helfen? Geht's euch gut?«

»Mir geht's beschissen«, sagte die Frau ehrlich. »Aber noch viel schlimmer ist: Ich weiß nicht, wie es Tom geht. Wo er ist.« Tränen traten ihr in die Augen.

»Das klingt übel«, meinte Miriam. »Ich bin übrigens Kriminalhauptkommissarin beim LKA hier in Hamburg. Ist deinem Partner etwas zugestoßen?«

»Er ist verschwunden. Ohne eine Nachricht zu hinterlassen. Ich bin nervlich am Ende.« Johanna strich sich Tränen aus den Augen. »Kriminalhauptkommissarin? Hast du mit Vermisstenfällen zu tun?«

»Ich bearbeite Mordfälle.«

»Aber ich habe oft mit vermissten Menschen zu tun«, ergänzte Till.

»Bist du auch Polizist?«

»Privater Personenfahnder. Ich suche nach Leuten, die spurlos verschwunden sind, ohne dass die Polizei von einem Verbrechen ausgeht.«

»Wie bei uns«, sagte Johanna. »Vielleicht schickt euch ja der Himmel. Habt ihr ein bisschen Zeit für mich, oder ist das wegen ...«

»Wir haben Zeit«, antwortete Miriam.

Zum ersten Mal lächelte die Frau. »Kommt rein! Gehen wir ins Wohnzimmer.«

Miriam und Till betraten den Flur. Johanna deutete auf ein Foto an der Wand.

»Das ist übrigens mein Verlobter Tom. Damit ihr wisst, wie er aussieht. Das Bild ist letztes Jahr bei unserer kleinen Verlobungsfeier aufgenommen worden.«

Till musterte das Paar. Die beiden waren auf dem Foto ungefähr gleich groß. Da Johanna etwa eins siebzig war, trug sie entweder Schuhe mit Absatz, oder ihr Verlobter war für einen Mann eher klein. Sie strahlten beide den Fotografen an. Johanna trug ein rotes, schulterfreies Kleid, Tom einen grauen, gut sitzenden Anzug, den er mit einem weißen Hemd kombiniert hatte.

»Wann genau war das?«, erkundigte sich Miriam.

»Im März. Wir haben im Hotel Atlantic mit Freunden gefeiert.«

»Habt ihr einen Hochzeitstermin vereinbart?«, fragte Till.

»Irgendwie ist uns bisher immer was dazwischengekommen«, sagte Johanna. »Nächstes Jahr sollte es so weit sein. Vermutlich im Sommer. Wir hätten am liebsten tolles Wetter, auch wenn das in Hamburg fast wie ein Lottogewinn ist. Egal, zu welcher Jahreszeit.«

Till ließ sich nichts anmerken. Der lange Zeitraum machte ihn misstrauisch. Wieso hatten sie sich verlobt, wenn sie über ein Jahr später noch keinen konkreten Termin für die Hochzeit festgelegt hatten?

Johanna führte sie ins Wohnzimmer. »Kommt ihr beide aus Hamburg?«

»Geboren sind wir im Rheinland«, antwortete Till. »Aber ich lebe hier schon viele Jahre.«

»Ich erst seit zwei«, sagte Miriam.

»Also seid ihr noch gar nicht lange zusammen«, folgerte Johanna.

»Das hier ist unsere erste gemeinsame Wohnung«, erklärte Miriam.

»Da habt ihr eine gute Wahl getroffen. Ihr Glücklichen habt als Einzige im Haus einen Balkon. Das fehlt mir manchmal. Setzt euch!« Johanna nahm am Esstisch Platz. »Wollt ihr was trinken? Wasser, Kaffee, Softdrinks? Bier habe ich leider nicht. Ich könnte aber aus dem Keller einen Wein holen.«

»Mir würde Wasser vollkommen reichen«, sagte Miriam.

»Mir auch.«

»Bin gleich zurück.« Johanna stand wieder auf und verließ den Raum.

Till und Miriam sahen sich an.

»Bin gespannt«, flüsterte Till kaum hörbar.

Miriam nickte lediglich. Kurz darauf kehrte Johanna zu ihnen zurück. Sie trug ein Tablett mit zwei Flaschen Wasser und drei Gläsern zum Esstisch.

»Ich kann euch übrigens den Getränkelieferservice sehr empfehlen. Erspart einem das Schleppen. Vor allem, weil das mit dem Parken hier in der Straße ja nicht möglich ist.«

»Erzähl uns bitte von deinem Verlobten«, sagte Miriam. »Seit wann ist er verschwunden?«

7

Gedankenverloren schaute Johanna Prietl aus dem Fenster.

»Morgen sind es genau vier Wochen ohne Lebenszeichen. Ihm muss etwas passiert sein. Das hätte er mir sonst nicht angetan.«

»Also ist er an einem Montag verschwunden«, folgerte Miriam.

»Am 4.4. Kann ich mir gut merken.« Johanna lachte bitter.

»Habt ihr euch an dem Tag gesehen?«, fragte Miriam.

»Ja. Tom ist Lehrer am Wilhelm-Gymnasium. Er ist morgens zur normalen Uhrzeit aufgebrochen, während ich eine Stunde später zur Arbeit gefahren bin. Ich bin bei einem Steuerberaterbüro angestellt. Allerdings seit Toms Verschwinden krankgeschrieben. Dienstag gehe ich wieder hin, ich kann mich ja nicht ewig hier vergraben. Außerdem riskiere ich sonst meine Anstellung. Ich glaube, ich war gegen vier Uhr wieder zu Hause. Tom war bei meiner Rückkehr noch nicht da. Das war gar nicht so ungewöhnlich, deswegen habe ich mir nichts dabei gedacht.

Manchmal bleibt er länger in der Schule, um Klausuren zu korrigieren. Bei gutem Wetter ist er auch gern an der Alster und geht zweimal herum. Ich hatte um sechs Uhr einen Termin. Beim Friseur. Hab ich ganz kurzfristig ergattert. Zurück war ich gegen acht, weil ich noch im Bistro Clermont mit Freunden Kaffee getrunken habe. Von Tom fehlte bei meiner Rückkehr jede Spur. Da habe ich ihn zum ersten Mal angerufen. Bin sofort auf der Mailbox gelandet. Auch meine späteren Versuche sind direkt umgeleitet worden. Spätestens um zehn war ich richtig besorgt. Mir nicht Bescheid zu geben, passt nicht zu Tom. Also hab ich unsere Lieblingskneipen abgeklappert. Niemand hatte ihn gesehen. Nicht im Bistro Clermont, nicht im Restaurant 26, nicht in der Gurke. Irgendwann nach Mitternacht bin ich ins Bett, hab aber fast gar nicht geschlafen. Am nächsten Morgen habe ich mich bei der Polizei gemeldet.«

»Was haben die Kollegen herausgefunden?«, fragte Miriam.

»Er hat an dem Montag ganz normal unterrichtet und gegen halb drei das Schulgebäude verlassen. Die Polizei hat ein Handybewegungsprofil erstellt. Nach der Schule hat er ein Restaurant besucht, ist in die Stadt gefahren und hat am späten Nachmittag einen Schüler seines Leistungskurses aufgesucht.«

»Warum?«, wollte Miriam wissen.

»Um mit ihm über mögliche Stipendien zu sprechen. Der junge Mann heißt Alexander Ruhr und ist wohl der Beste seines Jahrgangs. Nach dem langen Gespräch ist Tom zum Hauptbahnhof gefahren. Dort wurde sein Handy ausgeschaltet.«

»Was wollte er am Bahnhof?«, fragte Till.

»Ich habe keine Ahnung.« Johanna zuckte die Achseln.

»Und das Gespräch mit einem Schüler in der Freizeit? Passt das zu deinem Verlobten?«, fuhr Till fort.

»Tom liebt seinen Job. Er hat diesen Alexander ab und zu erwähnt. Für mich klingt das nachvollziehbar.«

»Ist an dem Tag in der Schule etwas Ungewöhnliches passiert?«, erkundigte sich Miriam.

»Eine Kleinigkeit. In der Schule gab es einen Probefeueralarm. Statt sich mit seiner Klasse am Sammelpunkt einzutreffen, hat Tom einer Schülerin die Verantwortung übertragen. Der stellvertretende Direktor hat ihn im Klassenraum vorgefunden. Und ein Kollege hat ausgesagt, Tom habe geistesabwesend gewirkt. Angeblich hat er ...« Johanna hielt inne. Wieder kamen ihr die Tränen. Nach einem kurzen Augenblick hatte sie ihre Emotionen im Griff. »Angeblich hat er angedeutet, in unserer Beziehung unglücklich zu sein. Deswegen ermitteln deine Kollegen nicht richtig. Sie verlassen sich auf das Wort eines Lehrers, meine Aussagen sind ihnen egal.« Johanna schluchzte. Diesmal brauchte sie länger, um sich unter Kontrolle zu kriegen.

»Wie ist es um eure Beziehung bestellt?«, fragte Till.

»Manchmal streiten wir uns. Wie jedes Paar. Aber wir wollten nächstes Jahr heiraten. Mehr muss man nicht wissen, oder? Mir egal, was ein Lehrer behauptet, der sich vielleicht nur wichtigmachen will.«

»Folgender Vorschlag«, sagte Miriam. »Ich höre mich direkt morgen bei den Kollegen um. Eventuell gibt es Neuigkeiten, die man nicht für sonderlich relevant hielt, aber dir noch nicht mitgeteilt hat. Wenn dem nicht so ist, könnte Till übernehmen.«

Der nickte. »Ich vermute, Miriam wird nichts Neues erfahren, sonst wüsstest du das. Die Polizei geht mit Angehörigen offen um. Ich würde versuchen, Hinweise zu finden, die das Untertauchen deines Verlobten erklären könnten. Da kommt nicht unbedingt etwas bei rum, was dir gefällt. Menschen, die spurlos verschwinden, aber nicht

Opfer eines Verbrechens sind, haben oft schwerwiegende Gründe. Eine neue Beziehung, vielleicht sogar ein Baby mit einer anderen Frau. Schulden, von denen du nichts weißt. Juristische Schwierigkeiten.«

»Welcher Art?«, fragte Johanna.

»Spontan fällt mir Fahrerflucht ein. Dann geraten viele in Panik und hauen Hals über Kopf ab. Solche Dinge.«

»Okay«, sagte sie leise. »Was kostet mich das?«

»Das hängt davon ab, wie viel Zeit ich investiere.«

»Ich hab ein finanzielles Polster. Geld spielt keine große Rolle. Ich brauche bloß Gewissheit.«

»Richtig teuer wird es nicht. Darauf gebe ich dir mein Nachbarnehrenwort.« Er lächelte. »Ich will erst wissen, was Miriam herausfindet, bevor ich dir eine Summe nenne. Rechne höchstens mit fünftausend Euro. Wahrscheinlich wird es deutlich weniger. Wäre das stemmbar?«

»Ja«, sagte Johanna. »Das schaffe ich.«

»Wir kommen spätestens morgen Abend zu dir, einverstanden?«, schlug Miriam vor.

8

Als sie den Hausflur betraten, öffnete gerade ein Mann die Tür zur anderen Wohnung im ersten Stock. Er drehte sich zu ihnen um. Sein Gesicht war schweißnass. Er trug kurze Hosen, ein verschwitztes T-Shirt und Laufschuhe.

»Hi«, sagte er und wischte sich mit dem T-Shirt-Ärmel über die Stirn. »Ihr seid die neuen Mieter von oben, oder? Ich bin Volkan. Seid ihr gerade auf Vorstellungsrunde? Ich hatte vorhin so etwas gehört, als ihr in der dritten Etage wart. Da war ich schon auf dem Weg zur Alster.«

»Ja, sind wir. Ich bin Till, und das ist meine Partnerin Miriam.«

»Freut mich. Habt ihr gleich Zeit? Dann würde ich zu euch raufkommen. Aber ich muss zuerst unter die Dusche.«

»Gerne. Wir sind da. Komm hoch, wenn es dir passt.«

»Bis gleich.« Der Mann verschwand in seinem Flur und schloss die Tür.

»Sollen wir noch ins Erdgeschoss, oder machen wir erst mal Schluss?«, fragte Till.

»Gehen wir hoch. Ich will das verarbeiten und mit dir durchsprechen.«

Bis zur dritten Etage schwieg Till. Dann hielt er es nicht länger aus. »Wir haben Johanna am 4.4. gesehen«, stellte er leise fest.

»Wo?«, fragte Miriam.

»Da hatten wir die Wohnungsbesichtigung mit der Maklerin. Erinnerst du dich nicht mehr an die Frau, die so hektisch ihre Wohnung verlassen hat? Das müsste kurz vor sechs gewesen sein.«

»Stimmt!«, erinnerte sich Miriam.

»Sah sie aus wie eine Frau, die auf dem Weg zum Friseur war?« Till schloss die Wohnungstür auf. »Gehen wir auf die Terrasse. Da dürfte sie uns nicht hören, selbst wenn sie ihre Fenster öffnet.«

In den nächsten Minuten sprachen sie über ihre Eindrücke und die zufällige Begegnung im Hausflur am Tag von Toms Verschwinden.

»Ich bin gespannt, was deine Kollegen morgen berichten«, sagte Till. »Ob sie je die Verlobte unter die Lupe genommen haben. Sie hat damals definitiv nicht wie eine Frau gewirkt, die einfach zu spät dran für einen Friseurtermin war. Erinnerst du dich noch an den Fall, bei dem wir uns kennengelernt haben?«

Miriam lächelte. »Als würde ich den jemals vergessen.«

»Hirthe hat mich auch engagiert, obwohl er in das Verschwinden seiner Nichte verstrickt war. Er hatte gehofft, falsche Spuren legen zu können.«

»Da gibt es allerdings einen gewaltigen Unterschied. *Wir* sind zu Johanna gegangen. Nicht umgekehrt.«

»Trotzdem sollten wir diese Möglichkeit in Betracht ziehen.«

Es klingelte an der Wohnungstür.

»Ich gehe.« Till eilte zum Hausflur, wo Volkan mit einer Flasche Wein in der Hand wartete.

»Kleines Begrüßungsgeschenk«, sagte der Nachbar. »Auf eine gute Zeit!«

»Das ist ja nett. Danke! Miriam und ich sitzen auf der Terrasse. Komm mit!«

»Was macht ihr beruflich?«, fragte Volkan nach einer Weile. »Vielleicht irre ich mich, aber mir kommt dein Gesicht bekannt vor, Till. Bist du prominent?«

Till lachte. »Nur unfreiwillig.«

»Das heißt?«

»Ich arbeite als Personenfahnder und war vor rund zwei Jahren in Zeitungen abgebildet, weil ich ...«

»Es ging um diese Serienmörderin, richtig?«, unterbrach Volkan ihn. »Franka Spannberg. Daher kenne ich dein Gesicht.« Volkan zwinkerte ihm zu. Dann wandte er sich Miriam zu. »Und was machst du? Bist du seine Managerin?«

Miriam lachte lauthals. »Lustige Vorstellung. Ich bin Hauptkommissarin beim LKA.«

»Wow«, sagte Volkan. »Okay. Das erklärt so einiges.«

»Was genau?«, fragten Miriam und Till gleichzeitig.

»Eure betretenen Gesichter, als ihr aus Johannas Wohnung kamt. Lasst mich raten. Sie hat euch wegen Tom angequatscht.«

»Ja. Wir haben über ihren vermissten Verlobten gesprochen«, bestätigte Miriam.

»War sie ehrlich zu euch?«, erkundigte sich Volkan.

»Das heißt?«, hakte Miriam nach.

»Hat sie die vielen Streitigkeiten erwähnt? Vor allem in den letzten Monaten. Mit dem Höhepunkt am Tag vor seinem Verschwinden.«

»Johanna hat nur gesagt, sie hätten sich wie jedes Paar manchmal gestritten.«

Volkan schüttelte den Kopf. »Ich falle ihr ungern in den Rücken, denn eigentlich mag ich sie. Aber das stimmt so nicht. Das Haus ist nicht besonders gut schallisoliert, und ich bin ihr direkter Nachbar. Tom und Johanna haben sich verdammt oft gestritten. Während Tom eher der leise Typ war, fährt sie schnell aus der Haut und schreit herum. Du kannst jeden hier im Haus fragen. Um die Beziehung der beiden war es nicht gut bestellt.«

»Das hat sie so nicht erwähnt«, erklärte Till. »Weißt du noch mehr? Sie hat uns nämlich gebeten, nachzuforschen. Jede Information würde uns helfen.«

Volkan stand auf und trat an die Brüstung der Terrasse. Er schaute über die Dächer der umliegenden Gebäude. »Ich habe Tom versprochen, das niemandem zu verraten und mein Versprechen bis heute gehalten«, sagte er leise.

»Dann ist es jetzt an der Zeit, mit uns darüber zu reden«, erwiderte Miriam. »Von ihm fehlt seit vier Wochen jede Spur.«

»Das ist schon wieder so lange her? Krass! Wie die Zeit verfliegt.« Volkan setzte sich zurück auf seinen Platz. »Tom und ich haben im März einen alkoholgeschwängerten Abend in der Gurke verbracht. Das ist ein Restaurant gleich um die Ecke.«

»Wann genau war das?«, fragte Miriam.

»Irgendwann in den Osterferien. Erste Märzhälfte. Der genaue Tag?« Er zuckte mit den Achseln. »Ein Mittwoch? Glaub ich zumindest. Nach dem vierten oder fünften Bier hat er sich mir anvertraut. Ich hatte vorher erwähnt, dass Johanna ziemlich laut wird, wenn sie wütend ist. Das war ihm peinlich. Er hat sich sofort für sie entschuldigt. So kamen wir überhaupt aufs Thema. Tom spielte damals mit dem Gedanken, die Verlobung zu lösen und abzuhauen. So richtig abhauen, wohlgemerkt. Nicht einfach bloß ausziehen.«

»Wohin?«, wollte Till wissen.

»Irgendwohin, wo es wärmer ist als hier. Und sonniger. Spanien schien ihn zu reizen. Er meinte, internationale Schulen auf Mallorca oder den Kanaren würden ihn mit Kusshand nehmen. Er spricht perfekt Spanisch,

Englisch und natürlich Deutsch. Ich glaube, er ist abgehauen und hatte nicht die Eier in der Hose, Johanna Bescheid zu geben. Vielleicht hatte er sogar Angst vor ihr. Irgendwann schickt er ihr eine Whatsapp und erklärt sich.«

»Du hast seit dem vierten April nichts mehr von ihm gehört?«, vergewisserte sich Miriam.

»Nein.«

»Bist du in den vergangenen Wochen von Polizisten befragt worden wegen Toms Verschwinden?«

Volkan schüttelte den Kopf. »Mit mir hat niemand gesprochen.«

»Und am Wochenende vor seinem Verschwinden haben sie lautstark gestritten?«, hakte Till nach.

»Laut war vor allem Johanna.«

»Hast du mitbekommen, worum es ging?«, erkundigte sich Miriam.

Volkan überlegte nicht lange. »Nicht so richtig. Wenn die beiden stritten und ich zu Hause war, habe ich meist Kopfhörer aufgesetzt. Ich wusste ja von Toms geheimen Plänen. Was hätte ich mich da einmischen und ihn versehentlich verraten sollen?«

»Hat Johanna Tom jemals bedroht?«, fragte Miriam. »Frauen machen das im Affekt schon mal. Sie schreien: ›Ich bring dich um, wenn du mich verlässt.‹ Hast du so etwas aus der Nachbarwohnung gehört?«

»Nein«, sagte Volkan. »Nie! Johanna fährt zwar schnell aus der Haut, aber sie ist harmlos. Oder?« Erschrocken blickte er zwischen Miriam und Till hin und her. »Verdächtigt ihr sie?«

»Nein«, antwortete Miriam. »Ich versuche nur, mir ein Gesamtbild zu verschaffen. Mach dir keine Sorgen. Deine Theorie, er könnte nach Spanien abgehauen sein, ist ein guter Ansatzpunkt. Klingt für mich absolut überzeugend. Und so würden wir ihn aufspüren. Irgendwo müsste er dann ja arbeiten, um seinen Lebensunterhalt zu verdienen. Also braucht er auch eine Steuernummer und eine Krankenversicherung. Das hilft uns sehr weiter.«

9

Kurz nach neun Uhr klopfte Miriam Decking an die Bürotür ihres für Vermisstenfälle zuständigen Kollegen.

»Herein«, ertönte es.

Miriam öffnete die Tür.

Hauptkommissar Stefan Zalazar schaute von den Akten hoch und lächelte. »Miriam!«, begrüßte er sie freudig. »Schön, dich zu sehen.« Der dunkelhaarige Mann mit spanischen Wurzeln deutete auf den leeren Besucherstuhl. »Komm rein. Was führt dich zu mir?«

»Hallo, Stefan.« Sie nahm Platz. »Hast du einen Moment Zeit für mich?«

»Dienstlich oder privat?«

»Dienstlich.«

Zalazar zog ein übertrieben enttäuschtes Gesicht. »Der Montagmorgen hätte so schön werden können.« Er zwinkerte ihr zu. »Worum geht's?«

»Tom Stobbe.«

»Der verschwundene Lehrer«, sagte er sofort. »Was hast du mit ihm zu tun?«

»Till und ich sind am Wochenende in unsere erste gemeinsame Wohnung gezogen. Zu den neuen Nachbarn gehört Stobbes Verlobte Johanna Prietl.«

»Wow! Und sie hat euch sofort wegen Stobbe in Beschlag genommen?«

»Nicht so ganz. Till und ich haben uns bei allen Nachbarn vorgestellt. So sind wir ins Gespräch gekommen. Als sie hörte, was wir beruflich machen, bat sie uns um ein paar Minuten. Ich weiß jetzt schon einiges, aber könntest du mich über den Fall in Kenntnis setzen und erst mal so tun, als wüsste ich nichts?«

»Der Fall bereitet mir tatsächlich Kopfzerbrechen. Seit Stobbes Verschwinden sind vier Wochen vergangen. Ohne ein einziges Lebenszeichen. Ich bin unschlüssig, was ich davon halten soll. Ist er untergetaucht, hat er irgendwo ein neues Leben angefangen, oder steckt ein Verbrechen dahinter?« Zalazar trank einen Schluck Wasser und seufzte. »Ich hab ausführlich mit der Verlobten gesprochen, außerdem mit Lehrerkollegen und Freunden. Die meisten von ihnen können sich nicht vorstellen, dass Tom einfach verschwindet. Ich habe Aussagen aus seinem Freundeskreis, denen zufolge es Schwierigkeiten in der Beziehung gab. Zudem hat ein Lehrer am Tag des Verschwindens Tom dabei erwischt, als der gerade am Handy Wohnungsinserate las. An diesem Tag hat er sich bei einem Probefeueralarm wohl etwas merkwürdig verhalten.«

»Das hat mir Prietl erzählt. Sie unterstellt dir, nicht intensiv genug zu ermitteln.«

Zalazar lächelte. »Mit dem Vorwurf kann ich leben. Weil er nicht stimmt.«

»Prietl glaubt an ein Verbrechen.«

»Würde mich nicht wundern. Stobbe hat in den Monaten zuvor keine Geldbeträge beiseitegeschafft. Ich habe in seinem Computerverlauf nichts gefunden, was auf eine Wohnungssuche hindeutet. Sein Handy ist leider mit ihm verschwunden. Wenn er etwas unternommen hat, dann über sein Smartphone. Es gibt keine E-Mails, die darauf hindeuten, dass er sich auf ein neues Leben vorbereitet. Keinerlei Kommunikation mit Stadtwerken, Wasserwerken, solche Dinge.«

»Till und ich haben bei unserer Vorstellungsrunde auch mit einem Nachbarn geredet. Volkan Ciftci. Er meinte, die Polizei hätte ihn bislang nicht befragt.«

»Der Name sagt mir nichts.«

»Angeblich hat Stobbe Ciftci irgendwann im März gestanden, mit dem Gedanken zu spielen, sich ins Ausland abzusetzen. Irgendwo ans Mittelmeer, vermutlich Spanien, um dort als Lehrer an einer internationalen Schule anzufangen. Stobbe spricht perfekt Englisch und Spanisch.«

»Nicht dein Ernst.«

Miriam zuckte mit den Achseln.

»Scheiße. Die Nachbarn habe ich nicht abgeklappert. Mein Versäumnis. Tja, dann muss ich wohl Amtshilfe in Spanien beantragen. Das wird ein Papierkram. Gut, dass ich die Sprache spreche.« Er machte sich Notizen. »Wäre eine Erklärung, auch wenn ich mich frage, wie er die Fahrt bezahlt haben könnte. Vielleicht eine neue Partnerin, mit der er gemeinsam ausgewandert ist?«

»Warum hast du die Nachbarn nicht befragt?«

»Das war wohl ein Fehler«, gab Zalazar zerknirscht zu. »Lag am Handybewegungsprofil. Stobbe ist normal zur Schule gefahren, von da zu einem Restaurant, weiter zu einem Schüler und dann zum Bahnhof. Ich hab keine Veranlassung gesehen, mich im Haus umzuhören. In den Stunden vor seinem Verschwinden war er nicht dort.«

»Hast du mit dem Schüler gesprochen?«

»Mit Alexander Ruhr und dessen Vater. Stobbe hat an dem Tag unangekündigt vor ihrer Haustür gestanden, um

Alexander Tipps zu geben, wie er an Stipendien für ausländische Eliteuniversitäten kommt. Für mich hat das den Anschein, als hätte Stobbe einem guten Schüler mit problematischer Familiengeschichte einen letzten Gefallen tun wollen.«

»Was ist mit dieser Familiengeschichte?«

»Die Mutter von Alexander ist vor ein paar Jahren in der Schweiz bei einem Wanderausflug tödlich verunglückt. Alexander ist zwei Jahre älter als die meisten Abiturienten seines Jahrgangs. Zwanzig. Er hat anderthalb Jahre gebraucht, um dieses Drama zu verkraften. Aber seit er sich wieder im Griff hat, schreibt er nur Bestnoten. Vielleicht hing Stobbe an Alexander.«

»Kommt dir das nicht seltsam vor? Da ist ein Lehrer im emotionalen Ausnahmezustand, weil er in wenigen Stunden in einen Zug steigt, um für immer aus Hamburg zu verschwinden. Trotzdem hat er die Muße, einen Schüler aufzusuchen.«

»Hat mich auch stutzig gemacht. Aber ich glaube, Stobbe wollte Zeit schinden. Ein Kellner aus dem Restaurant, in dem er nach der Schule war, konnte sich an ihn erinnern. Er hat ziemlich lange an seinem Tisch gesessen, aber nur wenig gegessen und getrunken. Im Prinzip passt das ins Bild. Er verlässt die Schule, will allerdings nicht mehr nach Hause. Sein Zug in die Freiheit fährt am Abend ab. Also geht er ins Restaurant. Als es ihm dort zu langweilig wird, beschließt er, eine letzte gute Tat als Gymnasiallehrer zu begehen. Mit erleichtertem Gewissen fährt er zum Bahnhof, steigt in einen Zug und wird nie wieder gesehen.«

»Was ist mit seinem Auto?«

»Ist nicht aufgetaucht.«

»Er könnte es verkauft haben. Unter der Hand, Übergabe am Bahnhof. Das hätte ihm finanziellen Spielraum verschafft.«

»Theoretisch denkbar«, sagte Zalazar.

»Ist er auf Videoaufnahmen des Bahnhofs zu sehen?«

»Nein. Aber du weißt, dass das nichts heißt. Das Gedränge am Hauptbahnhof ist so groß, da kann man problemlos den Kameras entwischen.«

»Hast du Prietl unter die Lupe genommen?«

Zalazar nickte. »Sie hat ein gutes Alibi. Zu der Zeit, als Stobbe bei dem Schüler war, hatte sie einen Friseurtermin. Die Inhaberin hat das bestätigt. Danach hat sie noch mit einer Bekannten in einem Bistro zusammengesessen.«

»Also hältst du sie nicht für die Täterin, falls es sich als Verbrechen herausstellen sollte?«

»Zweifelst du an ihrer Unschuld?«

Miriam erzählte von ihrer ersten zufälligen Begegnung am Tag des Verschwindens. »Vielleicht war sie einfach nur spät dran. Oder sie hat den Termin absichtlich so arrangiert und war deswegen in Zeitnot. Um wie viel Uhr ist Stobbes Handy am Hauptbahnhof erfasst worden?«

»Muss ich nachschauen.« Er suchte auf seinem vollen Schreibtisch nach einer Akte, die er aufschlug. »19.20. Prietl war bis 19.15 beim Friseur, war kurz zu Hause und saß dann noch eine Stunde im Bistro Clermont. Für mich klingt das nach einem guten Alibi.«

»Du hast recht«, sagte Miriam. »Prietl hat Interesse daran, Till zu engagieren, damit der sich in die Suche einschaltet. Wäre das okay für dich? Ich will nicht, dass du dich vor den Kopf ...«

»Nein. Alles gut. Ich würde mich in der Zwischenzeit dahinterklemmen, ob er sich schon irgendwo in Spanien angemeldet hat. Du kannst deinem Lebensgefährten sagen, dass ich ihm meine Notizen über die bisher geführten Gespräche zur Verfügung stelle.«

»Das wird ihn freuen.«

»Ich habe dafür nur eine Bedingung. Er soll mich auf

dem Laufenden halten. Ich will zeitnah Infos von ihm, wenn er was Neues herausfindet.«

»Ich bin mir sicher, Till ist damit einverstanden. Wir machen gegen zwölf gemeinsam Mittagspause. Ich schlag ihm das vor, und dann könnt ihr euch kurzschließen.«

10

Am frühen Nachmittag klingelte Till bei Johanna Prietl. Er war nach dem Mittagessen mit Miriam in sein Büro gefahren und hatte den Entwurf einer Vereinbarung aufgesetzt, die er nun in der Hand hielt.

Johanna öffnete ihm und schaute ihn hoffnungsvoll an. »Hast du etwas herausgefunden?«

»Darf ich reinkommen? Dann können wir das in Ruhe bereden.«

»Ja, klar.« Sie führte ihn wie am Vortag zum Esstisch.

»Miriam hat heute mit ihrem Kollegen Zalazar gesprochen«, sagte Till. »Neuigkeiten hat es in letzter Zeit nicht gegeben. Zalazar hat aber nichts dagegen, wenn ich mich in die Suche nach deinem Verlobten einklinke. Ganz im Gegenteil. Er würde mir alle Akten zur Verfügung stellen.«

»Das ist gut, oder?«

Till nickte. »Sehr gut sogar. So kooperativ sind nicht alle Polizisten. Manche sehen mich als Affront an. Eine Sache will ich dir nicht verheimlichen. Wir haben gestern noch mit Volkan gesprochen. Der hat mit Tom im März in der Gurke gesessen. Tom hat ihm wohl nach ein paar Bieren gestanden, mit dem Gedanken zu spielen, nach Spanien auszuwandern. Da könnte er als Lehrer an einer internationalen Schule arbeiten. Weißt du etwas darüber?«

Johanna riss die Augen auf. »Nein! Das kann nicht sein! Das würde er mir nicht antun.«

»Hat er solche Pläne jemals erwähnt? Vielleicht auch nur in einem Nebensatz?«

Johanna wich seinem Blick aus. Sie seufzte. »Tom ist ein Sonnenanbeter. Ihm kann es nie warm genug sein. Manchmal hat es wirklich genervt, wie oft er über das Wetter in Hamburg geklagt hat. Vor Jahren hat er mich mal gefragt, ob ich mir vorstellen könnte, in Spanien zu leben. Das habe ich kategorisch abgelehnt. Ich liebe Hamburg. Bin hier geboren und werde garantiert nicht wegziehen. Aber wir haben da ewig nicht mehr drüber gesprochen. Ich glaub das nicht. Tom wäre nicht so feige, einfach auszuwandern. Schon gar nicht mitten im Schuljahr. Das ergibt keinen Sinn!« Ihr traten Tränen in die Augen. »Entschuldige.« Sie stand auf, wandte sich von Till ab und ging zum Fenster. Ihre Schultern bebten, während sie versuchte, ihre Gefühle in den Griff zu bekommen.

Till dachte über ihre Aussage nach. Die Spur nach Spanien war interessant. Allerdings hakte sie an zwei Stellen. Zum einen wegen des Arguments, das Johanna bereits erwähnt hatte: Würde Tom einen solchen Wechsel mitten im Schuljahr angehen? Wenige Wochen, bevor seine Schüler in die Abiturprüfungen gingen? Zum anderen hätte er für Bewerbungen vermutlich Zeugnisse oder Empfehlungsschreiben seines bisherigen Dienstherren benötigt. Davon hätte Zalazar erfahren.

»Sorry«, sagte Johanna noch einmal, als sie sich wieder zu ihm umdrehte.

»Du hast keinen Grund, dich zu entschuldigen. Wie

geht's dir? Hoffentlich war unser Besuch gestern nicht zu aufwühlend.«

»Nein. Seit gestern habe ich ein bisschen Hoffnung. Dank euch. Dafür bin ich sehr dankbar. Morgen gehe ich zum ersten Mal seit Toms Verschwinden zur Arbeit. Davor graut es mir. Aber was soll ich machen? Ich kann ja nicht den Rest meiner Tage hier sitzen und auf eine Nachricht von ihm warten.« Sie schaute zu den Zetteln, die Till mitgebracht hatte. »Was ist das?«, fragte sie.

»Ein Vertrag zwischen uns beiden, damit ich aktiv werden darf. Lies ihn dir in Ruhe durch. Ich habe als finanzielle Obergrenze fünftausend Euro eingetragen. Das ist eine Sicherheit für dich. So weißt du, wie viel du höchstens bezahlen musst.« Er schob ihr die Dokumente über den Tisch zu.

Johanna überflog die zwei Seiten. »Klingt alles gut. Und fünftausend Euro kann ich stemmen. Ich brauche einfach Gewissheit, ob es Tom gut geht. Manchmal liege ich nachts wach und verfluche ihn. Wenn ich mich stundenlang hin- und hergewälzt habe, wünsche ich ihm aus Frust den Tod. Und dann erschrecke ich mich über mich selbst. Ich liebe ihn. Ihm darf nichts passiert sein. Soll er mich verlassen, Hauptsache, es geht ihm gut.« Wieder weinte sie. »Ich hole eben einen Stift«, sagte sie mit tränenerstickter Stimme.

Johanna verließ das Wohnzimmer. Till dachte über ihre Reaktion nach. Entweder war sie eine verdammt talentierte Schauspielerin oder nicht ins Verschwinden ihres Verlobten verwickelt. Er tendierte zur zweiten Annahme. Doch in seinem Beruf hatte man es nur zu oft mit Menschen zu tun, denen es spielend gelang, ihr Umfeld zu täuschen. Deswegen würde er kein abschließendes Urteil fällen, sondern vorurteilsfrei ermitteln.

Nach einer Weile kehrte Johanna zu ihm zurück. In der Hand hielt sie einen Kugelschreiber. Sie setzte sich an den

Tisch und unterschrieb den zweifach ausgefertigten Vertragsentwurf. Ein Exemplar schob sie Till zu.

»Wie läuft die Bezahlung? Soll ich dir schon etwas überweisen?«

»Nicht nötig. Ich stelle am Ende eine Abschlussrechnung. Der Vertrag ist nur wichtig, damit ich nachweisen kann, dass ich in deinem Auftrag ermittle. Ich schätze, ich fange morgen im Wilhelm-Gymnasium an. Und so, wie ich die Lehrer oder Direktorin einschätze, muss ich dort etwas vorweisen.«

Johanna lächelte. »Ich glaube, damit liegst du goldrichtig.«

11

Um halb fünf morgens schaute Johanna verzweifelt zu der Uhranzeige des Radioweckers.

»Schlaf endlich wieder ein!«, murmelte sie. Nachdem sie gegen Mitternacht in einen leichten Schlummer gefallen war, war sie nun seit rund neunzig Minuten wach. Sie beschloss, zur Toilette zu gehen, um danach hoffentlich noch ein paar Stunden Ruhe zu finden. Der Wecker würde um acht Uhr klingeln.

Sie schlurfte ins Badezimmer und setzte sich auf die Klobrille. Als sie kurz darauf in den Spiegel schaute, erschrak sie über ihr Aussehen. Ihr kam das Wort Zombie in den Sinn.

»Tom, warum tust du mir das an?«, fragte sie leise.

Weinend schleppte sie sich zurück ins Bett. Vor vier Wochen hatte sich ihr Leben in einen Albtraum verwandelt, aus dem es kein Erwachen zu geben schien. Hoffentlich fände ihr neuer Nachbar eine heiße Spur. Vielleicht war das ihre letzte Chance, jemals etwas zu erfahren. Sie musste einfach wissen, was mit Tom geschehen war. Egal, was dabei am Ende herauskäme. Denn es war vor allem die Ungewissheit, die ihr den Schlaf raubte.

Um halb acht gab Johanna den Kampf auf. Sie trottete ins Bad und gönnte sich eine heiße Dusche, ehe sie versuchte, ihr zombiehaftes Aussehen einigermaßen zu kaschieren. Danach setzte sie sich an den Küchentisch, trank Kaffee und mümmelte an einer Scheibe Toastbrot. Vor der Rückkehr an ihren Arbeitsplatz graute es ihr. Die Kollegen und ihr Chef wussten Bescheid. Aber wie würden sie reagieren?

Johanna wartete bis zum letztmöglichen Moment, ehe sie die Wohnung verließ und sich auf den Weg nach Eppendorf machte. An diesem Dienstagmorgen kam sie gut durch den Verkehr und fand zügig einen Parkplatz. So konnte sie noch eine Weile im Auto sitzen bleiben. Schließlich ließ sich die Rückkehr nicht länger aufschieben. Sie ging auf das Bürogebäude zu und fuhr in die dritte Etage hoch. Zumindest funktionierte ihr Mitarbeiterausweis einwandfrei. Kaum hatte sie die Türschwelle überquert, blickte die Empfangsdame auf.

»Johanna! Endlich bist du zurück. Ist Tom wohlbehalten aufgetaucht?«

»Guten Morgen, Kathi«, sagte Johanna. »Leider nicht.« Sie zuckte hilflos mit den Achseln. Rasch und ohne weitere Erklärungen ging sie am Empfangstresen vorbei. Dabei spürte sie Kathis Blick im Nacken.

Als sie das Büro betrat, das sie sich mit drei Kolleginnen teilte, richteten sich alle Augen auf sie. Das würde ein langer Tag werden, dachte sie verzweifelt. Hoffentlich würde sie ihn durchstehen.

12

Die Uniform des Paketzustellers machte ihn quasi unsichtbar. Er hatte seinen Wagen bewusst einige hundert Meter abseits des Heimwegs abgestellt, sich das leere Paket auf dem Beifahrersitz geschnappt und war losgelaufen. Niemand nahm ihn wahr. Er erreichte die Straße und senkte den Blick. Gut, dass es hier keine Videoüberwachung gab. Als er an der Zieladresse ankam, bemerkte er sofort die offen stehende Haustür. Er lächelte zufrieden. Umso besser. So verlor er keine unnötige Zeit und lief nicht Gefahr, von der Kamera der Videosprechanlage erfasst zu werden. Er betrat den Hausflur, blieb kurz stehen und lauschte auf Stimmen oder Schritte. Alles war still. Langsam stieg er die Stufen zur ersten Etage hoch. Vor der Wohnungstür von Stobbe und Prietl wartete er und führte zum Schein den Finger zum Klingelknopf, ohne ihn jedoch zu berühren. Erneut lauschte er. Weder von unten noch von oben erklangen Geräusche. Er angelte den Schlüsselbund aus der Hosentasche und fand nach kurzer Suche den passenden Schlüssel. Er entsperrte das Schloss und schlüpfte in die Wohnung. Im Flur zog er Handschuhe an und drückte die Tür geräuschlos hinter sich zu.

»Hier hast du also gelebt«, sagte er leise.

Seine Aufregung wuchs. Um sich zu vergewissern, dass ihn keine unangenehme Überraschung erwartete, nahm er sein Handy aus der Hosentasche. Er überprüfte das GPS-Signal, das von Prietls Wagen ausging. Das Auto stand in Eppendorf, nahe der Adresse ihres Arbeitgebers. Wahrscheinlich hatte er alle Zeit der Welt, um sich in Ruhe umzusehen, da Prietl endlich beschlossen hatte, wieder zurück ins Leben zu finden.

Wo fange ich an?

Am meisten reizte es ihn, sich zuerst im Schlafzimmer einen Überblick zu verschaffen – obwohl er sich aus diesem Raum keinerlei Erkenntnisse erhoffte. Bereits an der Türschwelle fielen ihm die benutzten Taschentücher am Boden neben dem Bett auf.

»Arme Johanna. Weinst du noch immer jede Nacht?« Er lächelte.

Um seine Neugier zu befriedigen, trat er an ein Sideboard und öffnete die oberste Schublade. Nun grinste er breit. Er hatte sofort einen Treffer gelandet, denn hier bewahrte Johanna ihre Unterwäsche auf. Nach kurzem Zögern steckte er sich einen Slip in die Hosentasche. In ihrem derangierten Zustand würde sie den Verlust hoffentlich nicht bemerken.

13

Die Buchstaben und Zahlen auf dem Computerbildschirm verschwammen vor Johannas Augen. Es war so dumm gewesen, sich nicht weiter krankschreiben zu lassen. Wieso hatte sie sich nicht wenigstens noch eine Woche gegönnt?

Alle waren so schrecklich verständnisvoll. Behandelten sie wie ein rohes Ei. Selbst ihr Chef, der normalerweise nicht zimperlich mit seinen Angestellten umging, hatte sich Zeit genommen und ihr angeboten, ohne Druck in die tägliche Routine zurückzufinden.

Aber bestimmt tuschelten alle heimlich. Fragten sich, warum Tom verschwunden war. Ob manche Kolleginnen nur mühsam ihre Schadenfreude unterdrücken konnten? Frauen waren untereinander leider oft so.

Johanna rieb sich über die Augen und kontrollierte ihre letzten Eingaben. Je länger sie darauf starrte, desto weniger Sinn ergaben die Zahlenkolonnen. Musste sie alles wieder löschen und von vorne beginnen?

Als sie die Löschtaste drückte, zitterte ihre Hand. Was war bloß los mit ihr?

»Johanna?«, fragte eine Kollegin besorgt. »Alles in Ordnung?«

Johanna schaute sie mit aufgerissenen Augen an. »Ich kann das nicht«, sagte sie leise.

»Was kannst du nicht?«

Johanna antwortete nicht. Sie starrte für ein paar Sekunden ins Leere, ehe die Stimme ihrer Kollegin sie ins Jetzt zurückrief.

»Wie kann ich dir helfen?«

Johanna sprang auf und eilte zum Büro ihres Chefs. Sie klopfte an die Tür und riss sie auf. Der Mann ging soeben die Unterschriftenmappe vor sich durch.

»Frau Prietl«, sagte er. »Sie sind ja total blass. Geht's Ihnen nicht gut?«

»Ich schaff das nicht«, antwortete sie. »Es tut mir leid. Kann ich Überstunden abbauen? Da müssten genug freie Tage bis zum Wochenende zusammenkommen. Montag geht's mir bestimmt viel besser.«

»Sonst fahren Sie zum Arzt und lassen sich ...«

»Nein! Das will ich nicht. Nur ein paar zusätzliche Tage, dann bin ich wieder ganz die Alte. Versprochen.«

»Alles klar. Ich kümmere mich darum. Haben Sie jemanden, der Sie abholen kann?«

»Ich schaff das. Danke! Wir sehen uns Montag.« Sie drehte sich um und verließ das Büro ihres Chefs. Am eigenen Schreibtisch fuhr sie den Computer herunter.

»Gehst du nach Hause?«, fragte ihre Kollegin.

»Tut mir leid. Ich bin einfach noch nicht so weit. Wir sehen uns Montag. Ich muss ins Bett. Hab letzte Nacht fast gar nicht geschlafen.« Johanna lächelte ihrer Kollegin gequält zu.

»Pass auf dich auf«, sagte die. »Wenn du etwas brauchst, ruf mich an.«

»Danke, Melanie. Du bist ein Schatz.«

14

Nachdenklich musterte er das zweiseitige Formular auf dem Esstisch. Personenfahnder Till Buchinger und Johanna Prietl hatten einen Vertrag miteinander abgeschlossen. Das gefiel ihm überhaupt nicht. Hatte Prietl einen Privatdetektiv engagiert, der nach ihrem verschollenen Partner suchen sollte?

Er überflog die Vereinbarung, und seine Befürchtung bestätigte sich. Prietl erteilte diesem Buchinger den Auftrag, Erkundigungen über den Verbleib von Tom Stobbe einzuziehen. Dafür gab sie ihm allerlei Vollmachten, die ihn berechtigten, in ihrem Namen Auskünfte zu erlangen. Außerdem war sie bereit, bis zu fünftausend Euro für seine Dienste auszugeben. Ziemlich viel Geld für eine Steuerfachangestellte.

Er zog das Handy aus der Tasche und fotografierte die beiden Seiten. Zu Hause würde er Nachforschungen über Buchinger anstellen. Hoffentlich handelte es sich bei dem Mann bloß um einen Amateur, der eine verzweifelte Frau um ihre Ersparnisse brachte.

Da er das Telefon bereits in der Hand hielt, überprüfte

er ein weiteres Mal das GPS-Signal, das von Prietls Fahrzeug ausging. Als er die aktualisierte Anzeige sah, schrak er zusammen. »Scheiße!«

Der Wagen stand in der Heimhuder Straße, einer Parallelstraße zum Heimweg, und bewegte sich nicht. Wahrscheinlich war Prietl auf dem Weg zurück nach Hause. Vielleicht blieben ihm nur noch Sekunden, bis sie aufeinanderstoßen würden. Hektisch schob er das Smartphone in die Hosentasche und legte die beiden Zettel der Vereinbarung zurück an ihren alten Platz. Dann schnappte er sich den leeren Karton und lief in die Diele. Vorsichtig öffnete er die Wohnungstür und lauschte. Wenn er nun von unten Geräusche hörte, könnte er in die oberen Etagen ausweichen.

Bislang war allerdings nichts zu vernehmen. Er verließ die Wohnung und zog die Haustür zu. Ohne Zeit damit zu vergeuden, sie abzuschließen, ging er die Stufen im normalen Tempo hinunter. Als er das Erdgeschoss erreichte, sah er durch die noch immer offen stehende Haustür Johanna Prietl näher kommen. Zum Glück nahm sie ihn nicht wahr, da sie gerade in ihrer Handtasche kramte.

Was sollte er jetzt tun? Ihr entspannt entgegengehen und vielleicht sogar grüßen? Oder war es zu gefährlich, wenn sie ihn zu Gesicht bekäme? Sein einziger Ausweg wäre nur der Keller.

Im Bruchteil einer Sekunde traf er eine Entscheidung. Sie durfte ihn unter keinen Umständen bemerken und sich später an ihn erinnern. Also lief er um den kleinen Aufzug und an den Briefkästen vorbei zur Kellertreppe. Rasch eilte er sie hinab.

Im Kellergang wartete er und lauschte. Es dauerte nicht lange, bis er hörte, wie jemand einen Briefkasten aufschloss.

Er hielt den Atem an. Wenn Prietl nun ebenfalls in den Keller käme, hätte er einen Fehler gemacht. Dann würde sie sich sein Gesicht einprägen, denn als Paketauslieferer hatte er keinen Grund, sich hier unten aufzuhalten. Er musste auf sein Glück vertrauen. Falls sich das Schicksal jedoch gegen ihn verschwor, müsste er das Überraschungsmoment ausnutzen, sie im dunklen Keller anfallen und niederschlagen. Auch wenn das verdammt heikel wäre und die Bullen bestimmt misstrauisch machen würde.

15

Johanna Prietl schloss den Briefkasten auf. Wieder einmal lag nichts darin. Kein Brief von Tom, in dem er sich bei ihr entschuldigte und ihr versicherte, dass es ihm gut ginge. Sie drückte den Kasten zu und schaute die Kellerstufen hinab. Die in der Küche gelagerten Wasservorräte gingen zur Neige. Bald müsste sie ein paar Flaschen Sprudelwasser aus dem Keller holen. Aber ohne ihren Einkaufskorb und mit ihren noch immer zittrigen Händen ergab es keinen Sinn, das Wasser nach oben zu schleppen. Bestimmt würden ihr die Glasflaschen bloß aus den Fingern rutschen und auf dem Boden zerschellen. Darum würde sie sich später kümmern.

Schwerfällig ging sie in die erste Etage und steckte den Schlüssel ins Schloss. Bereits nach einer Viertelumdrehung sprang die Tür auf. Wieso das? Plötzlich hoffte sie auf ein Wunder.

Sie betrat die Wohnung. »Tom? Bist du wieder da?«

Niemand antwortete ihr. Offenbar hatte sie heute Morgen einfach bloß vergessen, die Wohnungstür abzuschließen. Sie seufzte. Wie hatte sie glauben können, in ihrem Zustand arbeitsfähig zu sein? Johanna zog die Küchenschublade mit dem Süßigkeitenvorrat auf und nahm einen Schokoriegel heraus. Wie lange würde sie diese Anspannung noch aushalten, ohne verrückt zu werden? Hoffentlich war ihr neuer Nachbar sein Geld wert und erzielte schnell Ergebnisse. Sie schlurfte ins Wohnzimmer und setzte sich an den Esstisch.

16

Till betrat um kurz vor elf das Schulgebäude. In den Stunden zuvor hatte er ausführlich mit Hauptkommissar Zalazar geredet, der ihm per E-Mail Dokumente zugeschickt hatte. Einen Teil davon hatte Till bereits überprüft, ohne auf eine Spur gestoßen zu sein. Um nicht die Konzentration zu verlieren, war er schließlich zur Schule aufgebrochen, wo er sich neue Erkenntnisse erhoffte.

Die Direktorin Isabell von Lüttge empfing ihn in ihrem Büro. Sie hatten am Tag zuvor telefoniert und ein persönliches Treffen vereinbart.

»Hat sich seit unserem gestrigen Kontakt etwas ergeben?«, fragte ihn die hellblonde Frau.

»Nein«, erwiderte Till bedauernd. »Aber ich steh auch erst ganz am Anfang meines Wegs.«

Sie lächelte wehmütig. »Ich werde am Ende des Schuljahrs pensioniert. Es wäre schön, wenn Tom bis dahin wohlbehalten aufgetaucht wäre. Ich hätte ihn gern bei meiner Abschiedsfeier dabei. Sein Verschwinden kurz vor den Abiprüfungen hat uns so viel Kopfzerbrechen bereitet.«

»Inwiefern?«, fragte Till.

»In erster Linie wegen seines Kurses. Er betreut einen Deutsch-Leistungskurs. Außerdem drei Grundkurse, die ebenfalls vor Prüfungen stehen. Als er verschwand, hatten seine Schüler noch zwei Wochen Unterricht vor sich. War nicht einfach, einen passenden Ersatz zu besorgen, aber wir konnten den Schülern nicht ihre letzten Stunden vor den Prüfungen streichen. Und bei der Betreuung der Klausuren hat er auch gefehlt. Nächste Woche sind die mündlichen Nachprüfungen an der Reihe. Ist ohne Tom ebenfalls nicht so leicht. Er kennt seine Schüler am besten und weiß, wie man sie in solchen Situationen anzufassen hat. Herrje! Wo steckt er bloß? Hoffentlich ist ihm nichts passiert!«

»Hat Herr Stobbe sich in den Wochen zuvor seltsam verhalten? Von der Brandschutzübung abgesehen?«

»Mir ist nichts dergleichen zu Ohren gekommen«, antwortete von Lüttge.

»Hat er Sie jemals um ein Gespräch über seine berufliche Zukunft gebeten?«

Sie runzelte die Stirn. »Nein. Wie kommen Sie darauf?«

»Stobbe hat im März einem Nachbarn anvertraut, mit dem Gedanken zu spielen, nach Spanien auszuwandern.«

»Um dort zu unterrichten?«

»An einer internationalen Schule.«

»Kann ich mir nicht vorstellen. Da verdient man viel weniger, und er hätte als Deutscher kaum Aufstiegschancen. Tom ist 32. Er könnte in zehn Jahren stellvertretender Direktor werden, in fünfzehn meine Position besetzen. Warum sollte er diese Aussicht aufgeben? Er bringt alles mit, was man von einem Pädagogen in Führungsposition erwartet.«

»Nehmen wir an, er hat eine Sinnkrise und beschließt, sich zu verändern. Könnte er mitten im Schuljahr einfach gehen, oder hätte er gewartet bis ...«

»Definitiv gewartet«, sagte sie. »Keine Schule dieser

Welt stellt im April einen Lehrer für das laufende Schuljahr ein. Tom hätte Zeugnisse oder ein Empfehlungsschreiben benötigt. Hat er beides nicht angefordert. Das ist ausgeschlossen. Er ist nicht einfach verschwunden, um irgendwo anders zu unterrichten. Diese Theorie können Sie sich aus dem Kopf schlagen. Die ergibt keinen Sinn.«

»Danke für Ihre Einschätzung. Das deckt sich mit meiner Vermutung. Ist Herr Henning zu sprechen? Der hat bei der Polizei ein paar interessante Dinge ausgesagt.«

Die Direktorin wandte sich ihrem Computer zu. »Sie haben Glück. Carlo hat in zwanzig Minuten eine Freistunde.«

»Hat sich Tom Stobbe Ihres Wissens je mit Stipendiaten an ausländischen Eliteuniversitäten beschäftigt?«, fragte Till, um die Zeit zu überbrücken.

»Das weiß ich nicht. Zumindest hat er mich nicht danach gefragt. Für einen Schüler oder für sich selbst?«

»Es ging um Alexander Ruhr.«

»Ah. Alexander. Klug genug wäre er, um an jeder Universität weltweit zu studieren. Nur an seiner sozialen Kompetenz müsste er arbeiten. Aber ist ja auch kein Wunder. Wäre schön, wenn er seinen Weg findet. Schreckliche Geschichte damals. Dabei zuzusehen, wie die Mutter in eine Schlucht stürzt. Gut, dass er wieder die Kurve nach dem Trauma bekommen hat. Lange sah es nicht danach aus.«

»Hatte Herr Stobbe ein engeres Verhältnis zu Alexander als zu anderen Schülern?«

»Nein. Das wäre mir zu Ohren gekommen. Wieso fragen Sie?«

»Alexander Ruhr und sein Vater waren die letzten Personen, zu denen Herr Stobbe am Tag seines Verschwindens Kontakt hatte. Er war bei ihnen zu Hause, um über Stipendien zu sprechen.«

»Wirklich? Das wusste ich gar nicht. Seltsam. Er war bei ihnen zu Hause?«

Till nickte. Die Reaktion der Direktorin war aufschlussreich. Offenbar hielt sie die Geschichte für nicht glaubwürdig.

Eine halbe Stunde später saß er mit Carlo Henning zusammen in einem Café unweit des Schulgebäudes. Der Lehrer hatte es für besser gehalten, sich hier zu unterhalten, da sie außerhalb des Gymnasiums mehr Ruhe hätten.

Nach kurzem Geplänkel kam Till auf den eigentlichen Grund für ihr Treffen zu sprechen.

»Sie haben gegenüber der Polizei ausgesagt, Stobbe habe sich am Tag seines Verschwindens seltsam verhalten. Wie kommen Sie zu dieser Einschätzung?«

»Das fing mit dem Probealarm an. Wieso überträgt er einer Schülerin die Aufsicht? Das kann man bei einer Abschlussklasse zwar machen, ungewöhnlich ist es trotzdem.« Er beugte sich vor. »Ehrlich gesagt, sind wir Lehrer mal ganz froh über so eine Abwechslung. Zumindest bei gutem Wetter.«

Till lächelte verständnisvoll. »Das kann ich mir vorstellen.«

»Aber wäre es nur das gewesen, hätte ich es als Petitesse abgehakt. Erstaunlicher fand ich sein Verhalten im Lehrerzimmer in der nächsten großen Pause. Er saß an seinem Platz und war völlig in sein Handy vertieft. Als ich ihn ansprach, erschrak er, errötete und war anfangs schweigsam. Wie jemand, der genau überlegt, was er preisgeben kann. So ein Verhalten kenne ich nicht von ihm. Also war mein Interesse geweckt. Ich hab mich zu ihm gesetzt und gefragt, was los sei. Er ist dann nach und nach damit rausgerückt, dass er mit dem Gedanken spielt, die Verlobung aufzulösen. Angeblich habe er Wohnungsanzeigen auf dem Handy studiert. Aber er hat sofort weggeklickt, was er sich da angesehen hat. Das fand ich befremdlich.«

»Könnte Stobbe eine bedrohliche Nachricht erhalten haben? Bilder, mit denen man ihn erpressen wollte?«

Henning hob die Augenbrauen. »An so etwas habe ich noch gar nicht gedacht.«

»Sondern?«

»Ich hätte mir eher vorstellen können, dass er schon was Neues am Laufen hatte. Also eine Nebenbuhlerin von Johanna.«

»Aber er hat nicht versonnen gelächelt? Oder sonst eine Reaktion gezeigt, die für einen frisch Verliebten typisch wäre?«

»Sie sind gut! Das hat mich der Polizist nicht gefragt.«

Till zuckte mit den Achseln. »Es ist doch so: Ist man verliebt und fühlt sich unbeobachtet, wären ein Grinsen oder ein versonnenes Lächeln eine typische Reaktion, sobald einem der Partner etwas schickt.«

»Das stimmt. So etwas sehe ich ja beinahe jede Woche bei den älteren Schülern, wenn die vermeintlich heimlich im Unterricht auf ihre Smartphones starren.«

»Und so hat Stobbe nicht gewirkt?«

»Nein.«

»Wäre denn eine bedrohliche Nachricht denkbar, über die er unmöglich mit Ihnen hätte sprechen können?«

»Wieso hätte er darüber nicht mit mir sprechen können? Wir sind zwar nicht die besten Freunde, aber zumindest vertraut miteinander.«

»Vielleicht wurde er erpresst, und man hat es ihm verboten.«

Henning steckte sich den kleinen Finger ins Ohr und pulte gedankenverloren in der Ohrmuschel. »Nicht ausgeschlossen. Und was heißt das jetzt?«

»Dass wir viel schlauer wären, wenn wir sein Handy hätten. Wissen Sie über Stobbes Besuch bei den Ruhrs Bescheid?«

Hennings Gesichtsausdruck sprach Bände. »Wann soll das gewesen sein?«

»Am Tag seines Verschwindens.«

»Da war er bei Alexander? Zu Hause? Das ist mir neu. Was wollte er da?«

»Mit Alexander über die Möglichkeiten eines Stipendiums an einer Eliteuni im Ausland sprechen.«

Henning lehnte sich zurück und verschränkte die Arme vor der Brust. »Nein. Ausgeschlossen.«

»Wieso sind Sie davon so überzeugt?«

Henning schaute sich um. Hielt er nach Schülern Ausschau? Er beugte sich vor. Auch Till verkürzte den Abstand zwischen ihnen.

»Tom fand Alexander immer ein bisschen gruselig. Der Junge ist zwanzig, hat eine verdammt seltsame Familiengeschichte und ist ein absoluter Einzelgänger. Ich hab Alexander letztes Jahr unterrichtet. Sein abwesender Blick kann einem eine Gänsehaut einjagen. Tom und ich haben uns mal über ihn unterhalten. Wir waren uns einig. Seine Leistungen sind Spitzenklasse, keine Frage. Trotzdem ist er kein Sympathieträger. Wann genau soll der Besuch gewesen sein?«

Till überlegte, ob er zu viele Informationen preisgeben würde. Doch die Reaktion des Lehrers war aufschlussreich, insofern schadete es wohl nicht, ihm etwas Futter zu geben. »Die Polizei hat ein Handybewegungsprofil erstellt. Stobbe fuhr nach der Schule zu einem Restaurant und danach zu den Ruhrs. Von dort ging es weiter zum Hauptbahnhof, wo sich seine Spur verliert. Alexander und sein Vater Wolfgang haben bei der Polizei übereinstimmend ausgesagt, dass

Stobbe über die Möglichkeiten eines Stipendiums im Ausland mit ihnen gesprochen hat.«

Henning schüttelte den Kopf. »Glaub ich nicht. Wenn ich das richtig verstehe, waren Alexander und sein Vater die letzten Personen, die Tom lebend gesehen haben?«

»Von denen wir wissen«, bestätigte Till.

»Die sollten Sie unter die Lupe nehmen. Ich bin Wolfgang Ruhr an einigen Elternsprechtagen begegnet. Verschlossener Typ. Klar, der hat auch Schreckliches erlebt. Aber trotzdem, wie soll ich es ausdrücken? Er ist kein Zeitgenosse, mit dem ich ein Bier trinken gehen würde. Ich hoffe, ich muss nicht deutlicher werden. Will ja niemandem was unterstellen.«

»Ich verstehe, was Sie sagen wollen.« Till lehnte sich wieder zurück.

»Haben Sie mit Alexander oder seinem Vater schon gesprochen?«, erkundigte sich Henning.

»Nein.«

»Das sollten Sie schleunigst nachholen. Vielleicht wissen die mehr, als sie zugeben. Gerade, wenn Sie es für möglich halten, dass jemand Tom erpresst haben könnte. Das würde ich denen zutrauen. Verraten Sie bitte niemandem, dass Sie das von mir haben. Ich will mich nicht in die Nesseln setzen.«

»Keine Sorge«, versprach Till. »Das bleibt unter uns.«

17

Cora lag auf dem Bett und starrte an die Decke. Heute war mal wieder einer der Tage, an denen sie sich zu nichts aufraffen konnte. Musik hören, lesen, streamen oder auch nur ein bisschen Sport auf dem Laufband treiben. All die Beschäftigungen, mit denen sie gegen die unerträgliche Langeweile kämpfte, boten ihr gerade keine Zuflucht. Sie hatte den Eindruck, dass sich die Dinge derzeit änderten.

War das gut oder schlecht? Sie konnte es nicht einschätzen. Andererseits: Was könnte schlechter sein als ...

Sie hörte ein Geräusch an der Tür und schloss die Augen. War es wieder so weit?

Der Mann trat ein. Er trug ein T-Shirt und Jogginghose. Keine Schuhe, kein Hemd. Zumindest verriet sein Aufzug ihr, was er vorhatte. In seiner Hand hielt er einen schwarzen Slip.

»Für dich«, sagte er. »Zieh das an!« Er warf ihr die Unterhose aufs Bett. Sie musterte den Slip, der nicht ungewöhnlich war. Weder besonders sexy noch aufreizend. Normale Frauenunterwäsche. Ihr lag die Frage auf der Zunge, wem der zuvor gehört hatte, denn er war nicht neu.

Doch in den mehr als zwei Jahren ihrer Gefangenschaft hatte sie gelernt, solche Fragen nicht zu stellen.

»Mach schon! Ich hab nicht ewig Zeit. Zieh alles aus und den Slip an.«

Innerlich betete sie, dass er ihr nicht wehtun würde. Sie erhob sich vom Bett und streifte den Pullover über den Kopf, den sie achtlos auf den Boden fallen ließ. Dann schlüpfte sie aus der Sporthose, den Sneakersocken und ihrer eigenen Unterwäsche. Sie nahm den Slip und schlüpfte hinein. Das war so sinnlos, denn der Mann würde ihn ihr ohnehin schnell vom Körper reißen.

Er beobachtete sie lächelnd.

»Heute bist du meine Johanna. Kapiert?« Er kletterte aus der Jogginghose. Seine Erregung war nicht zu übersehen.

»Leg dich auf den Bauch, Johanna. Deine Haare sollen dein Gesicht verdecken.«

Sie folgte seinem Befehl und arrangierte ihr Haar wie gewünscht. Kurz darauf spürte sie ihn. Um sich abzulenken, versank sie in Gedanken. Wer war diese Johanna, in die einzudringen er sich vorstellte? Hatte er eine Nachfolgerin für sie gefunden? Was bedeutete das für sie?

18

Vom Café aus fuhr Till Buchinger nach Hause. Miriam hatte keine Zeit für eine gemeinsame Mittagspause, also würde er sich bloß eine Kleinigkeit zubereiten und abends eventuell mit ihr in ein Restaurant gehen. Im Heimweg angekommen, erblickte er Johanna Prietl, die von den Mülltonnen zurück zum Hauseingang lief.

»Johanna!«, rief er ihr nach.

Sie zuckte zusammen und drehte sich um.

»Entschuldigung. Ich wollte dich nicht erschrecken.«

»Nicht deine Schuld.«

»Wie war's bei der Arbeit?«

Sie blickte zu Boden. »Ich hab's nicht lange ausgehalten. Das war noch zu früh. Mein Chef hat mir zum Glück bis nächste Woche freigegeben.«

»Ist vielleicht besser so.«

»Hast du was rausgefunden?«

»Möglich. Sollen wir kurz drüber reden?«

Sie nickte. Gemeinsam gingen sie in die erste Etage hoch und setzten sich wieder einmal an den Esstisch.

»Ich habe heute lange mit Hauptkommissar Zalazar

telefoniert. Der ist sehr kooperativ, auch wenn ich zumindest jetzt noch keine neuen Erkenntnisse habe. Dann bin ich ins Wilhelm-Gymnasium gefahren und hab zuerst mit der Direktorin gesprochen. Sie hält es für absolut unwahrscheinlich, dass sich Tom kurz vor den Abiprüfungen ins Ausland absetzt, um an einer internationalen Schule anzuheuern.«

»Ja. Das klingt nicht nach ihm«, sagte Johanna.

»Er hat sie auch nie um ein Empfehlungsschreiben oder ein Zeugnis gebeten. Aufschlussreicher fand ich ein Gespräch mit Carlo Henning. Er hatte der Polizei gesagt, dass Tom am Tag seines Verschwindens abgelenkt gewirkt hätte.«

»Und angedeutet hat, die Verlobung lösen zu wollen. Ich weiß. Hat Carlo das wiederholt?«

»Vordergründig ja. Aber ich hab ein bisschen tiefer gebohrt. Angeblich hat Tom am vierten April Wohnungsanzeigen auf dem Handy geprüft. Für so einen Schritt gibt es zwei mögliche Gründe. Entweder hatte er das Gefühl, es gar nicht mehr an deiner Seite auszuhalten, oder er war frisch verliebt.«

»Hätte ich das nicht mitbekommen müssen?«, fragte sie leise. »Wenn er auf Wolke sieben gewesen wäre?«

»Henning hat mir bestätigt, dass Tom keinen verliebten Eindruck gemacht hat. Das ist eine wichtige Information. Wie schlimm war euer Streit am Vortag? Könnte der in ihm den Wunsch ausgelöst haben, einfach alles hinzuschmeißen?«

Johanna antwortete nicht sofort. »Es war ein übler Streit«, gab sie zu. »Ich bin viel zu laut geworden. Wie so oft. Aber wir haben uns nicht gegenseitig bedroht oder uns Sachen an den Kopf geworfen. So weit sind wir nie gegangen.«

Till musterte ihr Gesicht. Für ihn schied sie endgültig als

Verdächtige aus. Sie litt unter dem spurlosen Verschwinden ihres Verlobten.

»Das reicht mir als Einschätzung. Wenn ich heute noch etwas herausfinde, sage ich dir später noch Bescheid. Ansonsten kriegst du morgen einen neuen Zwischenbericht.«

»Danke. Heute ist übrigens was Komisches passiert. Aber ich weiß nicht, ob ich mir das bloß eingebildet habe.«

»Erzähl!«

»Als ich von der Arbeit nach Hause gekommen bin, war die Wohnungstür nicht abgeschlossen. Ich schließe immer ab.« Sie zuckte mit den Achseln. »Vielleicht war ich morgens so aufgewühlt, dass ich es vergessen habe. Wäre zwar total ungewöhnlich. Trotzdem möglich.«

Till erinnerte sich an ihre Begegnung am vierten April. Damals hatte sie die Tür ebenfalls nicht abgeschlossen. Er beschloss, das vorerst für sich zu behalten.

»Ich dachte, Tom wäre zurückgekommen. Für einen Moment war ich total euphorisch. Hab mich leider geirrt. Die Wohnung war leer. Gefrustet hab ich mir einen Schokoriegel aus der Küche geholt und mich hierhin gesetzt. Jetzt wird's wirklich verrückt. Ich hab nämlich den Hauch eines Männerparfüms wahrgenommen. Das war Toms Duft. Ganz schwach. Aber er war es. Tom hatte ein Lieblingsparfüm. Das würde ich unter hundert anderen wiedererkennen. Außerdem lag unser Vertrag nicht genau an der Stelle auf dem Tisch, an der ich ihn hab liegen lassen.« Voller Hoffnung schaute sie ihn an. »Glaubst du, er war kurz hier? Er hat einen Schlüssel zur Wohnung. Für ihn wäre es kein Problem, sich Zutritt zu verschaffen.«

»Ich möchte dir eine Geschichte aus meiner Vergangenheit erzählen. Ich bin Witwer«, sagte Till. »Meine Frau hieß Antje. Ist viel zu früh an Krebs gestorben.«

»Oh Gott, wie schrecklich.«

»In den ersten Jahren war ich von Trauer zerfressen. In den unmöglichsten Momenten hatte ich Antjes Geruch in der Nase. Oder ihre Stimme im Ohr. Ich hab nachts im Bett gelegen und geglaubt, ihren Atem zu hören. Ihn in meinem Nacken zu spüren. Das ist alles völlig normal.«

»Werde ich verrückt?«

»Nein«, beruhigte Till sie. »Du trauerst und hast Angst. In emotionalen Ausnahmezuständen ist es nicht ungewöhnlich, dass man eine Routinetätigkeit wie das Abschließen einer Tür vergisst.«

»Ich denke immer daran«, entgegnete Johanna. »Vergesse es nie!«

»Dann wäre es jetzt eben das erste Mal gewesen«, sagte Till. Er sah keinen Grund, den vierten April zu erwähnen. »Und was den Vertrag anbelangt: Lag er an einer völlig anderen Stelle?«

»Nein, er war nur ein paar Zentimeter näher am Tischrand.«

»Vielleicht hat ihn ein Windzug leicht bewegt?«

»Weiß nicht. Könnte sein.« Johanna schlug die Hände vors Gesicht. »Oh Gott!«, stöhnte sie. »Ich werde noch wahnsinnig. Wie soll ich das bloß aushalten?«

19

Wolfgang Ruhr saß im Wohnzimmer. In ihm brodelte es. So konnte das nicht weitergehen, fast jede Woche gab es neue Hiobsbotschaften.

Schließlich nahm er seinen Mut zusammen, stand auf und ging in die obere Etage, die Alexander in Beschlag genommen hatte. Der Geruch von Marihuana drang durch die geschlossene Tür.

»Was für eine Unverschämtheit«, flüsterte Ruhr wütend. »In meinem eigenen Haus.«

Er legte die Hand auf die Türklinke, zog sie aber im letzten Moment zurück. Alexander hatte Anspruch auf seine Privatsphäre. Also klopfte er an.

»Alex, wir müssen reden!«

»Worüber?«, ertönte es nach ein paar Sekunden.

»Das weißt du genau. Ich warte im Wohnzimmer auf dich.«

Zum Beispiel über dein verdammtes, braunes Buch, das uns den ganzen Ärger eingebrockt hat. Oder über die neueste Info von heute, dachte Ruhr aufgebracht.

Er setzte sich zurück auf seinen alten Platz und schaute

zur Wanduhr. Er würde Alex höchstens drei Minuten geben, um hier aufzutauchen.

Nach der Hälfte der gesetzten Frist öffnete sich in der oberen Etage die Durchgangstür. Laut trampelnd kam Alex die Treppe runter und blieb auf der Türschwelle stehen.

»Was willst du?«, fragte er.

»Über den Privatdetektiv mit dir reden. Ich hab im Internet nach ihm gesucht. Der ist gut! Ein absoluter Profi.«

»Ja, und?«

»Nimmst du das auf die leichte Schulter?«, erkundigte sich Ruhr. »Ich wette, der Kerl taucht hier demnächst auf. Schneller, als uns lieb ist.«

»Kann sein. Mir egal.«

»Spinnst du? Beschäftige dich mal mit Buchinger und …«

»Hab ich längst getan«, unterbrach Alex ihn. »Und?«

»Mich beunruhigt das!«

»Pft! Mich nicht.«

»Kapierst du es nicht? Sie hat einen Privatdetektiv engagiert. Einen der guten. Keinen Amateur. Der hatte schon mit ganz anderen Gegnern zu tun als uns. Dein verdammtes braunes Buch hat uns das eingebrockt.«

»Immer dieselbe Leier«, stöhnte Alex. »Passiert ist passiert. Er hätte sich nicht an meinem Eigentum vergreifen dürfen. Selbst schuld!«

»Und du hättest es nicht mit in die Schule schleppen müssen!«, schrie Ruhr.

»Red nicht in diesem Tonfall mit mir«, warnte Alexander ihn.

»Dito!«

»Alter, was willst du?«

»Mit dir besprechen, wie wir uns verhalten, wenn dieser Buchinger plötzlich vor der Tür steht. Das wird passieren.

Unsere Namen stehen in den Akten. Die Bullen wissen, dass dein Lehrer hier war.«

»Und wir bleiben bei unserer Geschichte. Wo ist dein Problem? Stobbe war hier und hat mit uns über Möglichkeiten gesprochen, wie ich mein Potenzial ausschöpfen kann. Zum Beispiel, indem ich mich an einer Eliteuni im Ausland bewerbe. Wofür es Fördermöglichkeiten gibt.«

»Und wenn Buchinger uns nicht glaubt?«

»Wieso sollte er? Die Bullen haben's auch geschluckt.«

»Die haben einfach nicht vernünftig ermittelt. Deswegen haben sie uns die Geschichte abgekauft. Wie lange war dieser Zalazar hier? Keine Viertelstunde. Ein Privatdetektiv lässt sich nicht so leicht abspeisen.«

»Wenn du recht hast, kümmern wir uns um das Problem. Vorher bin ich mit genug anderen Sachen beschäftigt. War's das?«

Vater und Sohn starrten sich an. In dieser Sekunde klingelte es.

20

Till Buchinger drückte die Klingel an der Haustür. Die braune Holztür gewährte ihm keinen Einblick ins Treppenhaus. Till zählte langsam bis zehn. Gerade, als er das zweite Mal klingen wollte, öffnete ihm ein Mann die Tür, der eine Kochschürze trug, an der er sich die Finger abwischte.

»Ja, bitte?«

»Wolfgang Ruhr?«, versicherte sich Till.

»Soweit ich weiß, stimmt das.« Ruhr lächelte über seinen eigenen Witz. »Und Sie sind?«

»Till Buchinger. Guten Abend. Entschuldigen Sie die Störung. Ich bin von Frau Prietl engagiert, im Fall ihres Verlobten Tom Stobbe zu ermitteln.«

»Oh. Alexanders Lehrer. Gibt's Neuigkeiten? Haben Sie ihn gefunden?«

»Leider nicht. Darf ich reinkommen?«

»Was? Oh ja, klar. Entschuldigen Sie.« Erneut wischte er mit den Händen über die Kochschürze.

»Störe ich gerade beim Kochen?«, fragte Till.

»Ich hab eben erst angefangen. Noch steht nichts auf dem Herd. Also kein Problem. Kommen Sie rein.«

»Was gibt's denn?« Till trat über die Türschwelle.

»Wovon ... Ach so, ähm, ich probiere mich an einer Gemüselasagne. Alexander und ich versuchen, weniger Fleisch zu essen. Deswegen koche ich mehrmals im Monat vegetarisch. Gehen wir ins Wohnzimmer.«

Auf dem Weg dorthin zog Ruhr die Schürze über den Kopf und legte sie über die Rückenlehne eines Stuhls. Till schnupperte unauffällig. Noch roch es nicht nach Essen. Stattdessen flüchtig nach Marihuana.

»Setzen wir uns.« Ruhr deutete zur Couch und nahm zuerst Platz. »Wie kann ich Ihnen helfen?«

»Ich hab von Hauptkommissar Zalazar erfahren, dass Herr Stobbe am Tag seines Verschwindens mit Ihnen und Ihrem Sohn gesprochen hat.«

»Netter Mann«, sagte Ruhr. »Also Herr Stobbe, meine ich.«

Till spürte deutlich, dass sein Gegenüber wegen seines Besuchs verunsichert war.

»Schreckliche Geschichte. Ich hoffe, er kommt bald wieder«, fuhr Ruhr fort.

»Können Sie sich noch daran erinnern, wann genau Stobbe hier auftauchte?«

Ruhr zuckte leicht mit den Schultern. »Gegen halb sechs? Passt das?«

Till lächelte lediglich. »Es klingelte also bei Ihnen, und was dann?«

Ruhr dachte kurz nach. »Ich erkannte ihn sofort von früheren Elternsprechtagen wieder. Mein erster Gedanke war, dass Alex was ausgefressen haben könnte. Sie wissen schon, wenn ein Lehrer unangekündigt bei Ihnen auftaucht, ist das meistens kein gutes Zeichen. Fast so, als würde einen der Chef ohne Vorwarnung in sein Büro bitten.« Er lachte. »Aber in diesem Fall war es anders. Ich bat Herrn Stobbe herein. Wir haben in der Küche gesessen, weil ich da gerade beschäftigt war. Ich koche seit einigen Jahren gerne. Aus der Not geboren. Na ja. Ehrlich gesagt, war ich ein bisschen nervös. Zum Glück fing der Lehrer mit einer Lobeshymne über Alex an. Das hat mich beruhigt. Mir Druck genommen.« Wieder lächelte er. »Stobbe meinte, Alex wäre klug genug, um Eignungsprüfungen an den besten Unis dieser Welt zu bestehen. Wow! War ich platt und stolz. Dann erklärte er, dass diese Universitäten oft richtig Geld kosten, es aber zahlreiche Möglichkeiten für Stipendien gäbe. Darüber wollte er gern mit uns sprechen.«

»Was hat Alex zum Auftauchen seines Lehrers gesagt?«

»Der war zu dem Zeitpunkt ja gar nicht da.«

»Wo war er?« Diese Information war Till neu.

»Beim Training im Fitnessstudio. Ich hab Alex angerufen, und er ist so schnell wie möglich zu uns gestoßen, um sich Tipps von seinem Lehrer geben zu lassen. Das war ein sehr informatives Gespräch. Schrecklich, dass Herr Stobbe ausgerechnet danach verschwunden ist.«

»Was für einen Eindruck hat er auf Sie gemacht?«, fragte Till. »Wirkte er aufgewühlt? Fahrig?«

»Nein. Gar nicht. Er war wirklich total sympathisch. Mir hat es gut gefallen, wie sehr er sich für Alexanders Zukunft interessiert hat. Er war engagiert. Das trifft es am besten.«

»Hat sich Ihr Sohn schon wegen seiner Zukunft entschieden?«

Ruhr atmete tief durch. »Ehrlich gesagt, weiß ich es gar nicht. Seit den Abiprüfungen ist er am liebsten zu Hause und zieht einen Joint durch, auch am helllichten Tag – schwärzen Sie ihn deshalb bitte nicht an. Angeblich entspannt ihn das beim Lernen für die mündlichen Prüfungen. Manchmal fehlt mir die Unterstützung durch ... na ja, seine Mutter.« Ruhr wich Tills Blick aus. »Hoffentlich bin ich nicht zu verständnisvoll.«

»Sie sind alleinerziehend?«

»Ich dachte, Sie wüssten das. Rita ist vor sechs Jahren tödlich verunglückt. Beim Wandern in den Bergen. Ich ...« Er schluckte. »Fast hätte ich sie am Arm festhalten und retten können, aber ich war einen Sekundenbruchteil zu langsam. Alexander hat das mitbekommen. Es hat ihn ...« Noch einmal schluckte er. »Traumatisiert«, sagte er kaum verständlich.

»Wie schrecklich.«

»Ja. Seitdem sind Alex und ich allein.« Er rieb sich übers Gesicht und rang sich ein Lächeln ab. »Ich hol ihn dazu. Einverstanden?«

»Gerne.«

Hektisch sprang Ruhr auf. Ohne Till einen Blick zuzuwerfen, ging er an ihm vorbei. Offenbar war er froh, sich dem Gespräch entziehen zu können.

Till schaute sich um. Auf einem Beistelltisch neben der Couch entdeckte er ein gerahmtes Vater-Sohn-Foto. Erst jetzt wurde ihm bewusst, dass er bislang keine Hinweise auf die verstorbene Ehefrau bemerkt hatte. Er erhob sich und ließ seinen Blick schweifen. Der Eindruck bestätigte sich. An den Wänden hingen ebenfalls keine Schnappschüsse aus glücklichen Ehejahren. Till dachte an die Wohnung zurück, in der er viele Jahre allein gelebt hatte. Dort waren Besucher überall Antje begegnet. Und selbst in der neuen Wohnung hatte Miriam darauf bestanden, dass er die Erinnerung an seine Ehefrau aufrechterhielt. Durch Bilder an den Wänden und eine Bodenvase, die Antje und er zur Hochzeit geschenkt bekommen hatten.

War Wolfgang Ruhr mit einer eifersüchtigen Frau liiert,

die das nicht duldete? Nein, er hatte sich als alleinerziehend bezeichnet. Steckte also etwas anderes dahinter? Ob Miriam Informationen über den Unfall in den Schweizer Bergen einholen könnte? Das könnte seinen Eindruck vom Vater-Sohn-Gespann abrunden.

Till setzte sich wieder. Gerade rechtzeitig, denn nur Sekunden später kehrte Wolfgang Ruhr mit seinem Sohn zurück.

»Alexander, das ist Till Buchinger. Er sucht für Frau Prietl nach ihrem Verlobten. Deinem Lehrer Herrn Stobbe.«

»Hallo«, sagte Alexander. Ohne Till die Hand zu reichen, fläzte er sich auf die Couch. »Haben Sie ihn gefunden?«

»Ich stehe noch ganz am Anfang meiner Ermittlungen. Aber es gibt ein paar interessante Spuren.«

»Das freut mich. Ich hab ihn wirklich gemocht. Er war ein guter Lehrer.«

»Offensichtlich sehr engagiert«, sagte Till. »Alles spricht dafür, dass er am vierten April beschlossen hat, sein altes Leben hinzuwerfen, um irgendwo unerkannt etwas Neues aufzubauen. Abends ist er zum Bahnhof gefahren, wo sich seine Spur verliert. Aber vorher hat er sich noch die Zeit genommen, um mit dir über dein anstehendes Studium zu sprechen.«

»Irgendwie crazy.« Alexander lächelte. »Gleichzeitig fühle ich mich geschmeichelt. Können Sie das verstehen?«

»Absolut«, bestätigte Till. »Was genau haben du und Herr Stobbe eigentlich besprochen?«

»Er meinte, falls ich es schaffe, das Abitur mit 1,0 oder besser zu bestehen, soll ich mich an Eliteuniversitäten in ganz Europa bewerben. Besonders ans Herz hat er mir England gelegt. Er hat mir Informationsmaterial gezeigt, aber ich hab Bedenken geäußert, ob ich dafür wirklich gut genug bin. Mein Alter ist vermutlich von Nachteil. Bin ja schon zwanzig.«

»Was willst du studieren?«

»Psychologie.«

»Kannst du mir die Unterlagen zeigen, die er dir mitgebracht hat?«

»Er hat nichts *mitgebracht*«, antwortete Alexander sofort. »Sondern mir alles auf seinem Handy gezeigt. So richtig interessiert war ich nicht. Ich hatte die Abiprüfungen vor der Brust. Das war viel wichtiger. Und er meinte, ich soll die Bewerbungen nicht hinauszögern. Es wäre sogar besser, wenn ich das schon im letzten Winter getan hätte. Aber ich will lieber in Deutschland studieren. Derzeit tendiere ich zu Mannheim. Was soll ich in England, wo ich niemanden kenne und fremd wäre?«

»Also war sein Besuch völlig umsonst?«

»Kann man leider so sagen. Auch wenn sich das jetzt unter den Umständen schrecklich anhört.«

»Ist ja nicht deine Schuld«, meinte Till.

»Das stimmt.«

»Was mich wirklich wundert, dass Stobbe überhaupt nicht angespannt gewirkt hat.« Till wich bewusst ihrem Blick aus und schaute stattdessen zum Fenster. »Ich versuche, mir das vorzustellen. Er will sein Leben radikal ändern. Nimmt zum Beispiel um neunzehn Uhr einen Zug, der ihn in den Süden bringt. Um die Zeit bis dahin zu überbrücken, kommt er zu dir, um dir Tipps für deine Zukunft zu geben. Aber in seinem Kopf muss ein großes Wirrwarr geherrscht haben.«

»Davon hab ich nichts gemerkt«, sagte Alexander. »Was ist mit dir, Papa?«

»Ich hab auch nichts mitbekommen.«

»Seltsam«, murmelte Till. Noch immer wich er ihrem Blick aus. »Die einzige logische Erklärung wäre, dass er bei seinem Besuch hier nicht gewusst hat, was im Laufe des Abends passieren würde.«

Nun sah Till das Vater-Sohn-Gespann an. Kniff Alexander leicht die Augen zusammen? Wirkte der Vater etwas blasser als zuvor?

»Für mich und meine Mitschüler wäre es schöner gewesen, wenn er erst nach den Prüfungen gegangen wäre. Ich befürchte sogar, nicht meine beste Leistung abgeliefert zu haben. Wäre schlecht für die Unibewerbungen.«

»Wann bekommt ihr die Ergebnisse?«

»Dauert nicht mehr lange. Spätestens Anfang nächster Woche. Dann die mündlichen Prüfungen, und danach ist es geschafft.«

»Ich drück dir die Daumen.« Till erhob sich. »Danke. Damit weiß ich erst mal alles, was ich wissen wollte. Eventuell komme ich noch mal her, falls sich Fragen ergeben. Bist du in nächster Zeit immer zu Hause?«

»Bis zur Abifeier Ende Mai ja.«

»Und danach?«

»Weiß ich nicht.«

Till streckte dem jungen Mann die Hand entgegen. »Wahrscheinlich hab ich bis Ende Mai die Wahrheit über das Verschwinden herausgefunden. Ich danke dir sehr. Genieß die Zeit und vor allem die nächsten Monate. So frei wirst du nie wieder sein.« Er lächelte.

Alexander gab ihm die Hand und drückte fest zu. Till grinste.

»Wow! Fester Händedruck. Respekt! Ich finde alleine raus. Herzlichen Dank.«

Er spürte die Blicke der beiden in seinem Nacken und achtete auf jedes Geräusch. An der Schwelle zur Diele blieb er stehen und schaute über die Schulter zurück. »Ich wünsche übrigens einen guten Appetit.«

Vater und Sohn schienen einen Moment irritiert über

die Bemerkung. Für Till untermauerte das seine Eindrücke. Die beiden hatten eindeutig gelogen. Teilweise hatten sie ihm ein Schauspiel aufgeführt. Die Kochschürze war sauber und unbenutzt gewesen. Aber was bedeutete das? Hatten sie etwas mit dem Verschwinden des Lehrers zu tun? Oder war das zu weit hergeholt?

21

Wolfgang Ruhr schaute seinen Sohn wütend an.

Der erwiderte verunsichert den Blick. »Was ist?«

»Ich denke, du bist so intelligent. Davon hab ich gerade nichts bemerkt.«

»Spinnst du? Was für ein Problem hast du?«

»Du hast in der Vergangenheitsform von Stobbe gesprochen.«

»Hä?«

»*Ich hab ihn wirklich gemocht. Er war ein guter Lehrer*«, imitierte Ruhr den Tonfall seines Sohns.

»Ja und?«

»Ich hab diesen Buchinger genau beobachtet. Er hat das registriert. Das hat ihn sofort misstrauisch gemacht. Was ist so schwer daran zu sagen: Ich mag ihn, er ist ein toller Lehrer?«

»Schwachsinn!«

»Von wegen!«

»Deshalb regst du dich auf? Das ist eine Kleinigkeit. Ich

bin kein Schüler mehr. Wir reden alle in der Vergangenheitsform über unsere Lehrer.«

»Und das soll ich glauben?«

»Außerdem gefällt mir dein Tonfall überhaupt nicht«, meinte Alexander. »Muss ich dich an gewisse Dinge erinnern? An deine Rolle?«

Vater und Sohn starrten sich kurz an. Dann schüttelte Wolfgang Ruhr unzufrieden den Kopf und wandte sich von Alexander ab. Er trat hinter eine Gardine am Wohnzimmerfenster und schob sie vorsichtig beiseite.

»Das darf nicht wahr sein!«, fluchte er.

»Was ist los?« Alexander machte Anstalten, sich zu ihm zu gesellen.

»Bleib, wo du bist. Damit er uns nicht bemerkt.«

»Wartet er vor der Haustür?«

»Schlimmer. Er redet mit den Nachbarn von gegenüber.«

»Ja und?«

»Du kapierst gar nichts, Alex. Für die Bullen war unsere Befragung reine Routine. Der Hauptkommissar war nicht sehr engagiert. Sie verdächtigen uns nicht, sonst hätten sie schon längst das Haus auf den Kopf gestellt. Buchinger ist aus anderem Holz geschnitzt. Wenn er jetzt beginnt, die Nachbarn auszuquetschen, ahnt er etwas.«

»Oder er will Stobbes Verlobter nur das Geld aus der Tasche ziehen, indem er viele Stunden berechnet.«

»Schön wär's. Nein. Der Mann ist eine Gefahr, die wir nicht unterschätzen dürfen.«

»Falls es nötig wird, kümmern wir uns darum. Und jetzt nerv mich nicht. Reagier dich ab! Ich bin wieder oben. Will meine Ruhe haben.«

22

Till Buchinger drückte die Klingel am Haus der Nachbarn, die auf der gegenüberliegenden Straßenseite wohnten. An dem Briefkasten stand der Name Wolle.

Nach kurzer Wartezeit öffnete ihm eine etwa sechzigjährige Frau die Haustür und musterte ihn neugierig. »Sie wünschen?«

»Schönen guten Tag, Frau Wolle. Ich heiße Till Buchinger und bin als Personenfahnder tätig.«

»Das heißt?« Sie blickte kurz über die Schulter. »Thorsten, kommst du mal?«

Till wartete, bis der Ehemann im Flur auftauchte.

»Was gibt's denn, Sabrina?«

Till zückte seinen Ausweis, mit dem er sich bei solchen Gesprächen gern identifizierte, obwohl das Dokument keinerlei rechtliche Relevanz besaß.

»Till Buchinger«, stellte er sich noch einmal vor. »Ich bin Personenfahnder und suche nach einem vermissten Lehrer.«

»Ist hier im Viertel etwas passiert?«, fragte Thorsten Wolle alarmiert. »Ist jemand entführt worden?«

»Keiner der Nachbarn«, beruhigte Till ihn. »Es geht um einen Lehrer des Wilhelm-Gymnasiums. Dessen Verlobte hat mich beauftragt. Von dem Mann fehlt seit einem Monat jede Spur.«

»Oje, die arme Frau. Das ist ja schrecklich«, sagte Sabrina Wolle. »Aber was führt Sie zu uns? Wissen Sie was? Kommen Sie am besten rein. Oder, Thorsten?«

Der Ehemann zögerte kurz, dann nickte er.

»Vielen Dank.« Till betrat das Haus.

»Wir haben auf der Terrasse gesessen. Gehen wir dorthin!«

Sabrina Wolle schritt voran. Auf einem Terrassentisch standen eine Kanne Tee auf einem Stövchen und Gebäck in einer Glasschüssel. Insgesamt vier Stühle waren um den Tisch platziert.

»Möchten Sie einen Tee?«, fragte die Hausherrin. »Dann hole ich noch eine Tasse.«

»Nein, danke. Lieb von Ihnen.«

Thorsten Wolle zeigte auf einen der Stühle. »Nehmen Sie Platz. Was führt Sie in unsere Straße, wenn ein Lehrer des Wilhelm-Gymnasiums verschwunden ist?«

»Das ist offensichtlich, oder?«, sagte seine Ehefrau.

Ihr Mann schaute sie verwundert an. »Für mich nicht.«

»Alexander geht zur Wilhelm.«

»Woher soll ich das denn wissen?«

Seine Frau verdrehte leicht die Augen. Till verfolgte den Schlagabtausch amüsiert.

»Sie kennen also die Nachbarn Ruhr etwas besser«, wandte er sich an Sabrina Wolle, die sofort nickte. »Ja, Sie haben recht. Ich bin hier, weil der verschollene Lehrer den Deutsch-Leistungskurs von Alexander geleitet hat. Aber nicht nur das. Herr Stobbe verschwand am vierten April. Die Polizei hat ein Handybewegungsprofil von dem Tag erstellt. Der Lehrer war bei Familie Ruhr, um mit Alexander über ein Stipendium an ausländischen Universitäten zu reden. Dann war er am Hauptbahnhof, wo sich die Spur verliert. Vater und Sohn sind vielleicht die letzten Personen, mit denen Herr Stobbe gesprochen hat.«

»Ausgerechnet«, stöhnte Sabrina Wolle. »Den Armen bleibt auch nichts erspart.«

»Haben Sie am vierten April eventuell den Wagen des Lehrers gesehen? Ein silberner Golf mit Hamburger Kennzeichen.«

»Das ist ja schon ewig her. Was für ein Wochentag war das?«, fragte Frau Wolle.

»Ein Montag«, sagte ihr Mann wie aus der Pistole geschossen. Er lächelte triumphierend. »Für solche Details hab ich das bessere Gedächtnis. Hat sich seit der Pensionierung nichts dran geändert.«

»Sie haben recht. Ein Montag. Er war so gegen siebzehn Uhr dreißig hier«, erklärte Till.

Die beiden dachten angestrengt nach.

»Nein, tut mir leid«, sagte Herr Wolle. »An einen silbernen Golf kann ich mich nicht erinnern.«

Auch seine Frau schüttelte den Kopf.

»Wie sind die beiden als Nachbarn?«, fragte Till. »Ich hatte gerade den Eindruck, dass die zwei ein fantastisch eingespieltes Vater-Sohn-Gespann sind.«

Sabrina Wolle lächelte. »Ja, das sind sie. Den Schock haben sie wirklich gut weggesteckt. Wissen Sie über das Unglück Bescheid?«

»Herr Ruhr hat gerade etwas angedeutet. Ein Wanderunfall in den Schweizer Bergen?« Till blieb bewusst vage und gab nicht preis, von wem er die Information tatsächlich hatte.

»Das war so schlimm. Wir haben mit den dreien gesprochen, bevor sie damals losgefahren sind. Erinnerst du dich, Thorsten?«

»Wie könnte ich das vergessen?«

»Dann kommen sie bloß zu zweit wieder, weil Rita in den Tod gestürzt ist. Furchtbar! Wolfgang war völlig fertig. Er hat nicht nur die Ehefrau verloren, sondern musste in der Schweiz zuerst den Verdacht ausräumen, er könne mit ihrem Tod etwas zu tun haben. Einerseits schrecklich, dass Alexander das alles ansehen musste, andererseits konnte er so wenigstens zugunsten seines Vaters aussagen. Wer weiß, wie die Sache sonst ausgegangen wäre?«

»Wie lange ist das jetzt her?«, fragte Till, obwohl er die Antwort kannte.

Thorsten Wolle zuckte die Achseln und schaute seine Frau an. Die musste nur kurz nachdenken. »Im Januar schon sechs Jahre.«

»Und seitdem ist Herr Ruhr Witwer und ist keine neue Beziehung eingegangen?«

»Ja«, antwortete sie.

»Lange Zeit. Erst recht mit einem Sohn, der mitten in der Pubertät steckt. Stell ich mir schwierig vor.«

»War es bestimmt auch«, bestätigte Frau Wolle. »Aber Wolfgang scheint das vernünftig hinzubekommen. Alexander ist ein anständiger junger Mann geworden. Er grüßt immer, wenn er uns sieht. Außerdem ist er sehr sportlich. Das gefällt mir bei Männern. Ich seh ihn oft mit dem Rad losfahren. Er und sein Fahrrad, das ist eine innige Beziehung. Alexander ist zwanzig, er könnte schon längst hinterm Steuer sitzen. Vielleicht ein eigenes Auto haben. Aber nein. Er fährt immer vorbildlich mit dem Rad.«

»Ich bin selbst Witwer«, gab Till preis, weil er sich Vorteile davon versprach. »Meine Frau Antje ist vor Jahren an Brustkrebs gestorben.«

»Oje«, stöhnte Sabrina Wolle.

»Wir hatten keine Kinder, und ich war viele Jahre allein. Als ich endlich so weit war, mich auf eine neue Partnerschaft einzulassen, hab ich sie lange Zeit vor den Nachbarn versteckt. Sie sollten nicht schlecht von mir denken. Miriam durfte anfangs nicht bei mir übernachten. Sie ist abends immer nach Hause gefahren. Eigentlich verrückt.«

»Allerdings«, sagte Frau Wolle.

»Wie ist das bei Wolfgang? Glauben Sie, dass er eine neue Beziehung führt, die er vor Nachbarn oder sogar seinem Sohn geheim hält? Sehen Sie manchmal in den Abendstunden ein fremdes Auto vor dem Haus parken? Oder ist Wolfgang Ruhr nachts vielleicht gar nicht da?«

»Das wäre mir aufgefallen«, sagte Sabrina Wolle. »Wolfgang scheint mir – abgesehen von der Arbeit – immer zu Hause zu sein. Sein Sohn ist viel mit dem Fahrrad unterwegs. Aber Wolfgang? Nein.«

Ihr Mann nickte zustimmend.

»Hat Alexander eine Freundin?«

»Ich hab noch nie eine junge Frau drüben gesehen. Du, Thorsten?«

»Nein. Aber auf so etwas achte ich nicht wie du.«

»Was hat das mit dem verschwundenen Lehrer zu tun?« Frau Wolle musterte Till neugierig.

»Keine Ahnung«, gestand er. »Das ist nur so ein Gefühl. Könnten Sie für mich die Augen offen halten? Vielleicht fällt Ihnen bei den Nachbarn ja etwas Ungewöhnliches auf. In meinem Beruf kommt es sehr auf Intuition an. Wichtig wäre nur, dass Sie weder mit Wolfgang noch mit Alexander Ruhr darüber sprechen. Meine Auftraggeberin ist verzweifelt. Seit einem Monat kein Lebenszeichen ihres Verlobten. Sie klammert sich an jeden Strohhalm. Und weil die Ruhrs eventuell die letzten Personen waren, die mit Herrn Stobbe gesprochen haben, sind sie automatisch interessant für mich.«

»Das machen wir«, versprach Sabrina Wolle. »Hoffentlich finden Sie bald eine Spur.«

Aus seiner Jacke zog Till eine Visitenkarte, die er der Frau reichte. »Darauf stehen meine E-Mail-Adresse und meine Telefonnummer. Sie können mich zu jeder Uhrzeit erreichen.«

Er erhob sich und verabschiedete sich von seinen Gastgebern. Als er aus dem Haus trat, schaute er zu dem gegenüberliegenden Gebäude, ohne etwas Verdächtiges zu erkennen. Dann wandte er sich nach links. Vielleicht würde er bei anderen Nachbarn mehr Details in Erfahrung bringen.

23

Till schloss die Wohnungstür auf. Aus dem Wohnzimmer drangen Geräusche in den Flur. Er lächelte. Wie sehr es ihm gefehlt hatte, in eine belebte Wohnung zurückzukehren, wurde ihm erst jetzt nach all den Jahren des Alleinlebens klar.

»Ich bin wieder da«, rief er.

»Du kommst genau richtig. Ich bereite uns gerade etwas vor.« Mit einem Holzbrett in der Hand kam Miriam in die Diele. Darauf lagen ein paar Käse- und Schinkenscheiben, außerdem Weintrauben und halbierte Erdbeeren. »Hey«, sagte sie liebevoll und gab ihm einen Kuss. »Lust auf einen Snack auf der Terrasse? Wehe, du sagst Nein.«

»Das klingt super. Ich bin sofort bei dir.«

Till ging zuerst ins Badezimmer. Als er fertig war, lief er in die Küche. »Soll ich noch irgendwas rausbringen?«

»Zu spät«, antwortete Miriam. »Schon alles hier.«

Durchs Wohnzimmer erreichte er die Terrasse, wo Miriam mit einer Sonnenbrille auf der Nase saß.

»Es ist so schön auf unserer Terrasse«, sagte sie. »Der

Blick rüber zur Elphi ist einfach unbezahlbar. Leider ist die Sonne gleich weg. Aber so kriege ich noch ein paar Strahlen ab.«

Till musterte den Tisch. Miriam hatte Baguette und Kirschtomaten gekauft, außerdem Butter, zwei verschiedene Dips und Gläser mit Limonade rausgestellt.

Glücklich nahm er ihr gegenüber Platz. Für einen Moment konnte er das ungute Gefühl verdrängen, das ihn seit dem Besuch bei den Ruhrs beschlichen hatte.

»Greif zu, und erzähl mir von deinem Tag. Hast du etwas über den verschollenen Nachbarn herausgefunden?«

Till trank einen Schluck der kühlen Limonade. »Erzähl du mir zuerst von deinem Tag. Geht wahrscheinlich schneller, wenn du so früh zu Hause bist.«

»Hab viel Verwaltungskram erledigt. Und mit der Staatsanwaltschaft zwei Fälle durchgesprochen. Das war's. Angenehm ruhig. Bei dir also nicht?«

Er berichtete ausführlich von den Gesprächen, die er im Lauf der letzten Stunden geführt hatte.

»Wir haben die Aussage unseres Nachbarn Volkan, dass sich Stobbe mit einem Neustart beschäftigt hat. Zusätzlich die Info des Lehrerkollegen, der zufolge er angeblich eine neue Wohnung gesucht hat. Das sind die einzigen Hinweise auf eine geplante Lebensveränderung. Er hat kein Empfehlungsschreiben erbeten, sein Browserverlauf enthält keine Hinweise darauf, dass er untertauchen wollte. Wenn überhaupt, ließe sich dazu etwas auf dem verschwundenen Handy finden. Meine innere Stimme schreit ziemlich laut, dass Stobbe nicht einfach so ein neues Leben angefangen hat.«

»Du glaubst also, ihm ist etwas zugestoßen«, folgerte Miriam.

Till nickte. »Irgendwann vom Zeitpunkt des Besuchs bei Vater und Sohn bis zu seiner Fahrt zum Hauptbahnhof.«

»Verdächtigst du die Ruhrs?«

Till zögerte. Er wollte kein vorschnelles Urteil fällen. »Warum haben sie mir etwas vorgespielt? Diese Kochschürze, die sich der Vater umgebunden hat. Was soll das? Ich wette jede Summe der Welt, er war nicht in der Küche beschäftigt. Wieso will er mir einen falschen Eindruck vermitteln?«

»Spielen wir's durch.« Miriam bestrich drei Scheiben Baguette mit Butter und belegte sie.

Till griff zu einer Weintraube. »Lassen wir Volkans Aussage mal außer Acht. Ich glaube, die Geschichte beginnt am vierten April während des Feueralarms.« Er hielt inne und malte sich die Situation aus. »Stobbe sitzt mit seinen Schülern im Klassenraum. Er ist wie alle Lehrer über den Probealarm informiert. Aus einem unbekannten Grund beschließt er, die Schüler allein rauszuschicken. Der Alarm erklingt, er überträgt der Kurssprecherin die Betreuung und bleibt zurück. In der nächsten großen Pause wirkt er geistesabwesend. Behauptet zumindest ein Kollege.«

»Also könnte etwas passiert sein, während er allein im Klassenzimmer sitzt«, folgerte Miriam.

Till hob den Zeigefinger. »Möglichkeit eins. Er bekommt in dieser Zeitspanne eine Nachricht, die ihn beunruhigt und sein Verschwinden erklären könnte. Eine Drohung, ein Erpressungsversuch, was auch immer.«

»Hast du Hinweise darauf gefunden?«

»Nein«, sagte er. »Und außerdem, wieso sollte er anschließend in ein Restaurant gehen und dann noch die Ruhrs aufsuchen?« Nun hob er den Mittelfinger. »Zweite Möglichkeit. Er schaut sich in dem Raum um. Die Schüler müssen bei einem Probealarm ihre Sachen zurücklassen. Wahrscheinlich sind sie alle clever genug, ihre Mobiltelefone einzustecken, um sich am Sammelpunkt nicht zu langweilen. Ihre Taschen lassen sie im Klassenzimmer. Entdeckt

Stobbe etwas, was sein Misstrauen weckt? Und zwar am Platz von Alexander Ruhr?«

»Eine beunruhigende Entdeckung, die ihn dazu veranlasst, am späten Nachmittag zu dem Schüler nach Hause zu fahren.«

Till nickte zufrieden, weil Miriam seinen Überlegungen folgen konnte. »Vielleicht will Stobbe einen Blick in alle Schultaschen werfen, eventuell wegen der anstehenden Prüfungen. In Alexanders Tasche findet er etwas, das ihn beunruhigt. Er hat das Gefühl, mit dessen Vater darüber sprechen zu müssen. Was könnte das sein? Drogen? Im Haus habe ich Marihuanaduft wahrgenommen.«

Miriam lächelte nachsichtig. »Nicht ungewöhnlich für einen 20-Jährigen.«

»Und schon gar nichts, was einen Gymnasiallehrer schockieren könnte. Also müsste es etwas Härteres sein. Kokain? Crystal Meth? Heroin? Pillen? Alexander hat bei unserem Gespräch nicht so gewirkt, als stände er unter Drogeneinfluss.«

»Aufputschmittel sind völlig normal geworden bei Schülern oder Studenten. Traurige Entwicklung, wenn die sich so unter Druck gesetzt fühlen, diesen Schritt zu gehen.«

»Wären harte Drogen ein Grund, den Vater eines volljährigen Schülers aufzusuchen?«

»Für einen verantwortungsbewussten Lehrer definitiv.«

»Fällt dir sonst noch was ein?«

Sie überlegte nur kurz. »Eine Waffe?«

»Hab ich auch dran gedacht. Und wieder verworfen. Hätte Stobbe eine Pistole in dem Rucksack entdeckt, hätte er wohl die Direktorin alarmiert, oder? Um einen Amoklauf zu verhindern.«

»Ziemlich sicher sogar. Aber vielleicht etwas weniger Schlimmes. Ein Totschläger? Eine Taserpistole?«

»Ja, könnte sein«, sagte Till nachdenklich. »Und bei Alexanders Familiengeschichte wäre es nachvollziehbar, wenn Stobbe nicht sofort das große Fass aufmacht. Denn ein Schüler, der eine Waffe mit in die Schule bringt, handelt sich massive Schwierigkeiten ein. Ich schätze, er wäre von den Prüfungen ausgeschlossen worden. Apropos Familiengeschichte. Hast du schon Hintergründe erfahren?«

»Stimmt!«, sagte Miriam. »Das hab ich dir noch gar nicht erzählt. Ich hab den Namen des zuständigen Kantonspolizisten herausgefunden.«

»Aber er hat sich bisher nicht gemeldet«, vermutete Till. »Sonst hättest du früher dran gedacht.«

»So ist es. Ich gebe ihm ein paar Tage Zeit, bevor ich mich ans Telefon klemme und ihm hinterhertelefoniere.«

»Ist nicht eilig. Wahrscheinlich runden solche Hintergrundinfos unser bisheriges Bild nur ein bisschen ab. Ich hab übrigens heute Mittag schon mit Johanna gesprochen. Sie war nicht lange bei der Arbeit. Hat sie psychisch noch nicht durchgestanden.«

»Die Arme.«

»Als sie nach Hause kam, stellte sie fest, dass ihre Wohnungstür nicht abgeschlossen war. Sie behauptet steif und fest, das würde ihr nie passieren. Ich hab's nicht übers Herz gebracht, ihr zu erzählen, dass wir am vierten April gesehen haben, wie sie ihre Wohnung verlassen hat, ohne abzuschließen.«

Miriam lächelte. »Wahrscheinlich besser so.«

»Kommen wir auf Stobbe zurück. In meiner Theorie fährt er also nachmittags zu Wolfgang Ruhr, um ihm mitzuteilen, was er in Alexanders Tasche gefunden hat. Zwei Stunden später verliert sich die Spur. Zufall? Oder hat der Besuch etwas Größeres ausgelöst?«

»Du denkst an was Bestimmtes.«

»Kannst du dich noch an diese Netflix-Serie erinnern? Der Schüler, der Drogen übers Internet verkauft hat? Sein Vater ein Schutzpolizist?«

»Na klar.«

»Stell dir vor, Alexander und sein Vater sind ins Drogengeschäft verstrickt. Stobbe kommt zu ihnen, erzählt von seinem brisanten Fund, und plötzlich schrillen ihre Alarmsirenen auf. Vielleicht handeln sie kopflos, schlagen ihn nieder. Einer von ihnen hat die Idee, mit dem Handy des Lehrers zum Bahnhof zu fahren, um es dort auszuschalten und zu entsorgen.«

Miriam nickte. »Kein schlechter Gedanke. Ich werde morgen mal die Kollegen aus der Fachabteilung fragen, ob die Ruhrs irgendwann aktenkundig geworden sind. Lebt Stobbe noch, wenn es so abgelaufen ist?«

Till dachte in Ruhe darüber nach und biss in eine mit Käse belegte Baguettescheibe. »Ich hoffe es«, sagte er. »Hängt vermutlich davon ab, ob sie ihn irgendwo einsperren können. Im Keller zum Beispiel.«

»Hat das Haus der Familie einen Keller?«

»Ich war nicht drin, aber ja, mir sind im Hausflur Stufen aufgefallen, die nach unten führen.«

»Also wäre ein Durchsuchungsbeschluss hilfreich.«

»Siehst du dafür auch nur die kleinste Chance?«

»Derzeit nicht. Das Handybewegungsprofil allein reicht nicht.«

»Vielleicht sollte ich noch mal hinfahren und fragen, ob ich mich im Keller umsehen darf.«

»Untersteh dich. Unter gar keinen Umständen machst du das allein. Viel zu gefährlich, falls du recht mit deiner Einschätzung haben könntest.«

Till tippte sich an die Schläfe wie bei einem militärischen Gruß. »Zu Befehl! Wahrscheinlich fahre ich morgen noch einmal in die Schule, um mit dem Kollegium zu sprechen. Wäre interessant zu wissen, wie die anderen Lehrer auf einen Drogenfund reagieren würden.«

24

Cora stoppte das Laufband. Eine halbe Stunde Bewegung bei einer Geschwindigkeit von viereinhalb Stundenkilometern sollte reichen. Egal, wie viel oder wenig sie sich in ihrer Gefangenschaft bewegte, dick würde sie nicht werden. Ihr Peiniger versorgte sie am Tag mit höchstens eintausenddreihundert Kalorien. Frühstück, Mittagessen und nachmittags Obst. Dazu eine Süßigkeit als Belohnung. In ihrem *Heim*, wie er es immer nannte, stand zwar keine Waage, aber sie hatte Augen im Kopf und musste nur ihren Bauch begutachten. In den vergangenen Jahren hatte sie nicht zugenommen. Eher ein wenig Gewicht verloren.

Sie trocknete ihr Gesicht mit einem Handtuch. Es war nicht nötig, zu duschen. Cora schaute auf die Uhr. Zwanzig Minuten nach acht abends. Sollte sie eine Serie streamen oder lieber ein bisschen lesen? Manchmal fragte sie sich, ob sie in einer perversen Fernsehshow gelandet war. Eine FSK18-Version von *Big Brother*. Ihre Zelle war voll ausgestattet. Schlafbereich, Wohnbereich, sanitäre Anlagen. Alles auf einer großen Fläche untergebracht. Würde man Kameras aufstellen, könnte man sie rund um die Uhr beobachten. Anfangs war sie fest davon überzeugt gewesen, dass man sie filmte. Doch sie hatte so oft nach Kameras gesucht und keine einzige gefunden. Offenbar verzichteten ihre Peiniger auf elektronische Überwachung, um keine digitalen Spuren ihres Verbrechens zu hinterlassen.

Cora legte sich auf die Couch und öffnete die Netflix-App. Doch sie war zu sehr in Gedanken versunken, um etwas auf dem Startbildschirm auszuwählen. Seit zwei Jahren, drei Monaten und siebzehn Tagen war sie die Gefangene zweier Männer. Einer von ihnen brachte ihr das Essen, wechselte Handtücher und Bettwäsche, entsorgte den Müll und setzte sich gelegentlich zu ihr. Er war derjenige, der sie regelmäßig vergewaltigte. In den ersten Monaten fast täglich, danach immer noch mehrmals die Woche. Manchmal besonders brutal, manchmal schien er sich nach zärtlichem *Girlfriendsex* zu sehnen. Seit einiger Zeit nahm sie allerdings Veränderungen wahr. Er missbrauchte sie seltener als Lustobjekt. Und vor allem war er nicht mehr so grob, wenn er in sie eindrang. Als hätte er Schwierigkeiten damit, sexuelle Erregung aufzubauen.

War selbst ihre krankhafte *Beziehung* den normalen Gesetzen des zwischenmenschlichen Zusammenseins unterworfen? Ließ die Lust sogar für einen Vergewaltiger im Laufe der Jahre nach? Oder war das bei ihm inzwischen eine Frage des Alters?

Die männliche Potenz wurde angeblich mit der Zeit schwächer. Sie vermutete, er war dafür noch nicht alt genug – sicher konnte sie sich nicht sein. Aber was bedeutete es für ihre Überlebenschancen, wenn er ihrer überdrüssig würde? Wieso hatte er sie beim letzten Mal Johanna genannt?

Trotz allem, was sie seit der Entführung erlebt hatte, wollte sie nicht sterben. Sie wünschte sich nichts sehnlicher, als eines Tages die Sonne auf dem Gesicht zu spüren. Dafür ertrug sie jeden Schmerz, den er ihr zufügte. Das war ihre Antriebsfeder.

Coras Gedanken wanderten zu dem zweiten Peiniger. Er hatte sie noch nie angerührt. Stattdessen wollte er immer nur reden, sich erkundigen, was in ihrem Innersten vor sich ging. Dieses psychische Eindringen kam ihr manchmal schlimmer vor als der körperliche Akt. Über den jungen Mann dachte sie viel öfter nach. Der Alte war ein Raubtier, der eine krankhafte Beziehung mit einer wehrlosen Frau führte und seine Begierden an ihr stillte. Aber was ging im Kopf des Teenagers vor, der sich zu ihr in den Keller begab und sie über ihre Gefühle aushorchte?

Das Geräusch von Schritten riss sie aus den Gedanken. Der Junge näherte sich dem Gefängnis. Cora schaltete den Fernseher aus und setzte sich aufrecht hin. Draußen wurde das Schloss ihrer Tür aufgeschlossen. Dann trat er ein.

»N'abend«, sagte er.

»Hallo, Alexander«, begrüßte sie ihn.

Seinen Namen hatte er ihr bereits bei ihrer zweiten oder dritten Begegnung anvertraut. Als Geste des guten Willens.

Er setzte sich auf den Sessel und schlug sein braunes Notizbuch auf.

»Wie geht's dir?«, fragte er.

Oft fiel es ihr leicht, darauf lapidar zu antworten. Manchmal wurde sie aber auch wütend. Heute war wieder einer dieser Tage. Sie atmete tief durch, ohne etwas zu erwidern. Stattdessen musterte sie ihn. Er wirkte durchtrainiert, und in ihrem Kerker gab es nichts, was sie als Waffe nutzen konnte. Die leichteren Möbelstücke waren am Boden festgeschraubt. Physisch hatte sie ihren Wärtern nichts entgegenzusetzen. Der eine Versuch, den sie trotzdem Anfang letzten Jahres gestartet hatte, war sie teuer zu stehen gekommen.

»Wie geht's dir?«, wiederholte er ungeduldig. Er starrte auf sein Notizbuch und schrieb etwas hinein.

Cora sagte nichts. Nahm sie auch bei Alexander eine Veränderung wahr? Er wirkte unruhiger als sonst. Was beschäftige ihn? Wohl kaum ihr Seelenzustand.

Endlich blickte er auf. Sekundenlang schauten sie einander in die Augen, bis er blinzelte. Dieser kleine Sieg gab ihr Oberwasser.

»Wie geht's *dir*?«, fragte sie mit honigsüßer Stimme.

Er öffnete den Mund und schloss ihn wieder. »Spinnst du?«, fuhr er sie schließlich an. »Verarsch mich nicht, und antworte mir!«

»Warum willst du das immer wissen?«

»Das ist wichtig für mich. Oder glaubst du, ich mache diese ganzen Notizen zum Spaß?« Er hob vorwurfsvoll das Notizbuch.

»Niemand zwingt dich dazu.«

»Du hast ja keine Ahnung«, zischte er.

Erkannte sie zugleich Hass und Verunsicherung in seinem Gesicht?

»Antworte mir!«, schrie er.

»Was glaubst du denn, wie es mir geht?«, brüllte sie zurück. Diese Form des Widerstands tat ihr unglaublich gut. Normalerweise schrie sie nur vor Schmerzen, wenn der Ältere anal in sie eindrang. Das hier war anders. Selbstbestimmt. »Zwei Männer halten mich gefangen, der eine vergewaltigt mich immer wieder, der andere missbraucht mich psychisch. Wie kann es mir da schon gehen? Glaubst du, ich halte diese Psychositzungen mit dir freiwillig ab? Dass sie meine Seele erleichtern?«

»Natürlich«, sagte er völlig ruhig. »Ich helfe dir, damit du klarkommst und nicht verrückt wirst. Es ist nicht meine Schuld, dass er dir wehtut. Aber wir können gemeinsam trainieren, wie du es leichter ertragen ...«

»Es ist auch deine Schuld! Du missbrauchst mich genauso wie er.«

»Das stimmt nicht!«

»Kannst du ruhiger schlafen, wenn du dir das einredest? Nur weil du mich nicht anfasst, bist du nicht besser.«

»Viel besser sogar. Ich mache mir meine Hände nicht an dir schmutzig. Ich kümmere mich um deine seelische Gesundheit.«

»Du zerstörst sie!«, brüllte sie. »Genau wie er! Ich will endlich wieder die Sonne sehen.«

»Das ist nicht meine Schuld. Du bist ihm in die Falle gegangen.«

»Aber du könntest zur Polizei gehen. Ihnen hiervon berichten. Dann hättest du gebüßt.«

»Ich verrate ihn nicht«, sagte Alexander. »Ausgeschlossen!«

»Also bist du bloß ein verdammter Scheißkerl wie er! Spiel hier nicht den Heiligen! Bist du impotent? Oder wieso fasst du mich nie an?«

Vielleicht könnte sie ihn überwältigen, wenn er versuchen würde, ihr das Gegenteil zu beweisen.

Alexander sprang wütend auf. »Hüte deine Zunge! Sonst bereust du es!«

»Komm her! Zeig's mir!«

Er ging einen Schritt auf sie zu. Cora schluckte, wich aber dem Blickkontakt nicht aus. Auch sie erhob sich.

»Sei vorsichtig, oder es tut dir leid!«

»Vor dir habe ich keine Angst, du Schlappschwanz!« In ihr tobte ein Kampf. Sie fürchtete die Schmerzen, die er ihr zufügen könnte. Gleichzeitig schienen ihr die Veränderungen, die sie wahrzunehmen glaubte, eine Fluchtchance zu bieten. Vielleicht sogar ihre einzige.

»So nennst du mich nie wieder«, warnte er sie.

»Sonst was?« Er trat dicht vor sie.

Cora zwang sich, nicht nach hinten auszuweichen.

»Gib's mir«, flüsterte sie. »Ich brauch's. Hart und schmutzig. Jetzt sofort.«

Er gab ihr eine schmerzende Ohrfeige. Ihr Kopf zuckte zur Seite. Cora schaffte es, laut aufzulachen. Wenn sie ihn zur Weißglut triebe, beging er vielleicht einen Fehler. »Ja«, sagte sie. »Mehr davon.«

Wieder holte er aus, hielt jedoch inne. »Miststück!« Er wandte sich ab, rannte aus dem Raum und schmiss die Tür zu. Seine Schritte verklangen.

Coras Triumph über ihn schmeckte herrlich süß. Sie lächelte und rieb sich gleichzeitig über die schmerzende Wange.

Plötzlich wurde ihr etwas bewusst. »Oh mein Gott«, flüsterte sie. Konnte das wahr sein, oder hatte sie es bloß überhört? Cora setzte sich und starrte zur geschlossenen Tür.

Alexander hatte nicht abgeschlossen. Zumindest hatte sie nicht das Geräusch des Schlüssels im Schloss vernommen.

Wartete er draußen, weil er sich sammeln musste? Oder interessierte es ihn, ob sie einen Fluchtversuch wagen würde?

Cora blickte zur Uhr. Fünf nach halb neun. Sie zwang sich, den Fernseher einzuschalten. Eine Flucht am Abend ergab wenig Sinn. Wenn überhaupt, könnte sie mitten in der Nacht einen Versuch wagen. Der Vergewaltiger war noch nie später als zweiundzwanzig Uhr zu ihr gekommen. Alexander genauso wenig. Nachts könnte sie sich vielleicht unbemerkt hinausschleichen, falls die Tür tatsächlich nicht abgeschlossen war.

Sie wählte den ersten Film aus, den ihr die App vorschlug und startete die Wiedergabe. Sie konnte der Handlung überhaupt nicht folgen. Immer wieder blickte sie zur Tür. Wenn Alexander draußen wartete, würde er irgendwann die Geduld verlieren und entweder zu ihr zurückkehren oder das Abschließen nachholen.

Die Minuten verstrichen ereignislos. Je mehr Zeit verging, desto größer wurde ihre Hoffnung, und desto schwerer war es, geduldig zu bleiben. Um Viertel nach neun schaltete sie den Fernseher aus. Sie hätte nicht sagen können, worum sich der Film gedreht hatte. Noch nicht einmal, ob ein ihr bekannter Schauspieler die Hauptrolle übernommen hatte. Cora ging in den Sanitärbereich und setzte sich auf die Toilette. Ihre Blase war verkrampft. Nur wenige Tropfen Urin landeten in der Schüssel. Danach putzte sie sich die Zähne und zog ihr Nachthemd an.

Unruhig legte sie sich ins Bett. Mittlerweile war sie überzeugt davon, dass Alexander in seinem emotionalen Ausnahmezustand einfach vergessen hatte, die Tür abzuschließen.

Was bedeutete das für die kommende Nacht?

Cora schaltete das Licht aus und schaute zur Uhr. Sie würde bis halb zwei warten und lauschen. Dann wäre der richtige Zeitpunkt gekommen, um vorsichtig zur Tür zu gehen und die Klinke zu drücken.

25

Zwanzig Minuten nach Mitternacht hielt es Cora nicht länger aus. Zu so später Stunde war keiner ihrer Peiniger je zu ihr gekommen. Bestimmt lagen sie bereits in ihren Betten. Sie schaltete die Nachttischlampe ein und schlug die Decke beiseite. Zuerst würde sie sich davon überzeugen, ob die Tür wirklich unverschlossen war. Dafür müsste sie nicht einmal das Nachthemd ausziehen. Sie ging zum Ausgang und atmete tief durch.

»Bitte, lieber Gott. Lass sie auf sein. Ich darf mich nicht verhört haben.«

Cora legte die schweißnassen Finger auf die Klinke und drückte sie hinunter. Die Tür öffnete sich.

»Oh mein Gott«, flüsterte sie.

Hoffnung durchströmte jede Faser ihres Körpers. Sie stieß die Tür weit auf und schaute sich um. Im matten Licht der Nachttischlampe war kaum etwas zu erkennen.

Cora ging zu den Kleidungsstücken, die sie aufs Sofa gelegt hatte. Sie zog ihr Nachthemd aus und schlüpfte in die Sporthose und das Oberteil. Dann zog sie sich Socken und die Sportschuhe an, die sie auf dem Laufband benutzte.

Zuletzt schaltete sie alle Lampen ein. Sie hoffte, dass außerhalb ihres Gefängnisses keine Lichtsensoren hingen, die das registrieren würden.

Cora ging zur Türschwelle. Zum ersten Mal in den letzten siebenundzwanzig Monaten verließ sie ihre Zelle. Draußen im Flur schaute sie sich um. Ihre Tür lag ganz hinten, drei weitere vor ihr. Aber nur eine davon sah wie eine Durchgangstür zum Hausflur aus. Die beiden anderen waren schlichte Holztüren, ihre und die vierte hingegen massive Metalltüren.

Cora lief zum Kellerausgang und drückte die Klinke, die auf halbem Weg hakte.

»Nein!«, jaulte sie. »Bitte nicht!«

Sie verlagerte ihr ganzes Gewicht, doch die Tür blieb verschlossen. Alexander hatte zwar ihr Schloss vergessen, aber an das wichtigere gedacht.

Mühsam kämpfte Cora gegen die Tränen an und redete sich ein, nicht aufgeben zu dürfen. Sie ging zur ersten der beiden Holztüren, die sich öffnen ließ. Dahinter erstreckte sich ein Trockenraum, in dem momentan keine Wäsche über den Leinen hing. Kein einziger Gegenstand lag herum. Cora schloss den Raum und wandte sich der letzten Tür zu, die ebenfalls unverschlossen war. Sie stand an der Schwelle zu einem Vorratsraum. In einem offenen Regalschrank entdeckte sie diverse Lebensmittel. Verschiedene Nudelsorten, Reis, Konservendosen, Marmelade, Honig. Als sie den Schrank näher in Augenschein nahm, lächelte sie. In den beiden untersten Regalen lagerten ihre Entführer keine Nahrungsmittel, sondern ein paar Werkzeuge. Unter anderem einen Hammer und drei unterschiedlich lange Schraubendreher. Außerdem einen Spachtel, einen kleinen Eimer mit weißer Farbe, zwei Pinsel und eine Rohrzange.

Was würde ihr am meisten helfen? Sie hatte sich bislang

nur einmal zur Wehr gesetzt, weil sie keine Waffe besaß. Nun wendete sich das Blatt.

Cora griff zum Hammer. Konnte sie ihn unter der Matratze verstecken? Der Alte brachte ihr einmal im Monat frische Bettwäsche, die sie selbst wechseln musste. Das letzte Mal war vor rund zwei Wochen gewesen. Die Frage war, ob er das Werkzeug bemerken würde, wenn er sie vergewaltigte.

Sie lief zurück in ihr Gefängnis und schob den Hammer unter die Matratze. Dann probierte sie mehrere Liegepositionen aus, doch von dem Werkzeug war nichts zu spüren. Zuletzt legte sie sich bäuchlings hin und versuchte, den Hammer herauszuziehen. Dabei stellte sie sich vor, dass der Alte auf ihr läge und abgelenkt wäre.

Es könnte funktionieren.

Cora ging noch einmal in den Vorratsraum und betrachtete die einzelnen Regale. Der Hammer war die beste Wahl. Mit diesem Wissen verschloss sie von innen die Tür zu ihrem Gefängnis, zog die Kleidung aus und schlüpfte ins Nachthemd.

Endlich hatte sie die Hoffnung, die Tortur zu überleben.

26

Miriam trank den letzten Schluck Kaffee aus ihrem Becher und stellte ihn auf den leeren Teller. Wieder war das Wetter bereits am frühen Morgen so schön, dass sie draußen gefrühstückt hatten.

»Wie sehen deine Pläne aus?«, fragte sie Till. »Gehst du direkt ins Büro, oder bleibst du erst noch hier?«

»Hängt davon ab, ob ich von Lüttge erreiche und wann sie Zeit für mich hat.« Er sah Miriam an, dass sie den Namen nicht zuordnen konnte. »Die Direktorin vom Wilhelm-Gymnasium.«

»Jetzt erinnere ich mich.« Sie stand auf. »Denk dran, Zalazar Bescheid zu geben, wenn du etwas Neues erfährst. In ein paar Minuten gehört die Wohnung dir. Ich muss allmählich los.«

Eine Viertelstunde später verabschiedeten sie sich an der Wohnungstür. Kaum hatte Till sie geschlossen, griff er zum Handy und tippte die Durchwahl der Direktorin ein. Sie nahm fast sofort ab.

»Wilhelm-Gymnasium. Von Lüttge am Apparat. Guten Morgen!«

»Till Buchinger hier, guten Morgen. Frau von Lüttge, ich würde gerne noch einmal mit Ihnen und Ihren Lehrern sprechen. Gestern haben sich ein paar interessante Sachen ergeben, denen ich nachgehen muss. Wann haben Sie heute Zeit?«

»Schaffen Sie es zur zweiten Unterrichtsstunde? Da habe ich frei. In der anschließenden Pause könnten Sie mit dem Kollegium Rücksprache halten.«

»Ich bin pünktlich bei Ihnen.«

»Trinken Sie einen Kaffee mit mir?«, fragte von Lüttge. Auf einem kleinen Beistelltisch standen bereits eine Kanne, zwei Porzellanbecher mit dem Motiv des Schulgebäudes, außerdem Zucker und Milch.

»Hab nichts dagegen. Darf ich Ihnen einschenken?«

Die Direktorin lächelte. »Ein wahrer Gentleman. Was haben Sie gestern herausgefunden?«

Während Till den Kaffee in die Becher füllte, erzählte er von seinem gestrigen Besuch bei Wolfgang und Alexander Ruhr.

»Klingt nicht so, als hätten Sie da was Neues erfahren«, gab die Direktorin zu bedenken.

»Grundsätzlich nicht. Darf ich ehrlich zu Ihnen sein?«

Von Lüttge nickte.

»Ich glaube Alexander und seinem Vater nicht, dass Herrn Stobbes Auftauchen etwas mit einem Stipendium zu tun hat. Die Polizei und auch ich haben den Laptop Ihres Kollegen geprüft. Da gibt es keinen Hinweis in seinem Browser, dass er sich für dieses Thema interessiert hat. War er ein Experte in diesen Dingen, der die Infos aus dem Effeff kannte?«

»Kann ich mir nicht vorstellen. Unsere Lehrer haben mit der Beantragung von Stipendien nichts zu tun. Wir sind ja eine öffentliche Schule.«

»Hab ich mir gedacht.«

»Wie sieht's mit seinem Tablet aus? Haben Sie da nachgeschaut?«

»Welches Tablet?«, fragte Till.

»Alle Lehrer haben ein Dienstgerät, das hier nach Schulschluss im Lehrerzimmer bleibt. Hat man Sie darauf noch nicht hingewiesen?«

»Nein«, sagte Till. »Weiß die Polizei davon?«

Von Lüttge zuckte die Achseln. »Das kann ich Ihnen nicht sagen.«

»Wo finde ich es?«

»Kommen Sie mit.«

Die Direktorin führte ihn ins Lehrerzimmer, in dem nur zwei Personen saßen. »Die Tablets bewahren wir in einem gesonderten Schrank auf«, erklärte sie.

Sie trat an den Schrank, dem Till bei seinem vorherigen Besuch keinerlei Beachtung geschenkt hatte, und öffnete ihn.

»Ja, hier ist es.« Sie reichte ihm das in einer schwarzen Schutzhülle steckende Gerät, auf dem Stobbes Namensschild klebte.

»Gibt es ein Passwort?«

»1883«, sagte von Lüttge. »Das war das Jahr, in dem unsere Schule ihren Namen erhalten hat. Die Tablets sind darauf vorprogrammiert.«

Till schaltete es ein. »Hoffentlich hat es noch genug Saft.« Das Gerät fuhr hoch, der Akku war ungefähr zur Hälfte aufgeladen. Till gab die vier Ziffern ein und erhielt Zugriff. »Hat geklappt. Danke. Wenn Sie nichts dagegen haben, setze ich mich hierhin und suche nach neuen Hinweisen.«

»Machen Sie das. Sie finden mich in meinem Büro, falls ich helfen kann.«

Bis zum Klingeln der großen Pause vertiefte sich Till in das Tablet. Er ging den Verlauf der letzten drei Monate durch und rief einige Links auf, die ihm interessant erschienen. Auch auf diesem Gerät hatte Stobbe nicht nach Informationen über Stipendien gesucht oder sich ausländische Elitehochschulen angesehen. Die Aussage der Ruhrs ergab in seinen Augen immer weniger Sinn.

Seine gesamte Suche blieb ergebnislos. Stobbe hatte auf dem Tablet keine Wohnungsinserate aufgerufen, nicht nach günstigen Stromtarifen gesucht oder andere Informationen zusammengetragen, die beim Untertauchen hilfreich gewesen wären.

Nach und nach strömten Lehrer in den Pausenraum. Sie nahmen ihn alle wahr und grüßten ihn. Als der Raum gut gefüllt war, erhob sich Till.

»Darf ich um Ihre Aufmerksamkeit bitten? Es geht um Ihren verschwundenen Kollegen Tom Stobbe.«

Sofort verstummten die Gespräche.

»Mein Name ist Till Buchinger. Frau Prietl, die Verlobte von Herrn Stobbe, hat mich engagiert, nach ihm zu suchen. Seine Spur verliert sich am vierten April am Hauptbahnhof. Zuvor hatte er einen Schüler seines Deutsch-Leistungskurses besucht. Angeblich, um mit ihm über ein Stipendium zu sprechen.« Till zögerte kurz. Er beschloss, seinem Bauchgefühl zu folgen. »Ich bezweifle das.«

Einige Lehrer tuschelten mit ihren Nachbarn, andere wirkten deutlich interessierter als Sekunden zuvor.

»Sie hatten am Montag, den vierten April, eine Brandschutzübung. Zum Zeitpunkt der Übung unterrichtete Herr Stobbe den erwähnten Leistungskurs. Statt sich zusammen mit seinen Schülern am Sammelpunkt einzutreffen, schickte er seine Klasse alleine los. Von Herrn Henning habe ich erfahren, dass Stobbe in der darauffolgenden Pause geistesabwesend gewirkt hat.«

»Definitiv!«, bestätigte Henning. »Ich hab gesehen, wie er sein Handy angestarrt hat. Als ich ihn darauf ansprach, stammelte er verlegen. Er hat mir nicht erzählt, was er sich angesehen hat.«

»Haben Sie sein Telefon gefunden?«, fragte eine Lehrerin.

»Leider nicht. Es ist ebenfalls verschwunden«, antwortete Till. »Ich male mir folgende Situation aus. Herr Stobbe ist allein in der Klasse, während alle anderen Schüler und Lehrer zum Sammelpunkt strömen. Er findet in der Tasche eines Schülers etwas, das ihn beunruhigt. Vielleicht fotografiert er es sogar.«

»Woran denken Sie?«

Till zögerte. Falls Alexander nichts damit zu tun hatte, würde er ihm nun das Leben schwer machen. Zum Glück war seine Schulzeit fast vorbei. »Harte Drogen? Pillen? Eventuell eine Stich- oder Schlagwaffe? Gibt es Hinweise auf Drogenkonsum in der Abschlussklasse? Vielleicht zur Leistungssteigerung?«

»Sie glauben, Alexander Ruhr verkauft auf dem Schulgelände Drogen?«, vergewisserte sich Henning.

Nun war der Name des betreffenden Schülers genannt. Die Lehrer redeten wild durcheinander.

»Das ist eine Hypothese, der ich nachgehe«, sagte Till. »Nehmen wir an, er hätte eine Tüte mit Pillen gefunden, die anscheinend zum Verkauf bestimmt waren. Wegen der speziellen Familiengeschichte von Alexander will er ihn nicht gleich anschwärzen, sondern lieber erst mit dem Vater sprechen. Klingt das nach Ihrem Kollegen Stobbe?«

Das Kollegium bestätigte ihm seine Vermutung einhellig.

»Und hätte das sein Verhalten in der Pause erklärt?« Till richtete den Blick auf Henning.

»Wenn sich Tom gefragt hätte, ob er das von Lüttge melden muss?«, hakte Henning nach.

Till nickte.

»Definitiv. Das würde es erklären. Sie haben des Rätsels Lösung gefunden. Aber wieso ist er dann verschwunden? Glauben Sie ...«

Plötzlich redeten alle Lehrer durcheinander, denn sie zogen sofort die logische Schlussfolgerung.

»Stopp!«, rief Till. »Ich unterstelle rein gar nichts! Halten Sie sich bitte mit Spekulationen ebenfalls zurück. Das ist nur eine Arbeitshypothese, mit der ich gehörig danebenliegen kann. Erklären Sie mir noch eine Sache. Dürfen die Schüler ihre Taschen bei einer Brandschutzübung mit nach draußen nehmen?«

»Nein«, sagte eine Lehrerin. »Es ist eine unserer Hauptaufgaben, darauf zu achten, dass die Schüler alle sofort den Raum verlassen und nichts mitnehmen. Wenn sie noch schnell nach ihren Handys kramen, akzeptieren wir das. Mehr aber nicht.«

Till nickte. Was er sich gestern mit Miriam ausgemalt hatte, könnte zutreffen. Allerdings ahnte er, dass das Zalazar noch nicht genügen würde, um einen Durchsuchungsbeschluss für das Haus der Familie Ruhr zu beantragen. Den ein Richter zum jetzigen Zeitpunkt wohl ohnehin nicht unterzeichnen würde. Er brauchte mehr Beweise. Aber wie sollte er das anstellen? Vater und Sohn würden auch bei einem zweiten Besuch nicht von der Geschichte abrücken, die sie nun bereits zweimal erzählt hatten. Er brauchte einen Ansatzpunkt, um ihre Behauptung als Märchen zu enttarnen. Vor allem musste er rausfinden, welchen Grund die Ruhrs gehabt haben könnten, Stobbe verschwinden zu lassen.

27

Alexander öffnete die Kellertür und schaltete das Licht ein. Momentan war er allein im Haus. Nach der gestrigen Konfrontation mit seiner Patientin gefiel ihm dieser Umstand. Sie waren im Streit auseinandergegangen. Das hätte nicht passieren dürfen. Alexander war der Frau in jeder Hinsicht überlegen. Wieso hatte er sich provozieren lassen?

Die Antwort war denkbar einfach. Das Auftauchen des Privatschnüfflers und die Auseinandersetzung mit seinem Vater hatten ihn aus dem Konzept gebracht. Außerdem musste er sich mit Zukunftsfragen beschäftigen. Was würde aus seiner Patientin, wenn er tatsächlich weit entfernt von Hamburg studieren würde? Konnte er ihr das überhaupt antun? Würden hier im Haus die Dinge nicht eskalieren, sobald sein beruhigender Einfluss wegfiele?

Er trat an die Zellentür und schob den Sichtschutz vom Spion. Cora lag auf dem Bett und hielt ihren E-Book-Reader in der Hand. Offenbar war sie in einen Roman vertieft.

Alexander steckte den Schlüssel ins Schloss und drehte

ihn um. Bereits nach einer Vierteldrehung nach links hakte er.

Verdammt! Hatte er gestern nicht abgeschlossen? Sein Puls schoss hoch. Er versuchte, sich zu erinnern. Wütend war er aus dem Raum gestürmt. Und dann? Er wusste es nicht mehr. Noch einmal blickte er durch den Spion. Sie hatte ihre Position nicht verändert. Er drehte den Schlüssel eine volle Umdrehung nach rechts und schloss dann auf.

Hatte sie seinen verhängnisvollen Fehler nicht bemerkt? War sie dafür selbst zu aufgewühlt gewesen?

Alexander betrat den Raum. »Leg den Kindle weg«, sagte er.

Sie folgte der Aufforderung mit kurzer Verzögerung. Cora legte den Reader auf den kleinen Tisch.

»Wie geht's dir?«, fragte er, während er Platz nahm. In aller Ruhe schlug er das Notizbuch auf.

Cora setzte sich aufrecht hin. Sollte sie eine unerwartete Bewegung machen, wäre er vorgewarnt.

Doch sie starrte ihn nur an und schüttelte den Kopf. »Das ist wirklich dein Ernst«, murmelte sie.

»Wie fühlst du dich?«

Er blickte sie an. Unter keinen Umständen würde er sich heute von dem Notizbuch ablenken lassen. Er musste herausfinden, ob sie die unversperrte Tür überhaupt bemerkt hatte.

28

Cora musterte ihn. Der Junge wirkte angespannt. Sie hatte die unterschiedlichen Drehungen des Schlüssels mitbekommen, sich aber nichts anmerken lassen. Wenn er erfuhr, dass sie außerhalb ihres Gefängnisses gewesen war, würde er den Raum auf den Kopf stellen und den Hammer finden. Ihr fiel auf, dass er sie nicht aus den Augen ließ. Suchte er nach einer Veränderung in ihrem Verhalten?

Cora blickte zu Boden.

»Wie fühlst du dich ...«, flüsterte sie leise. »Kannst du dir nicht vorstellen, wie sehr ich diese Frage hasse? Ich bin seit über zwei Jahren eure Gefangene. Habe seither kein einziges Mal das Sonnenlicht gesehen. Bin unzählig oft von ihm vergewaltigt worden. Ich fühle mich hilflos.«

»Hat er dich gestern vergewaltigt?«, fragte Alexander. »Oder besucht? Nach unserem Streit, um dich in die Schranken zu weisen?«

Die Nachfragen waren verräterisch. Er wollte herausfinden, ob sein Versehen für ihn Konsequenzen hätte.

»Nein. Nachdem du weg warst, ist er zum Glück nicht hergekommen. Soll ich dafür dankbar sein?«

»Warum nicht?«

»Du bist so kalt und herzlos. Wie bist du so geworden?«

»Hör auf! Du stellst mir keine Fragen.«

»Natürlich nicht. Ich bin bloß das kleine Hündchen, das du dressierst.«

»Ein interessanter Vergleich.«

Er lächelte und machte sich zum ersten Mal an diesem Tag Notizen. Könnte sie es schaffen, den Hammer unter der Matratze hervorzuziehen und ihn damit zu attackieren? Aber was, wenn er das bemerken würde? Nein. Sie bräuchte eine bessere Gelegenheit.

Alexander schaute von seinem Buch auf. Er wich ihrem Blick aus und schien nachzudenken.

»Du kommst dir also dressiert vor. Eher wie ein Hündchen in einem liebevollen Zuhause oder wie ein Zirkustier?«

Nun blickte er sie wieder an und erwartete offenbar eine Antwort.

»Wie ein Zirkustier«, sagte sie. »Du verlangst von mir, dass ich mit dir über meine Gefühle spreche. Er will meinen Körper und ab und zu einfach nur bei mir sitzen und so tun, als wären wir in einer richtigen Beziehung. Meine Rolle dabei ist wie die eines wilden Bären in der Manege, der mit Maulkorb im Kreis laufen und durch brennende Ringe springen muss.«

»Bist du wild wie ein Bär?«, hakte er nach.

Hatte sie eine falsche Formulierung gewählt, die auf ihre neu erwachte Kampfeslust hindeutete?

»Nein«, sagte sie.

»Mit welchem Tier in der Manege würdest du dich vergleichen?«

»Ich will gar kein Tier sein. Alexander, ich bin eine Frau, ein menschliches Wesen. Nur weil ihr mich wie ein Tier haltet, kannst du mir nicht meine Menschlichkeit absprechen.«

Er schrieb ihre Worte eifrig mit. Dann klappte er das Buch zu.

»Das war eine gute Sitzung. Danke sehr. Wir haben Fortschritte erzielt. Daran sollten wir beim nächsten Termin anknüpfen.«

»Ich kann's kaum erwarten«, sagte sie sarkastisch.

Er lächelte. »Es muss dir nicht leidtun, dich mir geöffnet zu haben. Das ist unser Ziel. Ich will dir helfen, dein Trauma zu überwinden. Du sollst in deinem späteren Leben nicht unter PTBS leiden. Dafür bin ich ja hier. Bis bald!«

Alexander wandte sich von ihr ab. War das ihre Chance? Könnte sie ihn überrumpeln? Sie blickte zur Matratze. Mit dem Hammer könnte sie ihm den Schädel einschlagen, wenn sie schnell genug wäre. Dann müsste sie seinen Schlüssel an sich nehmen und alle Türen aufschließen. Danach wäre sie endlich wieder frei.

An der Tür drehte er sich um. Zum Glück hatte sie ihren Blick vom Bett abgewandt.

»Ein Penny für deine Gedanken«, sagte er.

Das hatte er nie zuvor gemacht. Hatte er sie durchschaut?

»Wie ist das Wetter draußen?«, fragte sie. »Der Mai war immer mein Lieblingsmonat. Die Sonne hat Kraft, und alles blüht. Jetzt muss es an der Alster oder der Elbe traumhaft schön sein.«

»Ist es auch«, bestätigte er. »Über zwanzig Grad und blauer Himmel. Ein Bilderbuchfrühling. Schade, dass du davon nichts hast.« Er lächelte und verließ den Raum.

Sekunden später hörte sie, wie er den Schlüssel im Schloss drehte. Da sie nicht wusste, ob er sie durch den Spion beobachtete, blieb sie einfach sitzen.

Wieso hatte er sich umgedreht? Hatte er geahnt, was ihr durch den Kopf ging? Oder bildete sie sich sein Misstrauen nur ein, und sein Verhalten bedeutete nichts? Die Ausrede mit dem Wetter und ihrem Lieblingsmonat Mai war gut gewesen. Er schien sie ihr abgekauft zu haben.

Cora ließ die letzten Minuten noch einmal Revue passieren. Die Frage, ob sie vergewaltigt worden sei. Die eindringliche Art, wie er sie angesehen hatte, statt sich auf seine Notizen zu konzentrieren. Dass er sich an der Tür umgewandt hatte. Das alles führte zu einem logischen Schluss. Er hatte gestern einfach vergessen, abzuschließen und würde es seinem Partner verschweigen.

Das war ihre Chance. Irgendwann würde sie einen der beiden Männer überraschen können. Dann würde sie gnadenlos den Hammer einsetzen.

29

Vorsichtig schob Alexander den Sichtschutz vom Spion beiseite und wartete. Die Patientin blieb sitzen und starrte ins Leere. Er harrte zwei Minuten aus, ehe er sicher war. Sein Lapsus von gestern hatte keine Auswirkungen. Er müsste nicht einmal darüber sprechen.

Gut gelaunt ging er zur Durchgangstür, hielt jedoch im letzten Moment inne. Der Ausgang war vorhin verschlossen gewesen. Wenn die Patientin seinen Fehler bemerkt hatte, wäre sie nur bis hierhin gekommen. Was hätte sie dann getan?

Die Antwort war naheliegend. Sie hätte sich im Rest des Kellers umgesehen. Also würde er das auch tun.

Alexander ging zuerst in den Trockenraum, an dem ihm nichts Ungewöhnliches auffiel. Es schienen keine Wäscheleinen zu fehlen. Daraufhin betrat er den Vorratsraum, den er genau inspizierte. Lebensmittel würden ihr nicht helfen, selbst dann nicht, wenn sie irgendwo Konservendosen versteckt hatte. Die waren zu unhandlich, um als Waffe zu taugen. Doch in zwei Regalen lag Werkzeug. Alexanders Augenmerk galt den Schraubenziehern. Ein solcher Gegenstand wäre nicht ungefährlich. Sie könnte versuchen, einen ihrer Peiniger damit zu verletzen. Hatten hier zuvor mehr Schraubenzieher oder sogar anderes Werkzeug gelegen, das vielleicht noch besser als Waffe geeignet wäre?

Sollte er deswegen nachfragen? Aber dann müsste er zugeben, die Kerkertür nicht verschlossen zu haben. Ein zweiter, schwerwiegender Fehler innerhalb kürzester Zeit, der seine Position weiter schwächen würde. War es das wert? Cora war nicht sonderlich kräftig. Selbst mit einer Schlag- oder Stichwaffe sollte sie den Männern körperlich nichts entgegenzusetzen haben.

Es war nicht notwendig, seinen Fehler einzugestehen. Alexander würde sie einfach in den nächsten Tagen genau im Auge behalten. Das sollte reichen. Immerhin hatte er nur vergessen, eine der beiden Türen abzuschließen. In zwei Jahren war ihm das zum ersten Mal passiert. Kein Grund, deswegen seinen Status zu gefährden.

Alexander verließ den Keller und schloss die Durchgangstür ab. Als er im Hausflur stand, rüttelte er an der Klinke, die sich kaum bewegen ließ. Zufrieden ging er nach oben.

30

Till saß in seinem Büro am PC und suchte nach Informationen über den Jahre zurückliegenden Unfall in den Schweizer Bergen. Er fand einige ältere Zeitungsartikel, die ihm jedoch keine neuen Anhaltspunkte lieferten. Am liebsten hätte er Miriam darum gebeten, bei der Schweizer Kantonspolizei Druck zu machen, doch er dufte seine persönliche Beziehung zu ihr nicht ausnutzen. Das LKA hatte beim aktuellen Stand der Dinge kein Recht, die Schweizer Polizisten anzutreiben.

Es klingelte an der Bürotür. Till wechselte am PC zur Videoansicht des Eingangsbereichs und erblickte einen der Lehrer des Wilhelm-Gymnasiums. Sofort betätigte er den Türöffner und ging zur Tür, um den Mann persönlich zu begrüßen.

»Hallo«, sagte der Besucher. »Marxen. Wir haben uns …«

»Sie sind ein Kollege von Herrn Stobbe«, unterbrach Till ihn. »Kommen Sie rein.« Er führte ihn in die Besucherecke. »Möchten Sie einen Kaffee? Ich glaube ganz unbescheiden, meiner schmeckt besser als der in Ihrer Schule.«

Marxen grinste. »Das ist keine große Kunst. Hatten Sie heute auch Sodbrennen? Danke, nein! Hab genug Kaffee getrunken. Haben Sie einen Moment Zeit für mich?«

»Geht es um Herrn Stobbe?«

Marxen nickte. »Es gibt da eine Sache, über die ich gern mit Ihnen sprechen möchte, ohne dass das gleich jeder mitbekommt.«

Till schraubte eine Flasche Wasser auf und schüttete es in zwei Gläser. »Ich bin ganz Ohr.«

»Sie haben ja gewisse Vermutungen geäußert.« Marxen rang sichtlich nach Worten. »Wenn Sie damit falschliegen, haben Sie Alexander die Abiturfeier versaut.«

»Das war nicht meine Absicht.«

»Ich weiß. Leider kennen Sie die Abläufe unserer Schule nicht. Zum Abschlussjahrgang haben wir Lehrer oft ein enges Verhältnis. Ich befürchte, Ihre Spekulation wird irgendwann einem Schüler zu Ohren kommen. Und dann ... Na ja, Sie können es sich denken.«

Till nickte. »Das höre ich ungern.«

»Deswegen spreche ich mit Ihnen lieber unter vier Augen. Das, was mir aufgefallen ist, würde Öl ins Feuer gießen. Als Stobbe am fünften April ausfiel, musste rasch eine Vertretung organisiert werden. In den Leistungskursen vermeiden wir Unterrichtsausfälle, vor allem so kurz vorm Ende der Unterrichtszeit. Die Ergebnisse der Abiklassen fallen auf die Schule zurück. Je besser, umso positiver unser Ruf. Da ich in dem Jahrgang einen Deutsch-Grundkurs und den Philosophiekurs unterrichte, bekam ich die Vertretung aufgebrummt. Ich kenne viele der Schüler und wusste auch über den Stoff Bescheid. Jetzt stellen Sie sich folgendes Szenario vor. Ich betrete am fünften April den Raum und erkläre dem Leistungskurs, dass Stobbe kurzfristig erkrankt sei. Denn davon gingen wir Lehrer zu dem Zeitpunkt aus. Ich teile den Schülern mit, dass ich den Stoff mit ihnen durchgehe. Sie reden erst wild durcheinander und fragen besorgt, ob Tom lange ausfällt. Was ich verneine. Nun weiß ich durch Sie, dass Tom am Abend vorher bei Alexander war. Um über diese Stipendiumsache zu sprechen.«

»Darf ich kurz einhaken? Bevor ich den Gedanken vergesse.«

Marxen nickte.

»Halten Sie das für möglich? War Stobbe am vierten April deswegen bei den Ruhrs? Was ist Ihre Einschätzung?«

»Nein«, sagte Marxen, ohne zu zögern.

»Was führt sie zu dieser Annahme?«

»Alexander ist ein kluger Kopf. Zweifelsohne. Aber er ist auch sehr introvertiert. Zurückgezogen. Bei seiner Familiengeschichte erstaunt mich das nicht. Ich unterrichte ihn übrigens in Philosophie. Tom und ich haben uns letztes Jahr mal über ihn unterhalten. Das war ein völlig normales Gespräch. Weder positiv noch negativ. Tom hegt für Alexander keine besondere Zuneigung. Und ich glaube nicht, dass sich Alexander erfolgreich an einer Eliteuni bewerben könnte. Dazu gehört mehr als ein hervorragender Abiturschnitt. Der Lebenslauf muss stimmen. Außerschulische Aktivitäten. Ehrenämter. Solche Sachen. Das kann er nicht vorweisen. Er hätte durch seine Familiengeschichte Vorteile, aber das reicht nicht.«

»Also war Herr Stobbe aus einem anderen Grund bei ihm.«

»Ich bin mir aber nicht sicher, ob das mit Drogen oder Waffen zu tun hat.«

»Sondern?«

»Das erkläre ich gleich. Ich möchte ein bisschen weiter ausholen. Eine Lehrerkrankheit. Entschuldigung.« Er schmunzelte. »An diesem fünften April hätte Alexander in irgendeiner Weise seine Verwunderung zum Ausdruck bringen können. So nach dem Motto: Komisch, gestern

Abend war er noch gesund. Oder auch das Gegenteil. Dass er schon am Vorabend nicht gut ausgesehen hätte. Aber nichts dergleichen.«

»Vielleicht wollte er gegenüber seinen Klassenkameraden nicht sein engeres Verhältnis zum Lehrer preisgeben.«

»Das wäre eine Erklärung«, sagte Marxen. »In den Folgetagen fällt Tom weiterhin aus, und irgendwann weiß die ganze Schule über sein spurloses Verschwinden Bescheid. Alexander bringt kein Wort über die Lippen, obwohl er einer der letzten Menschen ist, die Tom gesehen hat.«

»Ja, das ist seltsam«, stimmte Till zu.

»Und jetzt komme ich auf Ihre Vermutungen zu sprechen. Hat Alexander mit Drogen zu tun? Vielleicht sogar als Dealer? Nein. Das kann ich mir nicht vorstellen. Er hat nicht die erforderlichen kommunikativen Fähigkeiten. Seine Mitschüler halten Abstand zu ihm. Ich habe ihn noch nie in einem vertraulich wirkenden Gespräch gesehen. Wie will er die Drogen an die Kunden bringen?«

Für Till klang der Einwand logisch. »Was wäre mit Waffen?«

»Hätte Tom eine Schusswaffe gefunden, hätte er das aus Eigenschutz gemeldet. Eine Stichwaffe ebenso. Wir sind für solche Dinge sensibilisiert.«

»Und wenn er einen Totschläger entdeckt hätte?«

»Vielleicht hätte Tom das verschwiegen. Aber Alexander ist den meisten seiner Mitschülern körperlich ohnehin überlegen. Wieso sollte er einen Totschläger mit in die Schule bringen? Außerdem habe ich nie Spuren von Verletzungen an ihm wahrgenommen, falls er den zum Eigenschutz gebraucht hätte. Zum Beispiel, weil ihm jemand auf dem Weg nach Hause auflauert.«

»Was ist Ihre Vermutung?«

»Hat schon irgendwer meiner Kollegen das braune Ledernotizbuch erwähnt?«

»Nein.«

»Alexander schleppt immer ein Notizbuch mit sich herum. Manchmal betritt man eine Klasse, und er blättert gedankenverloren darin. Es ist für ihn wie ein Talisman.«

»Macht er sich in dem Buch Notizen vom Unterricht?«

»Im Unterricht ist das Buch geschlossen.«

»Was steht drin? Wissen Sie das?«

»Leider nicht. Und ich muss bekennen, ich würde es gerne erfahren. Zwei- oder dreimal habe ich ihn darin vorm Unterricht lesen sehen.«

»Sie haben ihn nie gefragt?«

Marxen schüttelte den Kopf.

Till überlegte. »Was könnte ein Schüler in ein solches Buch schreiben? Zeichnet er? Ist er musisch begabt? Versucht er sich als Schriftsteller? Oder Dichter?«

»Das waren auch meine Vermutungen. Bis Sie heute mit uns gesprochen haben. Ich stelle es mir so vor. Tom ist genauso neugierig wie ich, was das Buch betrifft. Vielleicht sogar neugieriger – was zu seinem Charakter passen würde. Er weiß von dem anstehenden Probealarm und beschließt, die Situation zu nutzen. Als der Alarm losgeht, schickt er die Schüler raus, wartet ein paar Augenblicke und befriedigt seine Neugier. Er schlägt das Buch auf, findet aber nicht das, was er erwartet hat. Nichts Harmloses. Sondern etwas, was er mit dem Vater von Alexander noch am gleichen Tag besprechen will. Da er sich das Notizbuch nicht *borgen* darf, schießt er mit seinem Handy ein paar Fotos. Die er sich in der Pause anschaut, als Carlo ihn anspricht.«

»Und weil es nicht ganz astrein war, wie er sich die Information besorgt hat, wirkt er auf den Kollegen so, wie er gewirkt hat. Als hätte Henning ihn bei etwas erwischt.«

»Wie klingt das für Sie?«, fragte Marxen.

»Verdammt schlüssig«, antwortete Till. »Was, wenn Alexander zum Beispiel Gewaltfantasien niedergeschrieben hätte? Träume von einem Amoklauf?«

»Ich glaube, Tom hätte das gemeldet, bin mir aber nicht sicher. Tom ist jemand, der stets auf eine zweite und dritte Chance plädiert. Und Alexander hat Furchtbares erlebt. Bei dem Schicksalsschlag ...« Marxen trank einen Schluck Wasser. »Wissen Sie über die Schulkonferenz Bescheid, in der es um Alexanders Schicksal ging?«

»Wann genau war das?«

»Anderthalb Jahre nach dem Unfall. Er hatte danach verständlicherweise monatelang gefehlt und die Klasse im neuen Schuljahr wiederholt. Aber auch im Folgejahr waren seine Leistungen schlecht. Zweimal im selben Jahrgang nicht versetzt zu werden, bedeutet normalerweise das Aus. Wegen des tödlichen Unfalls gab es eine lebhafte Diskussion, ob man ihm noch eine Chance geben sollte. Tom gehörte zu der Fraktion der Fürsprecher. Die recht zu behalten schien, weil es ja danach mit Alexanders Leistungen stark aufwärtsging. Wenn ich mir jetzt vorstelle, Tom findet in einem Notizbuch Hinweise, dass Alexander von einem Amoklauf träumt, hätte er das Bedürfnis gehabt, das aufzuklären. Mit Vater und Sohn, bevor er offizielle Stellen einschaltet. Besonders vor dem Hintergrund, dass er keine Erlaubnis hatte, einen Blick ins Buch zu werfen.«

»Also fährt er am späten Nachmittag zu den Ruhrs«, spann Till den Gedanken weiter.

»Und wird danach nie wieder gesehen.«

Till dachte nach. Die Geschichte ergab Sinn. »Anonyme Drohungen, die auf einen Amoklauf während der Abiklausuren hindeuten, gab es nicht?«

»Nein. Gott sei Dank. Es stehen bloß noch die mündlichen Prüfungen an. Und dann die Abifeier. An dem Tag überlassen wir Lehrer dem Abijahrgang das Kommando. Es gibt Streiche und all solche Dinge.«

»Die Stimmung ist wahrscheinlich sehr ausgelassen.«

»Wenn die Schüler nicht über die Stränge schlagen, ist das immer ein herrlicher Tag.«

Tills Gedanken rasten. Plante der Abiturient eine schreckliche Tat, und hatte Stobbe ihn dabei erwischt? Oder dachten sie in eine völlig falsche Richtung?

31

Abends besprach Till die neuen Informationen mit Miriam, während sie ein kleines Abendessen zu sich nahmen. Sie teilte seine Einschätzung. Till war der Wahrheit einen Schritt nähergekommen. Nun müsste er herausfinden, was es mit dem Notizbuch auf sich hatte.

»Ich frag dich vorsichtshalber, obwohl ich die Antwort ahne. Würde Zalazar bei Familie Ruhr auftauchen und die Herausgabe des Buchs verlangen?«

»Dafür gibt es keine rechtliche Handhabe«, antwortete Miriam.

»Er könnte auf Freiwilligkeit setzen. Die Informationen aufbauschen, die ich zusammengetragen habe.«

»Wenn in dem Buch wirklich etwas Belastendes steht, hat Alexander die Seiten schon längst vernichtet oder wird die Herausgabe verweigern.«

»Dann bringt es nichts, Zalazar vorzuschicken.«

»Du planst doch was, und ich bin mir nicht sicher, ob mir das gefällt.«

»Ich will in die Offensive gehen und Alexander oder

seinen Vater nach dem Buch fragen. Je nachdem, wer mir die Tür öffnet.«

»Also willst du genau das machen, über das wir gerade gesprochen haben – obwohl wir es für sinnlos halten, Zalazar vorzuschicken.«

»Die Reaktion der beiden wäre sehr aufschlussreich. Schon allein deswegen würde es sich lohnen. Danach wüsste ich, ob ich auf der richtigen Spur bin.«

»Vielleicht ist Stobbe genau deshalb verschwunden. Weil er hingefahren ist und Vater oder Sohn auf das Notizbuch angesprochen hat.«

»Möglich.«

»Sorry, aber ich bin dagegen. Zumindest darfst du das nicht allein machen.«

»Wollte ich eh nicht. Ich hatte an dich gedacht.« Till lächelte.

»Ich bin in die Ermittlungen nicht involviert und kann nicht einfach vor Ort auftauchen.«

»Aber du könntest telefonisch dabei sein. Sogar heimlich. Das Handy könnte ich in die Jackentasche stecken. Dann kriegst du alles mit und schickst schlimmstenfalls die Kavallerie los.«

Miriam seufzte. »Du hast das im Kopf schon durchgeplant.«

Till grinste. »Wie sind deine Pläne morgen? Wann würde es dir passen?«

32

Miriam Decking schaute auf ihre Uhr. Sollte sie versuchen, jemanden in der Schweiz zu erreichen? Könnte die Kantonspolizei Informationen liefern, die für Till relevant wären?

Till und sie hatten vereinbart, dass er in einer halben Stunde bei den Ruhrs auftauchen und nach dem braunen Notizbuch fragen würde. Er rechnete nicht damit, dass sie es ihm aushändigen würden, hoffte aber auf eine aufschlussreiche Reaktion.

Miriam suchte in ihren Unterlagen nach einer Schweizer Telefonnummer. Ehe sie fündig wurde, klingelte Bastian Dorfers Telefon. Der schaute aufs Display und hob die Augenbrauen.

»Was will denn der Boss?«, murmelte er. »Dorfer.« Er lauschte und äußerte gelegentlich brummend seine Zustimmung. »Ja, Hauptkommissarin Decking sitzt mir gegenüber. Ich sag ihr Bescheid. Bis gleich.«

Das klang gar nicht gut!, dachte Miriam. »Was gibt's?«

»Wir sollen in einer Viertelstunde bei ihm im Büro antanzen.«

»Oh nein!«, stöhnte sie. »Hat er gesagt, weswegen? Dauert es lange, oder geht's schnell?«

»Keine Ahnung. Hat mit einer Ermittlung aus dem Winter zu tun. Mehr hat er nicht verraten. Außer, dass wir den Staatsanwalt treffen. Schon wieder! Ich dachte, es wäre alles geklärt.«

»Na toll!«

»Was stört dich?«, fragte Dorfer.

»Ich hab Till versprochen, als Rückendeckung bereitzustehen.«

»Wann und wobei?«

»In einer halben Stunde. Er will zu diesem Schüler Alexander Ruhr. Ich sollte mittels Telefonschaltung dabei sein.«

»Machst du dir deshalb Sorgen?«

Sie berichtete ausführlich, was Till herausgefunden hatte und welche Rückschlüsse sie daraus zogen.

»Dann ruf ihn an. Soll er halt warten, bis du Zeit hast. Ist schließlich keine eilige Angelegenheit.«

Miriam zögerte kurz, ehe sie zum Handy griff und Tills Nummer wählte. Der meldete sich nach wenigen Sekunden Klingelzeichen.

»Kannst du deine Pläne nach hinten verschieben?«, fragte sie.

»Kommt dir gleich was dazwischen?«

»Ein Treffen mit unserem Boss und einem Staatsanwalt. Keine Ahnung, wie lange das dauert. Mir wäre aber wohler, zumindest per Telefon dabei zu sein.«

»Ich denk drüber nach.«

»Till! Was macht es für einen Unterschied, ob du jetzt oder in zwei Stunden zu ihnen fährst? Falls es bei mir überhaupt so lange geht. Vielleicht bin ich ganz schnell durch.«

Wieder klingelte Dorfers Telefon.

»Ich würde gern Alexander ohne seinen Vater antreffen.

Der müsste jetzt ja bei der Arbeit sein. Je später ich zu ihnen fahre, desto größer das Risiko, ihm zu begegnen.«

»Miriam?«, drängelte Dorfer.

»Warte kurz«, sagte sie zu Till und wandte sich ihrem Partner zu. »Ja?«

»Der Boss will uns jetzt schon sehen. Der Staatsanwalt ist früher eingetroffen.«

»Okay. Ich beeil mich. Till, ich muss los. Warte bitte auf mich, oder hol dir andere Rückendeckung. Wie wäre es mit Jessica Sturm?«

»Ich denk drüber nach«, antwortete er. »Mir passiert schon nichts. Bis später.«

Der Klang seiner Stimme gefiel ihr überhaupt nicht.

33

Till beendete das Telefonat. Er spürte den Anflug eines schlechten Gewissens, weil er Miriam verschwiegen hatte, bereits unterwegs zu sein. Als er im Display ihren Namen gelesen hatte, war er an den Straßenrand gefahren, um ohne Ablenkung telefonieren zu können. Ursprünglich hatte er geplant, ein paar Minuten vor dem Haus der Ruhrs zu warten, ehe er Miriam als Rückendeckung übers Telefon zugeschaltet hätte. Vielleicht sogar in der Hoffnung, dass Alexander ihn bemerken würde. Musste er sein Vorhaben aufschieben? Oder sich zumindest bei Jessica Sturm melden, damit jemand schnell reagieren könnte, falls etwas Ungewöhnliches passierte? Die beiden arbeiteten öfter zusammen oder halfen sich aus. Er kannte Jessica seit vielen Jahren. Sie war die Partnerin seines ehemaligen und leider ermordeten Mentors Jonathan Albrecht gewesen. Im Laufe der Zeit hatte sich zwischen ihnen eine Freundschaft entwickelt.

Aber war es überhaupt notwendig, Jessica zu kontaktieren? Immerhin würde er gleich nur einem Abiturienten und eventuell noch dessen Vater gegenüberstehen. Selbst wenn die für das Verschwinden des Lehrers verantwortlich waren, hatten sie Stobbe nur überrumpeln können, weil der mit nichts Bösem gerechnet hatte. Bei Till war das anders.

Trotzdem beschloss er Miriam zuliebe, Jessica zu kontaktieren. Er wählte ihre Nummer und landete auf der Mailbox.

»Hi, Jessica. Wenn du das hier innerhalb der nächsten Minuten abhörst, ruf mich bitte rasch zurück. Ich könnte deine Hilfe gebrauchen. Danke!«

Er wartete eine Weile, doch Jessica meldete sich nicht. Also beschloss er, zunächst ohne telefonische Rückendeckung sein Vorhaben durchzuziehen.

Till parkte am Straßenrand vor dem Haus des älteren Ehepaars Wolle. An einem ihrer Fenster bewegte sich ein Vorhang. Falls die beiden seit seinem letzten Besuch etwas beobachtet, ihm aber nicht Bescheid gesagt hatten, würden sie das nun vielleicht nachholen. Er wartete weitere fünf Minuten, in denen sich weder Miriam noch Jessica meldeten. Auch die Eheleute kamen nicht zu ihm ans Auto. Er öffnete auf dem Handy das Chatprogramm und schrieb Miriam eine Nachricht.

Hab versucht, Jessica zu erreichen. Leider erfolglos. Ich bin jetzt bei den Ruhrs. Bis später.

Till sandte die kurze Statusmeldung ab, ehe er das Telefon lautlos schaltete und es in seine Hosentasche schob. Er nahm sich vor, besonders vorsichtig zu sein – vor allem, falls Vater und Sohn beide anwesend wären und ihn hineinbitten würden.

Till stieg aus und ging auf den Hauseingang zu. Er trat unters Vordach und klingelte. Nichts passierte. Till pfiff eine kleine Melodie vor sich hin, an deren Ende er erneut den Klingelknopf drückte. Sekunden später öffnete sich die Tür.

Alexander stand ihm gegenüber. Der Abiturient trug nur weiße Boxershorts und ein hellgelbes T-Shirt. Er gähnte demonstrativ.

»Hab ich dich geweckt?«, fragte Till.

»M-hm.«

»Das tut mir leid.« Er nahm dem jungen Mann nicht ab, dass er gerade aus dem Bett geklingelt worden war.

»Macht nichts«, sagte Alexander. »Ich musste ohnehin aufstehen. Sie sind also nur dem Wecker zuvorgekommen. Aber ich würde mich gern noch einmal in die Decke kuscheln. Nach dem Aufwachen ist mir immer kalt.« Er schlang die Arme um den Oberkörper. »Was führt Sie her? Ist Stobbe wieder aufgetaucht?«

»Leider nicht. Und ich hab nur eine Frage. Sollte also schnell gehen.« Till ließ die Aussage wirken. Er wollte sein Gegenüber eine Weile im Ungewissen halten.

»Verraten Sie mir auch welche?«, erkundigte sich Alexander schließlich ungeduldig. »Oder soll ich raten?«

Till schaute ihm ins Gesicht. Egal, wie gut er schauspielern konnte – manche Gesichtsausdrücke ließen sich nicht verhindern, spielten sich allerdings innerhalb eines Sekundenbruchteils ab. Wenn Till im falschen Moment blinzelte, könnte er eine verräterische Mimik verpassen.

»Darf ich mal einen Blick in das braune Buch werfen, das du in der Schule immer bei dir hattest?«

Alexander öffnete den Mund, schloss ihn wieder und biss sich dann auf die Unterlippe. Er zuckte mit den Achseln, allerdings so schwach, dass Till es nur bemerkte, weil der Abiturient lediglich ein T-Shirt trug. Nichts, was wirklich auf Unwissenheit hindeutete.

»Welches Buch?« Alexander wich Tills Blick aus. »Von welchem Fach sprechen Sie? Kann mich an kein braunes Lehrbuch erinnern.«

»Ich meine auch kein Lehrbuch, sondern dein persönliches Notizbuch. Das würde mich interessieren.«

»Wovon reden Sie, zum Teufel? Ich besitze kein solches Buch.«

»Nicht? Na gut. Das muss ich wohl akzeptieren. Mich kannst du ruhig abwimmeln. Bin ja kein Polizist. Allerdings bin ich mir ziemlich sicher, dass die Polizei ebenfalls danach fragt. Hauptkommissar Zalazar und ich stehen deswegen in Kontakt. Er wird sich nicht so schnell geschlagen geben.«

Alexander verdrehte die Augen. »Herrje! Warum glauben Sie mir nicht? Aber meinetwegen. Kommen Sie! Gehen wir in mein Zimmer. Suchen Sie nach diesem braunen Ledernotizbuch, wenn Sie nichts Besseres zu tun haben. Was für eine Zeitverschwendung.«

»Nicht nötig«, erwiderte Till. »Danke für deine Auskunft.«

»Was bedeutet das jetzt?«

»Ich hab alles erfahren, was ich wissen wollte. Mehr ist nicht nötig.«

»Also glauben Sie mir?«

Till lächelte. »Sollte ich nicht?«

»Keine Ahnung. Doch! Natürlich! Aber erst schienen Sie mir ja nicht zu glauben. Kommen Sie mit ins Haus und überzeugen sich. Ich hab keine Geheimnisse vor Ihnen. Sie sollen nicht vermuten, ich würde Ihnen etwas verheimlichen.«

»Nein, danke. Grüß deinen Vater von mir. Wir sehen uns bestimmt bald wieder.«

»Warum klingt das wie eine Drohung?«

»Weil du es so auffasst? So war es gar nicht gemeint. Das verstehst du falsch.« Till hob die Hand. Er wich zwei Schritte von der Haustür zurück, ehe er sich umdrehte. »Viel Erfolg bei der mündlichen Prüfung. Hoffentlich kannst du dich konzentrieren«, rief er Alexander über die Schulter zu.

In aller Ruhe schlenderte er zu seinem Wagen zurück. Er lächelte triumphierend und achtete gleichzeitig auf Geräusche von hinten, denn er wollte dem Abiturienten keine Chance geben, ihn hinterrücks anzufallen.

Alexander hatte sich selbst verraten. Nicht unbedingt durch Mimik oder Körpersprache, obwohl beides auffällig gewesen war. Nein! Er hatte einen viel einfacheren Fehler begangen.

»Suchen Sie nach diesem braunen Ledernotizbuch, wenn Sie nichts Besseres zu tun haben.«

Till hatte nicht von einem *Leder*notizbuch gesprochen, sondern nur von einem Notizbuch. Das Material hatte er nie erwähnt.

Daher war es offensichtlich, dass Alexander ihn angelogen hatte.

Till erreichte sein Auto. Er entriegelte es und drehte sich um. Der junge Mann stand noch immer an Ort und Stelle. Till hob die Hand zum Gruß, lächelte und stieg ins Fahrzeug. Erst jetzt zog sich Alexander ins Haus zurück.

Was würde er nun tun? Das Buch verstecken? Vielleicht sogar entsorgen?

Ein Platz hier in der Nähe, von dem aus Till das Grundstück beobachten könnte, wäre vorteilhaft. Solange Till noch bei den Nachbarn parkte, würde der Abiturient wohl nichts unternehmen.

Er startete den Motor und fuhr einige hundert Meter die Straße hinauf. Kurz vor der nächsten Kreuzung suchte er sich einen Parkplatz. Von seiner neuen Position aus erkannte er zwar keine Einzelheiten, doch er würde es bemerken, falls Alexander zu den Müllcontainern ginge.

Das Handy in seiner Hosentasche vibrierte. Till zog es heraus und schaute aufs Display. Jessica rief ihn zurück.

34

Frustriert warf Alexander ein Paket zu Boden, das auf einer Kommode stand und darauf wartete, von seinem Vater zur Post gebracht zu werden.

»Fuck!« Er trat gegen den Karton, der ein paar Meter weit flog und dann an die Wand prallte. Es schepperte, als sei etwas darin zu Bruch gegangen.

Bestimmt würde dieser Buchinger schon bald zurückkehren. Machte er vielleicht sogar seine Drohung wahr, ihm die Bullen auf den Hals zu hetzen? Alexander glaubte nicht, dass man ihn dazu zwingen durfte, persönliches Eigentum auszuhändigen. Nicht ohne Durchsuchungsbeschluss, für den es keine Rechtsgrundlage gab. Trotzdem durfte er nicht untätig bleiben. Buchinger oder ein Handlanger würden zurückkehren. Immer weiter nachbohren.

Wer hatte ihn bloß auf das lederne Notizbuch aufmerksam gemacht?

Er stieg die Stufen zu seinem Zimmer hoch. Das Notizbuch lag auf dem Schreibtisch, erst gestern hatte er wieder einen Eintrag verfasst. Cora war eine Patientin, von der er viel lernen könnte. Doch jetzt war es wohl an der Zeit, sich von seinen Aufzeichnungen zu trennen.

Er erwog, das Buch umgehend zu entsorgen. Sollte er es zu den Müllcontainern bringen? Nach wenigen Sekunden verwarf er den Gedanken wieder. Er brächte es nicht übers Herz, es einfach wegzuwerfen. Dafür hatte er zu viel Arbeit in sein Projekt gesteckt.

Also musste er eine andere Lösung finden. Ein Versteck. Alexander schaute sich um. Wo würde es unentdeckt bleiben? Unterm Bett oder vielleicht in einer Schublade? Zwischen seiner Unterwäsche?

Nein! Das waren fantasielose Verstecke. Spätestens, wenn die Bullen mit einem Durchsuchungsbeschluss die Erlaubnis hätten, alles auf den Kopf zu stellen, würden sie fündig werden. Ihm fiel nur ein Ort ein, an dem er es vor ihren Augen verbergen könnte.

In Coras Verlies.

Aber damit würde er sich ihrer Gnade ausliefern. Es würde ihn sehr verletzen, wenn sie die Seiten einfach zerreißen würde. Ebenso gut könnte er das Notizbuch gleich in den Restmüll werfen. Wie sollte er sie davon abhalten? Es gab nichts, was er ihr androhen könnte. Körperliche und seelische Schmerzen hatte sie bereits zur Genüge durchlitten. Ihr damit zu drohen, den E-Book-Reader oder den Netflix-Zugang zu sperren, wäre vermutlich ein stumpfes Schwert. Oder wollte sie unter keinen Umständen auf diese medialen Ablenkungen verzichten?

Nachdenklich tigerte er im Zimmer umher. Schließlich trat er ans Fenster und schaute auf die Straße. Er traute seinen Augen nicht. Buchinger beobachtete das Haus aus vermeintlich sicherer Entfernung.

Das durfte einfach nicht wahr sein!

35

Nach dem Telefonat mit Jessica überprüfte Till Miriams Messenger. Momentan war ihr Handy nicht online. Es wäre also besser, sie nicht anzurufen, denn sonst würde er wohl bei einer Besprechung stören. Deswegen nahm er bloß eine Sprachnachricht auf.

»Ich kann dir Entwarnung geben. Ich war bei den Ruhrs und hab mit Alexander gesprochen. Jetzt bin ich zwar noch immer in der Straße, allerdings ziemlich weit weg vom Eingang. Von meiner Position kann ich so gerade eben die Haustür sehen. Mich interessiert, ob er in den nächsten Minuten das Haus verlässt. Ich schildere dir kurz meine Eindrücke. Einzelheiten besprechen wir später, okay? Ich musste zweimal klingeln, erst danach hat er geöffnet. Sein Vater war nicht da oder ist zumindest nicht zur Tür gekommen. Alexander hat so getan, als hätte ich ihn aus dem Bett geholt. Ich glaub ihm das aber nicht. Keine Ahnung, warum er meinte, mir ein solches Schauspiel vorführen zu müssen. Ich hab ihn auf das Notizbuch angesprochen. Seine Reaktion war verräterisch. Angeblich wusste er nicht, wovon ich spreche, aber das war eine offensichtliche Lüge. Irgendwann bot er mir sogar an, in seinem Zimmer nach dem braunen Ledernotizbuch zu suchen. Die Sache ist bloß die: Ich hab das Wort *Leder* nie erwähnt. Das ist für mich der endgültige Beweis. Wäre ich zu ihm ins Haus gegangen, hätte er wohl versucht, mich hinterrücks anzugreifen. Keine Ahnung, wie das ausgegangen wäre. Ich hab's lieber nicht probiert. Dafür hat mir deine Rückendeckung gefehlt. Ich parke jetzt übrigens vor Hausnummer siebenundvierzig. Irgendwie hab ich das Gefühl, er wird das Haus verlassen, um das Buch in Sicherheit zu bringen. Aber wohin? Das ist die Eine-Million-Euro-Frage. Und wir können die Gewinnsumme verdoppeln, wenn wir rausfinden, was in diesem Buch steht. Warum hatte er es in der Schule immer dabei und verleugnet jetzt seine Existenz? Ich kapier's nicht. Ruf mich an, sobald du aus der Besprechung bist. Bis dahin bleibe ich hier vor Ort.«

Till schickte die Nachricht ab. Dann legte er das Telefon beiseite und konzentrierte sich auf den weit entfernten Hauseingang.

36

Seit das Telefon in ihrer Hosentasche vibriert hatte, nagte die Ungeduld an Miriam. Sie konnte das Ende der Besprechung kaum abwarten. Doch musste sie zugestehen, dass der Staatsanwalt sie auf einen wichtigen Punkt aufmerksam gemacht hatte. Ohne diese Klarstellung hätte der anstehende Prozess in einem Mordfall einen unerwünschten Verlauf nehmen können.

Bis zum Ende der Besprechung verging fast eine halbe Stunde. Dann konnte Miriam endlich das Büro ihres Vorgesetzten verlassen. Sie prüfte, wer ihr die Nachricht geschickt hatte. Eine Sprachmitteilung von Till. Irgendwie schaffte sie es, ihre Ungeduld bis zum eigenen Büro zu zügeln. Dort spielte sie bei geschlossener Tür die Nachricht ab. Dorfer hörte interessiert zu.

»Ich ruf ihn an, okay?«, fragte Miriam ihren Partner schließlich.

Dorfer nickte.

Es dauerte nur Sekunden, bis Till den Anruf entgegennahm. »Hey! Ist eure Besprechung endlich vorbei?«

»Ja. Bastian hört übrigens zu.«

»Hallo, Till«, rief der aus dem Hintergrund.

»Ich find's nicht gut, dass du allein zu Alexander Ruhr gefahren bist. Oder hast du Jessica ins Boot geholt?«

»Ich hab's versucht. Sie war nicht zu erreichen.«

»Super Ausrede!« Miriam seufzte missbilligend. »Erzähl mal, was genau vorgefallen ist.«

Till gab sein Gespräch mit Ruhr ausführlicher wieder als in der Sprachnachricht und schilderte auch Alexanders Reaktionen exakt.

»Und jetzt stehst du noch immer auf deinem Beobachtungsposten?«

»Ja«, sagte Till. »In der letzten halben Stunde ist allerdings nichts passiert. Keine Ahnung, ob das reine Zeitverschwendung ist. Ich hatte gehofft, Alexander würde in Panik versuchen, das Buch loszuwerden. Zum Beispiel, indem er es einfach in die Mülltonne wirft. Aber das scheint er nicht zu tun. Ich schätze, er versteckt es irgendwo im Haus. Groß genug ist es ja dafür. Siehst du in Anbetracht seiner Lügen eine Chance auf einen Durchsuchungsbeschluss?«

»Du kannst ihm nicht nachweisen, gelogen zu haben. Er könnte unterstellen, *du* hättest ›Ledernotizbuch‹ gesagt. Wie willst du ihm das Gegenteil beweisen? Und selbst wenn. Das ist kein hinreichender Verdacht, der einen Richter überzeugen könnte.«

Till brummte zustimmend. »Ich hab's befürchtet. Hast du einen Vorschlag, was ich noch machen kann? Ich will ihn in die Ecke drängen, weiß aber nicht, wie.«

»Spontan fällt mir leider auch nichts ein«, antwortete Miriam.

»Warum treffen wir drei uns nicht zu einem frühen Mittagessen?«, schlug Dorfer vor. »In einer halben Stunde?«

»Hab nichts dagegen«, sagte Till. »Schlagt einen Treffpunkt vor.«

37

Alexander stand seit geraumer Zeit nicht mehr am Fenster, damit ihn Buchinger nicht bemerken konnte. Er hatte sich ein Stück zurückgezogen und beobachtete ihn durch ein Fernglas. Der Schnüffler führte ein längeres Telefonat und wirkte unzufrieden, sofern Alexander seine Reaktion richtig einschätzte. Gefiel ihm nicht, was sein Gesprächspartner ihm mitteilte?

Das Telefonat endete. Buchinger blieb noch ein paar Minuten auf seiner Beobachtungsposition, dann war der Spuk vorbei. Der Wagen setzte sich in Bewegung und verschwand außer Sicht.

Aufgeregt rannte Alexander ins Nachbarzimmer, von wo aus er einen anderen Teil der Straße überblicken konnte. Der Schnüffler fuhr an ihrem Haus vorbei.

Gab er auf, oder organisierte er Verstärkung?

Vielleicht ergab sich nun das letzte Zeitfenster für Alexander, um das Notizbuch verschwinden zu lassen. Er wartete zwei Minuten, doch Buchinger kehrte nicht zurück. Rasch zog er sich eine Sporthose und einen Pullover über.

Das müsste reichen. Er steckte das Buch in eine Umhängetasche. Dann verließ er sein Zimmer.

38

Sabrina Wolle rührte in der frischen Hühnersuppe, die noch etwas köcheln müsste, ehe sich das Fleisch vom Suppenhuhn ablösen ließe. Ihr Mann hatte sich bei seinem letzten Angelausflug eine leichte Erkältung eingefangen. Wenn man um halb fünf zur Elbe rausfuhr, um in der frühmorgendlichen Kälte und einer steifen Brise Fische zu fangen, musste man wohl damit rechnen.

Erfahrungsgemäß wirkte eine Hühnersuppe bei Thorsten wahre Wunder. Außerdem würde Sabrina ihn dazu verdonnern, noch mindestens drei Tassen Pfefferminztee mit frischem Ingwer zu trinken. So bekäme sie ihn schnell auf die Beine. Sie ertrug es nicht, wenn er sie wegen eines kleinen Schnupfens wehleidig anschaute, als würde er die kommende Nacht nicht überleben. Außerdem schnarchte er erkältet mehr.

Sie blickte aus dem Fenster zum gegenüberliegenden Haus von Wolfgang Ruhr. Rund eine Stunde zuvor hatte sie beobachtet, wie der Privatdetektiv auf ihrer Straßenseite geparkt hatte und zu den Ruhrs gegangen war. Nach einem Gespräch mit Alexander hatte sich der Detektiv wieder in seinen Wagen gesetzt. Falls sie die Körpersprache der beiden richtig gedeutet hatte, hatten sie sich gestritten. Kurz darauf war der Ermittler losgefahren.

Warum interessierte er sich so sehr für ihre Nachbarn? In welcher Beziehung standen die Ruhrs zu dem verschwundenen Lehrer? Als begeisterte Krimileserin ging die Fantasie mit ihr durch. Sie stellte sich vor, Wolfgang oder Alexander eines Verbrechens zu überführen. Aber wieso sollten sie einen Lehrer entführen? Wegen einer schlechten Schulnote? Ziemlich unwahrscheinlich.

Sabrina Wolle schaltete den Herd aus. In diesem Moment stürmte Alexander aus dem Haus. Er kettete sein Fahrrad los und schwang sich auf den Sattel. Sekunden später verschwand er aus ihrem Blickfeld.

»Du bist momentan ziemlich oft unterwegs«, murmelte sie.

War es Zufall, dass sie ihn derzeit ständig auf seinem Fahrrad sah? Oder hatte das etwas mit dem verschwundenen Lehrer zu tun?

»Schatz?«, ertönte Thorstens wehleidige Stimme aus dem Wohnzimmer. »Ist die Suppe schon fertig? Ich glaub, ich hab Fieber.«

Sie verdrehte die Augen. »In zehn Minuten, mein Liebling«, sagte sie, ohne sich etwas anmerken zu lassen. Ihr Blick fiel wieder aus dem Fenster. Würde Alexander bald zurückkehren oder eine Weile fortbleiben? Vielleicht wäre es eine gute Idee, in nächster Zeit ein bisschen aufmerksamer zu sein.

39

Cora starrte an die Decke. Seit der Junge gestern den Raum verlassen hatte, war keiner der beiden zu ihr gekommen. Sie konnte sich seitdem nicht mehr auf ein Buch oder eine Netflix-Serie konzentrieren. Ihre Gedanken kreisten bloß noch um den Hammer unter der Matratze.

Was hatte es zu bedeuten, dass sie derzeit so wenig *Besuch* bekam? Seit der Alte ihr den Slip geschenkt hatte, war ihm die Lust an einer Vergewaltigung vergangen, und der Junge ... Tja, wie sollte sie sein Verhalten einschätzen?

Wussten die beiden von der Waffe in ihrem Verlies? Spielten sie mit ihr? Wollten sie sie psychisch endgültig brechen?

Eigentlich hatte sie sich vorgenommen, nur bei der perfekten Gelegenheit zum Hammer zu greifen und alles auf eine Karte zu setzen. Inzwischen fragte sie sich allerdings, ob dieser Moment jemals kommen würde. In ihrem Kopf schwirrten andere Gedanken herum. Mit welchem der beiden Männer sollte sie sich anlegen? War Alexander der leichtere Gegner, weil er jünger war? Weniger lebenserfahren, aber dafür reaktionsschneller? Oder sollte sie ihr

Glück bei dem Alten versuchen, wenn er sich das nächste Mal an ihr verging? Oder zumindest gleich danach, wenn er entspannt und ausgepowert war?

Sollte sie dem Schicksal die Wahl überlassen? Sie könnte sich vornehmen, den nächsten Besucher anzugreifen – egal, um wen es sich handelte. Es wäre besser, endlich aktiv zu sein, statt sich ständig das Gehirn zu zermartern. Seit sie im Besitz des Hammers war, ertrug sie ihre Gefangenschaft immer weniger. Vorher war es ihr nur darum gegangen, keine Schmerzen zu erleiden und zu überleben. Nun sah sie am Horizont einen möglichen Ausweg. Gerade das machte die Gefangenschaft beinahe unerträglich. Ob sich ein Häftling so fühlte, der Chancen auf eine Bewährung hatte, aber die Entscheidung eines Komitees abwarten musste?

Geräusche von draußen unterbrachen ihren Gedankenfluss. Jemand steckte den Schlüssel ins Schloss. Wer würde gleich eintreten?

40

Alexander betrat das Gefängnis. Cora lag auf der Couch. Während er eintrat, setzte sie sich sofort auf und lächelte ihm zu.

»Hallo«, begrüßte er sie.

»Hallo«, erwiderte sie leise, bevor sie sich räusperte.

Er nahm auf seinem Stuhl Platz. Das Notizbuch legte er auf den Schoß, ohne es aufzuschlagen. Sein Blick huschte im Raum umher. Gab es hier irgendwo ein Versteck, an das sie nicht gelangen könnte? Unwahrscheinlich, weil sie einfach auf den Stuhl klettern könnte. Nicht alle Möbel in ihrem Gefängnis waren fest am Boden verschraubt.

»Was ist los?«, fragte sie.

»Ich suche nach der perfekten Stelle.«

»Wofür?« Diesmal brach ihre Stimme. Sie räusperte sich erneut.

»Um etwas zu verstecken.« Zu seiner Überraschung erkundigte sie sich nicht, was er ausgerechnet in ihrem Verlies verstecken wollte. Ihm fiel auf, dass sie schlagartig erblasste. »Alles klar bei dir?«

»Was? Na ja. Mir ist schon den ganzen Tag ein bisschen übel und schwindelig.«

»Oje. Das tut mir leid. Ein richtiger Scheißtag, auch für dich. Du bist leichenblass.«

41

Oh Gott! Er spielte tatsächlich mit ihr. Und das Wort *leichenblass* war wohl eine unterschwellige Drohung. Wie hatte sie sich verraten? Würde es ihr etwas nützen, wenn sie ihm freiwillig preisgab, wo sie den Hammer verbarg?

»Ja, mein Kreislauf spinnt. Keine Ahnung, was das ist.«

Sein Blick schweifte wieder umher. Hatte er vielleicht doch keinen Schimmer von dem Versteck?

»Was willst du denn verstecken?«, fragte sie. Freiwillig den Trumpf aus der Hand zu geben, kam nicht infrage. Er müsste ihn selbst finden. Sofern er nicht längst Bescheid wusste.

Alexander antwortete nicht sofort. Er starrte auf das Notizbuch in seinem Schoß. »Ich überlege, dieses Buch bei dir zu lassen«, sagte er leise.

Hoffnung keimte in ihr auf. Hatte sie ihn falsch eingeschätzt? Oder gehörte das zu seinem Spiel, mit dem er sie brechen wollte? Würde er das Lederbuch *zufällig* unter die Matratze legen wollen?

»Hier stehen die wichtigsten Informationen aus unseren

Gesprächen drin«, fuhr er fort. »Zwei Drittel der Seiten sind beschrieben. Aber es ist noch genug Platz für das, was ich von dir lernen kann.« Er nahm das Buch in die Hand und hielt es auf Augenhöhe. »Hierin befinden sich unsere Geheimnisse. Alles, was uns verbindet.«

»Warum willst du deine Notizen bei mir verstecken?«

Er musterte sie nur scharf. Was bedeutete das? Sie hielt seinem Blick stand, schon allein, um nicht verräterisch zum Bett zu schielen.

»Ich befürchte, dass du meine Aufzeichnungen vernichtest. Sie in so viele Stücke zerreißt, dass ich sie nie wieder zusammensetzen könnte.«

»Wieso sollte ich das tun?«

»Ich könnte das nicht verhindern, wenn ich das Buch bei dir lasse. Allerdings wäre das ein nicht wiedergutzumachender Fehler. Meine Bestrafung würde dir richtig wehtun.«

»Droh mir bitte nicht«, sagte sie. »Das ist so überflüssig. Trotz allem, was ihr mir antut, habe ich in der ganzen Zeit nichts kaputt gemacht.«

»Es wären deine Sachen gewesen, die du zerstört hättest.«

»Ich hab nie etwas getan, was euch …«

»Du hast ihn einmal angegriffen.«

»Und es bitter bereut.«

»Aber vielleicht nicht genug.«

Ihre Gedanken rasten. Das mit dem Buch war nur ein Ablenkungsmanöver. Wieso sonst erwähnte er einen Angriff, der so lange zurücklag? Sein Verhalten ergab bloß Sinn, wenn er sie in die Falle locken wollte. Wusste er bereits, wo der Hammer lag? Sie stöhnte und fasste sich an die Stirn.

»Alles gut bei dir?«

»Nein. Mir ist total schwindelig. Am liebsten würde ich

dich bitten, mich fünf Minuten an die frische Luft zu lassen.«

Er lachte spöttisch.

»Schon okay. Den Versuch war's wert. Darf ich mich wenigstens aufs Bett legen?«

Gab sie ihm damit den Anhaltspunkt, nach dem er suchte?

»Kein Problem. Heute haben wir keine Therapiesitzung.«

Sie legte sich auf die Matratze, bevor er es sich anders überlegen würde. Ihre Arme hielt sie nah am Körper. »Was ist bloß los mit mir?«, murmelte sie. »So einen Schwindel kenne ich gar nicht. Ich hab fast nie Kreislaufprobleme.«

»Nicht so laut leiden, Cora«, erwiderte er kalt. »Das bringt dir keine Vorteile. Falls du an mein Mitleid appellierst, vergiss es einfach.«

»Was würdest du eigentlich machen, wenn ich einen Arzt bräuchte?« Unauffällig schob sie ihre linke Hand zum Matratzenrand.

»Wieso solltest du einen Arzt benötigen?«

»Menschen werden krank. Das ist normal.«

»Was soll dich hier krank machen? Du kommst nicht mit Viren oder Bakterien in Berührung. Einen Arzt wirst du hier unten nie zu Gesicht bekommen. Im Zweifel würden wir versuchen, dich zu heilen.«

»Versuchen?«

»Spinn nicht rum!«, sagte er streng. »Du wirst nicht krank! Und für die meisten Sachen gibt's Medikamente, die dir schnell helfen. Davon haben wir genügend vorrätig.«

Ihre Finger glitten unter die Matratze. Sie berührten den Holzgriff des Hammers. »Gut zu wissen«, murmelte sie. Cora schloss die Augen. Sie malte sich aus, wie sie ihn angreifen würde.

»Eigentlich ist es gar nicht nötig, das Buch zu verstecken«, fuhr er fort. »Ich kann es einfach hier liegen lassen, richtig? Schließlich hast du mir versprochen, meine Notizen nicht zu zerstören.«

Sie drehte ihm den Kopf zu und öffnete die Augen. »Das würde ich nie tun.«

»Ich warne dich, dein Wort zu brechen. Wir würden dir Netflix nehmen, vielleicht sogar den ganzen Fernseher, und den Kindle hättest du auch das letzte Mal in den Händen gehalten. Kannst du dir vorstellen, wie langweilig deine Tage hier aussehen würden?«

»Bitte nicht! Ich versprech's dir. Ich rühre die Aufzeichnungen nicht an.«

»Das darfst du ruhig«, entgegnete Alexander. »Sie zu lesen und zu studieren, ist okay. Du darfst sie bloß nicht zerstören.«

»Werd ich nicht.«

»Ich glaub dir.« Er lächelte.

Sie rechnete damit, dass er jetzt den Hammer ansprechen würde. Das wäre für sie das Startsignal zum Angriff.

Alexander seufzte. »Probieren wir's. Hoffentlich bist du nicht dumm.«

Er beugte sich vor und legte das Notizbuch auf den fest im Boden verankerten Tisch. Cora nutzte den Augenblick. Sie zog den Hammer aus seinem Versteck, umklammerte den Griff mit der rechten Hand und sprang auf. Alexander schaute zu ihr auf. Im ersten Moment verwirrt, in der nächsten Sekunde erschrocken.

»Cora!«, schrie er. »Nein!«

Er riss die Arme hoch, um seinen Kopf zu schützen ... oder ging er bereits zum Gegenangriff über?

Sie schlug mit aller Wucht zu.

Der Hammerkopf traf ihn an der Schläfe. Er wankte nach hinten, stürzte jedoch nicht. Cora setzte ihm nach. Sie holte erneut aus und schlug ein zweites Mal zu. Diesmal traf sie ihn an der Mundpartie. Ein splitterndes Geräusch war zu hören, dann schoss ihm Blut aus den aufgeplatzten Lippen.

Rücklings fiel er zu Boden und prallte hart mit dem Hinterkopf auf.

»Du mieses Schwein!«, brüllte sie. »Ich hasse dich!« In wilder Raserei versetzte sie seinem Schädel zehn weitere Schläge. Dann ließ sie schwer atmend von ihm ab.

42

Till hatte keinen großen Hunger und bestellte sich lediglich Thunfischcarpaccio. Er träufelte Zitrone über den hauchdünn geschnittenen Fisch und nahm den ersten Bissen.

»Alexander hat gelogen«, sagte er. »Er wusste genau, von welchem Buch ich spreche.«

»Die Erkenntnis allein bringt uns nicht weiter«, erwiderte Bastian Dorfer.

»Immer wieder schön, mit einem Optimisten wie dir zu reden«, brummte Till. »Könntest du nicht stattdessen einen Durchsuchungsbeschluss organisieren? Das wäre hilfreich.«

»Ich kann nicht zaubern.« Dorfer konzentrierte sich auf sein Steak.

»Wie wäre es, wenn Bastian und ich bei Wolfgang Ruhr auftauchen und den Eindruck erwecken, wir hätten die Ermittlungen von Zalazar übernommen?«, fragte Miriam. »Ohne das konkret zu behaupten. Wir könnten um die Herausgabe des Notizbuchs bitten, bevor Ruhr die Nachricht verdaut hat. Vielleicht ist die Reaktion des Vaters ebenfalls aufschlussreich.«

»Das ist mir zu heikel«, antwortete Dorfer. »Wenn sich einer der beiden im Präsidium über uns beschwert, hätte das Konsequenzen.«

»Ja und?«, entgegnete Miriam. »Der letzte Ärger ist schon ein Jahr her. Wird langsam mal wieder Zeit.« Sie lächelte verschlagen.

»Lieber nicht«, meinte Till. »Von meinen Einnahmen allein können wir die neue Wohnung nicht bezahlen.« Er trank einen Schluck Wasser. »Ich will nicht, dass ihr deswegen Ärger bekommt. Trotzdem ist es eine gute Idee, die Reaktion des Vaters zu testen. Vielleicht sollte ich am späten Nachmittag ...«

»Nicht allein!«, unterbrach Miriam ihn. »Untersteh dich.«

»Was kann ich dafür, wenn dir ständig Dienstbesprechungen dazwischenkommen und ich kurzfristig umdisponieren muss?«

»Dann wartest du einfach.«

»Bis wann?«, fragte Till.

Miriam blickte zu Dorfer. »Glaubst du, wir können um sechzehn Uhr Schluss machen?«

»Du bestimmt«, sagte er. »Falls wir nicht zu einem neuen Tatort gerufen werden.«

Sie blickte Till an. »Ich hol dich im Büro ab. Du wartest da, egal, wie lange es dauert. Versprochen?«

Till nickte. »Meinetwegen.«

»Wir fahren gemeinsam zu den Ruhrs, du klingelst, und ich bleib im Auto sitzen. Ganz privat und überhaupt nicht dienstlich.«

»Klingt nach einem guten Plan. Und in der Zwischenzeit?«

Miriam schaute auf ihre Uhr. »Ich versuche, vom Festnetzanschluss im Präsidium jemanden in der Schweiz zu erreichen. Wer weiß, ob meine Bitte um Rückruf überhaupt den Richtigen erreicht hat.«

»Okay. Und ich schaue mir mal die Social-Media-Profile der Schüler aus der Abschlussklasse an. TikTok, Instagram, Facebook. Frederik Marxen hat mir gestern Abend viele Benutzernamen der Schüler aus Ruhrs Jahrgang geschickt. Vielleicht werde ich ja fündig. Auch wenn's mir ein bisschen davor graut. Wer weiß, was die alles posten.«

»Ist 'ne schöne Übung für die Zeit, wenn ihr selbst Kinder habt. Manchmal kann man nicht glauben, womit die sich beschäftigen«, sagte Dorfer augenzwinkernd.

»Bis dahin gibt's wahrscheinlich Dinge, die wir uns nicht im kühnsten Traum vorstellen können«, murmelte Miriam. »Außerdem war das ein infamer Versuch, etwas über unsere Familienplanung zu erfahren.«

»Wie ist denn da der Stand?«, hakte Dorfer grinsend nach.

»Eins nach dem anderen«, sagten Miriam und Till gleichzeitig.

43

Cora ertrug den Anblick seines blutigen, zermatschten Gesichts nicht.

»Oh Gott, was habe ich getan?«, flüsterte sie entsetzt.

Er hat bekommen, was er verdient hat!, erklang eine kalte Stimme in ihrem Kopf. *Und jetzt musst du dich beeilen! Sonst war alles umsonst.*

»Ja, du hast recht!«

Mit dem Hammer in der Hand öffnete sie die Tür ihres Verlieses. Zum zweiten Mal innerhalb weniger Tage betrat sie den Kellergang. Sie rannte zum Ausgang und versuchte, die Türklinke hinunterzudrücken. »Nein!«, rief sie verzweifelt. Sie bewegte sich wieder nur Zentimeter. Wie konnte das sein? Alexander war zu ihr gekommen. Wieso war die Tür versperrt?

Weil er sie abgeschlossen hat, erklärte die Stimme. *Der Schlüssel ist in seiner Tasche.*

»Sicher?«, fragte sie leise.

Hundertprozentig. Du musst zu ihm zurück.

»Ich kann das nicht.«

Dann kannst du dich gleich zu ihm legen. Was wird der andere mit dir machen, wenn er ihn so sieht?

»Er rächt sich an mir«, wisperte Cora. Es gab keine Alternative. Sie musste aus dem Keller raus und sich in Sicherheit bringen.

Langsam kehrte sie ins Verlies zurück. Um nicht das viele Blut zu riechen, atmete sie durch den Mund. Zunächst zog sie die Decke von ihrem Bett und breitete sie über den Kopf der Leiche aus. Dann tastete sie Alexander ab und fand in seiner Hosentasche den Schlüsselbund.

»So viele Schlüssel!«, stöhnte sie. »Wofür braucht er die alle?«

Die Stimme in ihr blieb stumm. Cora raffte sich auf und lief zur Kellertür. Der dritte Schlüssel, den sie ausprobierte, passte ins Schlüsselloch. Endlich ließ sich die Tür öffnen. Da sie nicht wusste, ob sie auf dem Weg in die Freiheit noch mehr Schlösser überwinden müsste, steckte sie sich den Schlüsselbund in die Hosentasche.

Sie trat in einen schummrig dunklen Hausflur und lauschte. Von oben drangen keine Geräusche zu ihr. Eine Wendeltreppe führte hinauf. Sie musste ihre Chance nutzen, aus dem Gebäude rennen und entweder einen Wagen anhalten oder bei Nachbarn klingeln. Dann wäre der Albtraum überstanden.

Vorsichtig setzte sie einen Fuß auf die Holztreppe. Ob eine der Stufen knarzen und sie verraten würde? Zumindest bei den ersten Stufen hatte sie Glück. Da sie äußerst behutsam auftrat, verursachte sie keine Geräusche. Je höher sie stieg, desto heller wurde es. Auf halbem Weg hing eine gerahmte Bleistiftzeichnung des Hamburger Hafens an der Wand. Die Banalität des Motivs trieb ihr beinahe die Tränen in die Augen. Wie konnte jemand, der eine Frau über zwei Jahre lang immer wieder vergewaltigt hatte, hier ein solches Bild aufhängen? Am liebsten hätte sie mit dem

Hammer das Glas des Rahmens zerstört, doch das wäre zu laut gewesen.

Cora ging weiter nach oben. Als sie auf der viertletzten Stufe stand, registrierte sie einen Schirmständer in der Ecke der Diele.

Auch Monster schienen banale Dinge zu besitzen.

Sie erreichte den oberen Treppenabsatz. Die Tür zu den Erdgeschossräumen war geöffnet.

Lauerte ihr anderer Peiniger in einem Zimmer?

Als würde das Schicksal ihr auf die stumm gestellte Frage antworten, hörte sie einen Schlüssel im Haustürschloss. Ihr Herzschlag setzte aus. Was sollte sie tun? Den Mann angreifen und auf den Überraschungseffekt hoffen? Oder sich irgendwo hier oben verstecken?

Cora lief in die Wohnung und schaute sich kurz um. Es gab ein kleines Foyer, von dem mehrere Räume abgingen. Sie huschte ins Wohnzimmer. Eine breite Couch bot ihr eine Versteckmöglichkeit.

Im Hausflur ging die Tür auf.

Cora eilte zur Couch und hockte sich zu Boden. Hier würde der Neuankömmling sie erst einmal nicht bemerken.

44

S*chon wieder nicht abgeschlossen!*

Er seufzte. Wie oft musste er Alexander noch darauf hinweisen, dass er aus Sicherheitsgründen immer die Haustür doppelt abschließen sollte? Das war doch nicht so schwer. Seit dem Vorfall mit dem Lehrer passierten ihm solche Kleinigkeiten öfter.

Er seufzte. Es wurde wohl Zeit, ihn richtig ins Gebet zu nehmen. So ging das nicht weiter.

»Alexander?«, rief er und lauschte.

Niemand antwortete ihm. War der Junge bei ihrem Gast? Oder hatte er das Haus verlassen und vergessen, die Tür abzuschließen?

Er holte das Versäumnis nach, steckte den Schlüssel ins Schloss und drehte ihn zweimal herum. Dann packte er den Bund in die Tasche seiner Jacke und hängte sie in der Diele auf.

Sollte er die beiden da unten aufsuchen? Sie hatten sich noch nie gemeinsam an ihr vergangen. Vielleicht wäre das eine neue Erfahrung für den Jungen.

Er könnte ihn sogar zugucken lassen, als Strafe für seine Versäumnisse der letzten Zeit.

Keine so schlechte Idee. Andererseits ließ er sich beim Sex nicht gern beobachten. Heute wäre Cora wieder fällig. Die vergangenen Tage und Wochen waren stressig gewesen und hatten seine Lust gedämpft, Cora zu besuchen. Von dem einen Mal abgesehen, als er ihr Johannas Slip gebracht hatte. Bestimmt vermisste sie ihn. Er lächelte gehässig. Vielleicht würde er nicht zu wild über sie herfallen. Allerdings hatte er sich das schon öfter vorgenommen, und dann war seine Gier mit jeder Sekunde gewachsen. Er sehnte sich nicht nach Kuschelsex, daran konnte er leider nichts ändern.

Er stellte sich auf den Treppenabsatz. »Alexander?«, rief er erneut und wartete.

Niemand antwortete. Wenn beide Kellertüren geschlossen waren, drangen keine Geräusche zum Verlies durch. Er schaute auf seine Uhr. Sein Magen knurrte, er hatte seit Stunden nichts mehr gegessen.

»Glück gehabt«, murmelte er. »Ich gebe euch noch ein bisschen Zeit. Und dann will ich meine Ruhe haben.«

Statt in den Keller zu gehen, schlurfte er in die Küche. Aus dem Kühlschrank nahm er eine Toastpackung und steckte zwei Scheiben in den Toaster. Er stellte Butter, Frischkäse und Teewurst auf den Küchentisch, auf dem noch das Frühstücksgeschirr stand, das er ein zweites Mal benutzen würde.

Er nahm Platz, legte sich gedankenverloren eine Hand in den Schritt und streichelte sich. Fast sofort regte sich die Lust in ihm.

»Lass dir nicht zu viel Zeit, mein Junge«, flüsterte er. »Heute brauche ich mal wieder Spaß. Den hab ich mir nach dem ganzen Stress verdient.«

Er dachte an die letzten Tage. Sein heimlicher Besuch in

der Wohnung von Johanna Prietl. Wie er die Vereinbarung zwischen ihr und diesem Buchinger entdeckt hatte. Und wie er beinahe von ihr überrascht worden wäre. Was die Sache unnötig verkompliziert hatte. Gut, dass er im Radkasten von Prietls Auto bereits vor Wochen einen GPS-Sender installiert hatte. Wenige Tage, nachdem er sich um ihren Verlobten gekümmert hatte.

Er lächelte bei der Erinnerung. Obwohl die Sache nicht geplant gewesen war, hatte sie ihm Spaß gemacht.

Wie der Lehrer um sein armseliges Leben gewinselt hatte.

Herrlich!

Die Toastscheiben sprangen aus dem Toaster. Er legte sie auf den Teller und bestrich sie mit Butter.

45

Am vierten April.

Die Klappe des Kofferraums sprang auf. Wegen des Knebels in seinem Mund konnte Tom nicht schreien oder um Gnade flehen. Er versuchte, Blickkontakt herzustellen. Erfolglos. Sein Peiniger zog an seinem Arm und vermied es, ihm in die Augen zu sehen.

»Komm raus!«

Tom hielt die mit Handschellen fixierten Hände hoch. Wie sollte er so aus dem Kofferraum klettern?

»Komm raus! Oder du wirst es bereuen!«

Er schluckte Speichel herunter. Wo war er überhaupt? Jede Information könnte hilfreich sein. Es war dunkel. Nirgendwo brannte eine Straßenlaterne. Offenbar waren sie weit gefahren. Zumindest waren sie mindestens zwanzig Minuten unterwegs gewesen. Vielleicht sogar noch länger. Tom fiel es schwer, seine Gedanken zu ordnen und die Panik niederzukämpfen. Sein Herz raste. Das hier konnte kein gutes Ende nehmen. Trotzdem beschloss er, dem Mann zu gehorchen. Er drehte sich mühselig auf den Bauch und schwang das rechte Bein nach draußen. Umständlich gelang es ihm, aus dem Kofferraum zu klettern.

Das Fahrzeug stand mitten auf einer einsamen Waldlichtung. In der Dunkelheit fiel es Tom schwer, sich zu orientieren. Es konnte nur einen Grund geben, warum sie hierhergefahren waren.

Ohne Vorwarnung rannte Tom los. Wenn er überleben wollte, musste er fliehen und hoffen, sich irgendwo im Dunkeln verstecken zu können. Er sprintete in den Wald, die gefesselten Hände nach vorn gestreckt, um tief hängende Äste wegstoßen zu können.

»Wichser!«, ertönte es hinter ihm.

Tom rannte zwischen zwei Bäumen hindurch. Durch die Wipfel schimmerte ein bisschen Mondlicht, sodass er nicht völlig im Dunkeln laufen musste. Trotzdem erkannte er Hindernisse immer erst im letzten Moment. Er sprang über eine Baumwurzel, die er beinahe übersehen hätte. Der Knebel in seinem Mund erschwerte ihm das Atmen, doch er wollte keine Zeit verlieren, indem er ihn umständlich mit gefesselten Händen entfernte.

Sein Verfolger war dicht hinter ihm. Tom hörte seine Schritte. Wie ein Kaninchen schlug er einen Haken. Erneut bemerkte er erst in letzter Sekunde einen abgesägten Baumstamm und sprang darüber hinweg. Als er landete, knickte sein rechter Fuß um. Ein stechender Schmerz durchfuhr ihn. Verzweifelt versuchte er, sein Tempo aufrechtzuerhalten. Doch es war aussichtslos. Tom verlor das Gleichgewicht und stürzte zu Boden. Schmerzhaft schrammte sein Kinn über den Waldboden. Seine Schulter prallte gegen eine Wurzel. Der Schmerz trieb ihm Tränen in die Augen.

Verzweifelt lauschte er nach seinem Verfolger. Es war nichts zu hören. Hatte er es geschafft, im Dunkeln zu entkommen?

War das Wunder geschehen?

Ein Fuß presste sich auf sein Gesäß und raubte ihm die Hoffnung.

»Hast du wirklich geglaubt, du könntest vor mir fliehen? Wie naiv bist du?«

Eine Hand legte sich auf seine Schulter und drehte ihn auf den

Rücken. Tom wehrte sich mit letzter Kraft dagegen. Ein Schlag auf seinen Hinterkopf raubte ihm die Illusion, sich widersetzen zu können.

Als er auf dem Rücken lag, setzte sich der Angreifer auf seine Brust. »So weit hätte es nicht kommen müssen. Das ist alles deine Schuld.«

Tom bemerkte das große Fleischermesser. Trotz des Knebels schrie er.

»Hier hört dich niemand. Wir sind die einzigen Menschen weit und breit. Das ist fast schon romantisch, oder? Über uns der Mond, und wir beide ganz allein.«

Tom bäumte sich auf, doch konnte er seinen Gegner nicht abschütteln. Es war vorbei. Wie hatte er bloß so unvorsichtig sein können? So naiv? Das Messer stach in seine Brust, und ein unvorstellbarer Schmerz explodierte in ihm.

46

Till hakte einen weiteren Schülernamen auf seiner Liste ab. Die Postings auf den Profilen hatte ihn bisher nicht weitergebracht. Er rieb sich die Augen und gähnte. Till ging zum Kaffeeautomaten, stellte eine Espressotasse unter den Auslauf und bereite einen doppelten Espresso zu, den er im Stehen austrank.

Als Nächstes stand eine Abiturientin auf dem Zettel, die mehrere Profile in den sozialen Medien betrieb. TikTok, Snapchat, Instagram und Twitter. Till kannte sich mit all diesen Plattformen aus und hatte sogar selbst Konten angelegt. Manche mit seinem Klarnamen, manche mit falscher Identität. In seinem Job war das eine Grundvoraussetzung. Menschen hinterließen Spuren im Internet, bevor sie verschwanden. Ältere eher auf Facebook, Jüngere bevorzugten TikTok.

Er prüfte das Twitter-Konto der Schülerin, ohne etwas Interessantes zu entdecken. Anschließend rief er ihr Instagram-Profil auf. Zum Glück hatte sie es öffentlich freigegeben. Er konnte ihre Beiträge sehen, ohne sie abonnieren zu müssen.

Die Schülerin namens Katharina liebte spontane Schnappschüsse – egal, wo sie sich aufhielt. An der Alster, am Elbstrand, in der Innenstadt. Gerne postete sie Bilder von sich und versah sie mit zahlreichen Hashtags, aber ohne großartige Erklärungen. Till scrollte sich durch die Fotos. Ein paar Mal brachte sie ihn zum Lächeln, denn sie verstand sich darauf, gelungene Grimassen zu schneiden.

»Was haben wir da?«, murmelte er schließlich. Er klickte auf das Posting, das sie offenbar im Klassenraum aufgenommen hatte. Sie saß in der drittletzten Reihe, manche Schüler standen in kleinen Gruppen zusammen, andere hockten auf ihren Tischen und unterhielten sich. Katharina hatte die Pause zwischen zwei Unterrichtsstunden genutzt, um ein Foto zu schießen, auf dem sie wie so oft eine Grimasse schnitt. Die benutzten Hashtags deuteten darauf hin, dass sie sich gelangweilt hatte. Deswegen fesselte das Bild Tills Aufmerksamkeit jedoch nicht. Vielmehr war es der Ausschnitt, in dem Alexander Ruhr zu sehen war. Er saß in der letzten Reihe. Ein Mitschüler vor ihm verdeckte ihn teilweise. Trotzdem erkannte Till Details, etwa die geöffnete Schultertasche auf Alexanders Platz.

Till speicherte das Foto auf dem PC und öffnete das Bildbearbeitungsprogramm. Er vergrößerte den Ausschnitt mit der Tasche und lächelte zufrieden.

»Bingo!«

Katharinas Posting stammte von Anfang Februar. In Alexanders Tasche lag obenauf ein braunes Notizbuch.

»Hab ich dich.«

Er druckte das Foto aus. Auch auf dem Ausdruck war das Buch einwandfrei zu erkennen. Wie würde Alexander darauf reagieren, wenn er ihn damit konfrontierte?

Till schaute auf die Uhr. Er hielt einen Beweis in der Hand, mit dem er Alexander der Lüge überführen könnte.

Miriam würde ihn frühestens in zwei Stunden abholen. Sollte er wirklich so lange warten? Früher wäre er sofort aufgebrochen. Vielleicht hätte er Jonathan um Unterstützung gebeten. Oder Jessica. Heute nahm er Rücksicht auf die Wünsche seiner Partnerin. Einerseits ein gutes Gefühl, andererseits bremste ihn das aus. Er starrte auf den Ausdruck. Ob Miriam bereits Feierabend machen konnte? Vermutlich nicht, sonst hätte sie das angeboten. Er wollte sie telefonisch nicht unter Druck setzen.

Sein Instinkt riet ihm, den durchtrainierten Abiturienten nicht allein zu konfrontieren. Zumal er nicht wusste, welche Rolle der Vater spielte.

Aber war es wirklich nötig, auf Miriam zu warten, die ihn nicht einmal in offizieller Mission begleiten dürfte, sondern nur im Hintergrund agieren würde?

Nach kurzem Zögern wählte er zum zweiten Mal an diesem Tag Jessicas Telefonnummer. Diesmal meldete sie sich bereits nach wenigen Sekunden Freizeichen.

47

Seit seiner Rückkehr nach Hause waren zehn Minuten vergangen. Er hatte sich gestärkt und war in der Stimmung, seinem Gast einen Besuch abzustatten. Ein bisschen mit ihr abhängen, ihr dabei zugucken, wie sie sich auszog, aufs Bett legte und dann ...

Nur auf Alexanders Gesellschaft hätte er keine Lust. Der Junge müsste den Keller verlassen, Zeit genug hatte er ihm mittlerweile eingeräumt. Es gab eine klare Hierarchie, an der er niemals rütteln lassen würde. Er war der Herr im Haus, Alexander bloß geduldet, solange er nicht störte.

»Süße Cora«, sagte er leise. »Heute amüsieren wir uns ein bisschen länger miteinander. Irgendwie ist mir danach.«

In der Küche wusch er sich die Hände und trocknete sie am Geschirrtuch ab. Dann ging er in die Diele und entnahm seiner Jackentasche den Schlüsselbund. Gut gelaunt pfiff er auf dem Weg nach unten eine Melodie. Er steckte den passenden Schlüssel ins Schloss und drehte ihn herum. Bereits nach einer Viertelumdrehung hakte er.

»Das ist jetzt nicht dein Ernst! Verdammt! Es reicht!«

Eine nicht abgeschlossene Haustür war ein geringfügiges

Vergehen. Aber die Kellertür musste immer verschlossen sein. Das war eine unmissverständliche Regel. Wieso passierten dem Jungen derzeit so viele Missgeschicke? Müsste er ihn zur Strafe für ein paar Wochen ausbooten?

Er öffnete die Kellertür und sah sogleich, dass das Verlies offen stand. »Oh nein! Alexander?«

Rasch lief er in den Gang. Bereits nach wenigen Schritten erkannte er das Ausmaß des Dilemmas. Der Kleidung zufolge lag dort sein Sohn am Boden. Jemand hatte ihm eine Decke über den Kopf gelegt. Von Cora fehlte jede Spur. Die unverschlossene Haustür bekam nun eine völlig andere Bedeutung. Wann war sie geflüchtet? Erst vor wenigen Minuten, oder war das länger her? Wie viel Zeit blieb ihm, bis die Bullen das Haus stürmen würden?

Obwohl er sich den Anblick gern erspart hätte, zog er dem Jungen die Decke vom Kopf. Schockiert schloss er die Augen.

Was hatte die Schlampe ihm bloß angetan? Wie war sie dazu in der Lage gewesen? Er berührte Alexanders Hand. Die Leiche war noch nicht erkaltet.

48

Cora lauschte angespannt. Ihr Peiniger ging pfeifend in den Keller. Wenn es eine Chance gäbe, zu entkommen, wäre jetzt der richtige Zeitpunkt dafür. Aber vielleicht wäre es besser, über die Terrasse zu verschwinden, statt zur Haustür zu laufen, die sie erst aufschließen müsste. Sie hatte genau gehört, dass er sie verschlossen hatte. Cora erhob sich und huschte zur Terrassentür, vor der eine Gardine hing. Lautlos schob sie sie beiseite. Am liebsten hätte sie schreiend geflucht. Die Türklinke hatte ein Schloss. Cora versuchte trotzdem, die Klinke zu bewegen. Wie erwartet, war sie abgeschlossen.

Sollte sie die Scheibe mit dem Hammer einschlagen? Aber was, wenn das Grundstück von einer hohen Mauer umgeben war? Dann wäre sie gefangen, und er könnte sie einfach zurück in ihr Gefängnis schleppen. Darauf zu hoffen, dass jemand ihre Hilfeschreie hörte, war ihr zu wenig.

»Das ist jetzt nicht dein Ernst! Verdammt! Es reicht!«, schallte es aus dem Keller hoch.

Wieso hatte sie nicht daran gedacht, die Durchgangstür

abzuschließen? Dann hätte sie ein bisschen Zeit gewonnen. Noch besser wäre es gewesen, auch die Verliestür abzusperren. Aber für solche Überlegungen war es jetzt zu spät. In wenigen Sekunden würde er die Leiche finden. Sie musste sich beeilen. Bereits im Wohnzimmer zog Cora die Schlüssel aus der Hosentasche. Welcher passte ins Haustürschloss? Wahllos entschied sie sich für ein Exemplar und huschte in die Diele.

»Oh nein!«, stöhnte ihr Peiniger.

Der erste Schlüssel, den sie ausprobierte, passte nicht ins Schloss. Cora zog ihn wieder heraus, und in diesem Moment passierte es. Der Schlüsselbund rutschte ihr aus den schweißnassen Fingern und prallte klirrend auf den Boden.

Scheiße! Hat er das gehört?

Sie bückte sich, umschloss den Bund mit der Faust und hob ihn wieder auf.

49

Er hörte ein Klirren im Erdgeschoss. Augenblicklich wusste er Bescheid. Cora war noch im Haus. Alexander war eben erst gestorben, und sie hatte noch nicht flüchten können, weil er zum falschen Zeitpunkt zurückgekehrt war. Wahrscheinlich hatte sie sich irgendwo versteckt, während er in der Küche gesessen und eine Kleinigkeit gegessen hatte. Und jetzt versuchte sie, in die Freiheit zu gelangen.

Er sprang auf und rannte aus dem Verlies. Falls sie es ins Freie schaffte, könnte er sich nur erschießen, um dem Knast zu entgehen. Alles oder nichts! Es war eine Frage von Sekunden.

»Nein! Nein! Nein!«

Ihre verzweifelten Rufe schallten zu ihm herunter und trieben ihn an. Er nahm zwei Stufen auf einmal. Als er das Erdgeschoss erreichte, war die Haustür noch immer verschlossen. Panisch drehte sie sich zu ihm um. Dabei entglitt ihr der Schlüsselbund erneut und fiel zu Boden. In der anderen Hand hielt sie einen Hammer, an dem Blut klebte. Damit klärte sich die Frage, wie sie Alexander so übel hatte zurichten können. Aber wie war sie an das Werkzeug gelangt? Hatte Alexander sich einlullen lassen?

»Leg den Hammer weg, und du musst nicht sterben«, sagte er in aller Ruhe. »Dann machen wir weiter wie zuvor. Du bist meine Frau. Ich bin dein Mann.«

»Geh weg!«, schrie sie. »Hilfe!«

»Draußen hört dich niemand. Überall im Haus hab ich dicke Türen eingebaut. Lange, bevor du zu Besuch kamst. Lass einfach den Hammer fallen, und wir reden miteinander.«

»Reden?«, kreischte sie. »Du willst bloß reden?«

»Genau.«

Sie schwang den Hammer. »Verpiss dich!«

»Du kommst hier nicht raus! Wie willst du das anstellen? Du hast die Schlüssel fallen lassen. Du kannst mich nicht gleichzeitig bedrohen und sie aufheben. Ausgeschlossen! Gib auf, und ich lasse Gnade walten!«

»Darauf scheiß ich. Bleib, wo du bist! Sonst zermatsche ich dein Gesicht.«

»Du hättest ihn nicht töten sollen.«

»Fick dich! Ich mach dich kalt. Komm mir nicht zu nahe!«

Er sah ihr an, wie es um ihren Geisteszustand bestellt war. Sie würde niemals freiwillig aufgeben. Selbst wenn es ihm gelänge, sie zurück ins Verlies zu schleppen, hatte sich in den letzten Minuten alles verändert. Sie hatte einen Menschen kaltblütig erschlagen und darüber wahrscheinlich ihren Verstand verloren.

An diesem Tag müsste er nicht nur um Alexander trauern. Doch das alles spielte keine Rolle. Es kam darauf an, das Problem zu beseitigen, ohne die eigene Freiheit zu riskieren. Falls sie mit dem Hammer seinen Kopf träfe, könnte sie ihn lebensgefährlich verletzen. Auch ein Hieb in den Unterleib würde ihn zumindest kurzzeitig außer

Gefecht setzen. Also galt es, diese sensiblen Körperstellen zu schützen.

Er drehte sich leicht seitlich zu ihr und rannte los. Auf halbem Weg legte er die Arme schützend vors Gesicht. Sie schlug zu und traf ihn schmerzhaft am Unterarm. Er schrie auf. Im nächsten Moment prallte er gegen sie. Der Hammer fiel krachend zu Boden. Er senkte die Arme. Sie wollte ihm einen Kniestoß verpassen, doch er kam ihr zuvor und boxte ihr mit voller Wucht in den Magen. Stöhnend klappte sie zusammen. Er riss sie an der Schulter herum. Cora verlor das Gleichgewicht, prallte gegen die Wand und ging vor Schmerz brüllend zu Boden. Sofort sprang er auf sie und presste ihr die Luft aus den Lungen. In letzter Verzweiflung versuchte sie, ihn im Gesicht zu kratzen. Zwei heftige Ohrfeigen unterbanden ihren Widerstand.

»Du kleine Schlampe hättest ihn nicht töten dürfen!«, schrie er. Er legte ihr die Hände um den Hals. »Du hättest ihn nicht töten dürfen!« Erbarmungslos drückte er zu. »Du hättest ihn nicht töten dürfen!«

Hass und Trauer nahmen überhand. Der Junge war kein würdiger Gegner gewesen und hatte ihr nie körperliches Leid zugefügt. Wie hatte sie ihm das antun können? Dafür verdiente sie den Tod.

Als sie sich nicht mehr bewegte, ließ er schwer atmend von ihr ab. Ihre Augen starrten ins Nichts.

»Miststück«, flüsterte er. »Du verdammtes Miststück! Das ist alles deine Schuld!«

50

Miriams Bürotelefon klingelte und übertrug eine Telefonnummer aus der Schweiz.

»Na endlich! Der Schweizer Kollege scheint zurückzurufen«, sagte sie zu Dorfer, ehe sie den Hörer abnahm. »Hauptkommissarin Decking, LKA Hamburg.«

»Dominic Hänzi, Kantonspolizei Bern«, erklang eine Stimme mit Schweizer Dialekt, die Miriam auf Anhieb sympathisch war. »Warten Sie auf meinen Rückruf? Zumindest habe ich einen Zettel auf meinem Schreibtisch gefunden.«

»Das ist richtig.«

»Tut mir leid. Das hat jetzt ein bisschen gedauert. Ich hatte ein paar freie Tage. Meine Schwester hat geheiratet, und ich war ihr Trauzeuge. Wie kann ich Ihnen helfen?«

»Es geht um einen Unfall in Ihrem Ermittlungsbereich vor langer Zeit. Sagt Ihnen der Name *Ruhr* noch etwas?«

Hänzi zögerte nur kurz. »Der Unfall in den Bergen. Im Januar vor sechs Jahren. Rita Ruhr hieß die Verunglückte.«

»Richtig.«

»Weshalb interessiert sich das Landeskriminalamt dafür?

Die Verunglückte lebte in Hamburg, wenn ich mich nicht irre. Ist das der Zusammenhang?«

»Sie haben ein gutes Gedächtnis. Im Rahmen einer anderen Ermittlung hat das LKA momentan Kontakt zu Wolfgang und Alexander Ruhr.«

»Oh. Dürfen Sie Einzelheiten preisgeben?«

»Alexander Ruhr macht in diesem Monat sein Abitur. Von einem seiner Lehrer fehlt seit rund vier Wochen jede Spur. Dank des Handybewegungsprofils wissen wir, dass dieser Lehrer vor seinem Verschwinden bei den Ruhrs zu Besuch war. Von da ist er zum Hauptbahnhof gefahren, danach bricht die Fährte ab.«

»Wow. Verdächtigen Sie Wolfgang Ruhr?« Hänzi klang nicht so, als würde ihn das überraschen. »Oder sogar den Sohn?«

»Haben Sie ihn damals verdächtigt, in den Unfall verwickelt zu sein? Was genau ist eigentlich passiert?«

»Rita Ruhr war mit ihrer Familie unterwegs auf einer Winterwanderung hier am Kandersteg im Berner Oberland. Sie hatten auf ihrem mehrtägigen Trip verschiedene Hotels gebucht und sind immer von einem zum nächsten gewandert. Touren für Fortgeschrittene. Am Morgen des Unglückstags herrschte gutes Wetter. Die Frau ist zwischen zwei Brücken ausgerutscht und an einer Felswand mehrere hundert Meter hinabgestürzt. Ein Rettungsteam konnte sie schnell lokalisieren, aber nur noch tot bergen. Zeugen des Unfalls waren Wolfgang Ruhr, der angeblich vorneweg marschiert ist, und Alexander, der in der Mitte zwischen seinen Eltern ging.«

»Sie sagen *angeblich*.«

»Ich war einer der ermittelnden Polizisten. Vater und Sohn wirkten erschüttert, aber nicht so, wie ich das erwartet hätte. Die Ehefrau und Mutter stürzt ins Bodenlose und ...« Er zögerte. »Ich weiß nicht, wie ich es am besten beschreiben soll. Ich habe dem Ehemann seine Trauer nicht abgenommen, und auch der Sohn machte einen distanzierten Eindruck. Klar, vielleicht stand er bloß unter Schock, aber ... Tut mir leid. Ich kann es nicht richtig beschreiben.«

»Trotzdem verstehe ich, was Sie meinen. Haben Sie damals Erkundigungen eingezogen?«

»Selbstverständlich. Wir hatten Vater und Sohn für drei Tage Ausreiseverbot erteilt, um in Ruhe ermitteln zu können. In der Zeit haben wir fast ein Dutzend Wanderer ausfindig gemacht, die ihnen an jenem Tag oder tags zuvor begegnet waren. Niemand hat einen lautstarken Streit mitbekommen. Auch das Hotelpersonal hat nichts ausgesagt, was unser Misstrauen geweckt hätte. Die Familie sei beim Frühstück normal miteinander umgegangen. Wortkarg, aber nicht unfreundlich. Das Smartphone der Frau hat den Sturz überstanden, weil es im gepolsterten Rucksack steckte. Im Handy der Toten fanden wir keinen Anhaltspunkt für eine Affäre. Der Ehemann händigte uns sein Telefon aus – ebenfalls Fehlanzeige. Ich habe beide mehrfach getrennt voneinander verhört. Zwischendurch hatte ich bei dem Sohn den Eindruck, er würde mir etwas anvertrauen wollen. Letztlich hat er die Aussagen seines Vaters bestätigt.«

»Und so haben Sie es am Ende als Unfall eingestuft«, folgerte Miriam.

»Ja. Trotz meiner Zweifel. Da ich sie nie unterfüttern konnte, hab ich ein paar Wochen nach dem Vorfall den Bericht für die Versicherungen freigegeben und als Todesursache ›Unfall‹ vermerkt. Seitdem ist die Akte geschlossen.«

»Versicherung?«

»Beide Eheleute hatten Risikolebensversicherungen abgeschlossen. Allerdings schon viele Jahre zuvor, kurz nach Alexanders Geburt.«

»Wissen Sie noch, wie hoch die Summe war?«

»Hundertfünfzigtausend Euro. Begünstigt war jeweils der andere Ehepartner.«

In Miriams Kopf ratterte es. Der Betrag war nicht ungewöhnlich für diese Art der Lebensversicherung. Als Mordmotiv allein reichte er wohl nicht aus.

Sie redete noch ein paar Minuten mit dem Schweizer Kantonspolizisten. Am Ende des Gesprächs versprach sie ihm, ihn zu informieren, falls sich beweisen ließe, dass die Ruhrs für das Verschwinden des Lehrers verantwortlich waren.

»Für mich wäre das eine Genugtuung«, sagte Hänzi. »Ich bilde mir ein, eine gute Menschenkenntnis zu besitzen. Bei Wolfgang Ruhr haben meine Alarmglocken geklingelt. Auch Alexander wirkte ...« Er zögerte. »… verschlagen. Ein besserer Ausdruck fällt mir dafür nicht ein. Zumindest schien er mehr zu wissen, als er zugeben wollte.«

51

Wolfgang Ruhr saß am Küchentisch und trank einen Espresso. Wie so oft dachte er an den verhängnisvollen Familienurlaub. In einer einzigen Millisekunde hatte er einem Impuls nachgegeben, für den er seither einen hohen Preis bezahlte. Wenn er in der Zeit zurückreisen könnte, würde er seinem Ich zurufen, dass keine Scheidung der Welt so viel Leid auslösen könnte.

Die ersten Tage in der Schweiz waren der Horror gewesen. Er hatte befürchtet, die Polizisten würden aus Alexander die Wahrheit herausbekommen. Zu seinem großen Erstaunen hatte der Junge dichtgehalten. Auch ansonsten hatten die Schweizer nichts herausgefunden. Ritas und seine Art, mit den Eheproblemen umzugehen, hatte sich im Nachhinein als ideal erwiesen. Die Polizei konnte ihm keinen Streit nachweisen, hatte nichts in der Hand. Also hatte sie einen Unfall als Todesursache akzeptiert. Nur in den Augen des Kantonspolizisten hatte Ruhr immer Zweifel gelesen. Doch der Schweizer hatte ihm nichts anhängen können. Für eine Weile hatte es so ausgesehen, als würden Alexander und er sich mit der neuen Situation arrangieren.

Die Versicherungsgesellschaft hatte sogar die Lebensversicherung ausbezahlt.

Das Blatt hatte sich erst zum Schlechteren gewendet, als Alexander ihn an das Versprechen erinnerte, das er seinem Sohn in Panik gegeben hatte.

»Hilf mir, und du bekommst Narrenfreiheit. Pornos, Ballerspiele. So viel Taschengeld, wie du willst. Alles, was du dir wünschst. Wenn du mir hilfst.«

Wie oft hatte Ruhr diese Worte bereits bereut? Trotzdem hatte er nie die Kraft besessen, seinem Sohn Grenzen aufzuzeigen. Bis heute nicht. Mord verjährte niemals – unzählige Male hatte Alexander darauf hingewiesen.

Er trank den letzten Rest des Espressos und stellte die Tasse auf den Tisch.

Was sollte er jetzt tun?

Bald würde Alexander ein Studium in einer anderen Stadt beginnen. Wäre das eine Möglichkeit für einen Neustart? Oder würde sein Sohn immer wieder zu der Frau zurückkehren, die im Keller seines Freundes gefangen war?

Es klingelte an der Haustür. Ruhr schaute auf seine Armbanduhr. Er erwartete niemanden. Hatte Alexander seinen Schlüssel vergessen? Oder war das ein viel unangenehmerer Besucher? Er dachte an den Personenfahnder, der seit ein paar Tagen nach Stobbe suchte.

Schwerfällig erhob sich Ruhr und ging zur Tür. Zu seiner Überraschung stand dort Alexanders *Freund* Benjamin Wimberg. Der Mann hatte den ganzen Schlamassel, in dem Ruhr steckte, nur verschlimmert. Wieso hatte sich ein Mittdreißiger Psychopath mit seinem Sohn angefreundet? War das eine Folge von Ruhrs fataler Entscheidung, seine Frau in den Tod zu stoßen?

»Was wollen Sie?«, fragte Ruhr.

»Wir müssen über Alexander reden. Es ist sehr wichtig.«

Ruhr empfand Abscheu für diesen Mann. Ja, er hatte selbst vor Jahren ein schweres Verbrechen begangen und danach alles darangesetzt, dafür nicht ins Gefängnis zu wandern. Aber das war nichts im Vergleich zu dem, was Wimberg tat und wozu er Alexander überredet hatte.

»Ich erkenne den Abscheu in Ihren Augen«, sagte Wimberg.

»Das ist alles so krank. Wo ist Alexander? Bei Ihnen, um die Frau zu quälen?«

»Genau darüber sollten wir uns unterhalten.«

»Ist es dafür nicht längst zu spät?«

»Ich habe Ihnen und Alex bei Stobbe den Arsch gerettet. Vergessen Sie das nicht! Wir sind uns ähnlicher, als Ihnen lieb ist.«

»Sind wir nicht.«

»Oh doch! Sie haben Ihre Ehefrau in den Tod gestoßen. Ich habe mir eine Ehefrau erschaffen, die ich vor den Augen der Welt verstecke. Für mich gibt's da große Parallelen.«

Ruhr schüttelte fassungslos den Kopf. »Ich habe in einem Augenblick der Schwäche eine falsche Entscheidung getroffen. Ritas Schrei reißt mich noch heute oft aus dem Schlaf. Das, was Sie in Ihrem Haus treiben, ist sehr viel schlimmer. Rita musste nur einen kurzen Moment leiden. Aber Ihre *Ehefrau*? Damit ziehen Sie Alexander ins Verderben. Ich verstehe nicht, wieso Sie das tun.«

»Mir hat ein Sohn gefehlt, um das Familienglück zu vervollkommnen. Vater, Mutter, Sohn. Das ist es, was wir bei uns spielen. Sie hatten dieses Glück und haben es leichtfertig weggeworfen. Ich musste es selbst erschaffen.«

»Ich könnte kotzen! Alexander erpresst mich. Ich hab versucht, ihm zu verbieten, Sie zu besuchen. Glauben Sie, der hört auf mich?« Ruhr lachte bitter. »Er ist wie ein

Junkie. Abhängig von dem *Stoff*, den Sie ihm in Ihrem Keller anbieten.«

»Und genau darüber will ich mit Ihnen reden. Aber nicht hier auf der Türschwelle. Gehen wir in Ihr Wohnzimmer. Oder wohin auch immer. Ich will den Wahnsinn stoppen. Mir mit Ihnen gemeinsam einen Weg überlegen. Die Sache mit dem Lehrer hat alles verändert. Ich brauche Ihre Hilfe.«

Ruhr schaute ihn an. Wimberg wirkte, als sei es ihm ernst. Wollte er endlich etwas gegen die unerträgliche Situation unternehmen?

»Kommen Sie! Machen Sie die Haustür zu. Ist Alexander bei Ihnen?«

»Ja. Ist er.«

»Dann können wir das wohl in Ruhe besprechen.« Ruhr ging voran.

52

Wimberg schloss die Haustür. Nun würde ihn niemand mehr stören. Wolfgang Ruhr war erledigt, ahnte aber nichts davon.

»Gehen wir ins Wohnzimmer«, schlug er vor.

Als Ruhr die Türschwelle überschritt, versetzte Wimberg ihm einen heftigen Stoß in den Rücken. »Hast du deine Frau so geschubst?«, schrie er. »Ohne ihr eine Chance zu geben, sich zu wehren?«

Durch die Wucht des Stoßes taumelte Ruhr vorwärts und stolperte über die eigenen Füße. Hart schlug er mit dem Kinn auf und ächzte vor Schmerz.

Wimberg sprang ihm hinterher und landete auf seinem Rücken. Er krallte ihm die Finger in den Haarschopf, hob den Kopf an und schmetterte ihn auf den Boden. Ein ekelerregendes Knacken ertönte. Blut schoss aus Ruhrs Nase.

»Du stirbst genauso brutal wie dein Sohn«, sagte Wimberg leise. Wieder riss er den Kopf hoch und schlug ihn auf den Boden. Dann ein drittes und viertes Mal. Ruhrs Körper erschlaffte. Wimberg umklammerte mit beiden

Händen seinen Hals und drückte zu. Minutenlang strangulierte er ihn. Dann ließ er schwer atmend von ihm ab. Er stand auf und musterte emotionslos sein Werk.

In weniger als einer Stunde waren drei Menschen gestorben. Zwei davon hatte er getötet. Nur an Alexanders Tod trug er keine Schuld.

Um sicherzugehen, packte er Ruhr an der Schulter und drehte ihn um. Sein Gesicht war eine rohe, blutige Masse. Erstaunlich, wie ähnlich er nun seinem Sohn sah. Am Hals tastete Wimberg nach einem Puls, spürte jedoch keinen. Die Familie Ruhr war im Tod wiedervereint.

Wimberg trat an ein Fenster. Die Stunden bis zum Einbruch der Nacht müsste er irgendwie überbrücken. Danach würde er die beiden Leichen aus seinem Haus hierherschaffen. Irgendwann würden sich die Bullen Zutritt verschaffen, aber er könnte die Zeit bis dahin nutzen, um sich mit der neuen Situation zu arrangieren.

Wusste außer Wolfgang Ruhr noch jemand über Alexanders spezielles Verhältnis zu Wimberg Bescheid? Er konnte sich das nicht vorstellen. Sonst wäre er längst aufgeflogen und verhaftet. Stellte sich bloß die Frage, ob man von den drei Leichen Rückschlüsse auf ihn ziehen könnte. Er war nie polizeilich auffällig geworden. In keiner Datenbank war sein DNA-Profil hinterlegt. Die Bullen würden drei Tote finden und sich fragen, wer der Mörder war und um wen es sich bei der Frau handelte. Bestimmt ließe sich das mit den Möglichkeiten der Polizeibehörden klären. Aber so kämen sie ihm nicht auf die Spur. Als er Cora damals entführt hatte, war sie ein Zufallsopfer gewesen, das seinem Geschmack entsprochen hatte. Er hatte sie im Ruhrgebiet von der Straße aufgelesen, betäubt und zu sich nach Hause verfrachtet. Zwischen ihnen gab es keine Verbindung.

Sein Verbrechen war perfekt gewesen. Er hätte noch jahrelang Ehemann und Ehefrau mit ihr spielen können, bevor er sie irgendwann hätte entsorgen müssen. Ein panischer Anruf vor etwas mehr als vier Wochen hatte alles ruiniert. Durch die Berichte von Alexander und seinem Vater wusste er genau, was am vierten April vorgefallen war.

53

Am vierten April.

»Kennen Sie sein braunes Notizbuch?«

Der Vater runzelte die Stirn und schüttelte den Kopf. »Wovon sprechen Sie?«

»Alexander hat in seinen Schulsachen immer ein braunes Notizbuch. Manchmal liest er vor dem Unterricht gedankenverloren darin.«

»Ja und?«

»Kennen Sie es oder nicht?«

»Noch nie gesehen.«

Die Aussage irritierte Tom. Wenn Alexander das Buch überallhin mitschleppte, wieso behauptete der Vater dann, darüber nicht Bescheid zu wissen?

»Was ist mit dem Buch? Hat er geschummelt? Lösungen reingeschrieben?«

»Nein. Das nicht.«

»Sondern?«

Ruhr wich seinem Blick aus. Toms schlechtes Bauchgefühl

verstärkte sich. War es ein Fehler gewesen, ohne Rückendeckung herzukommen?

Alexanders Vater wandte sich von ihm ab und stellte die beiden Kaffeetassen auf den Tisch. Er nippte an seiner eigenen. »Das tut gut. Kennen Sie das Gefühl, wenn Sie aus dem Schlaf gerissen werden und dann erst einmal völlig neben der Spur sind?« Er lächelte. »Jetzt noch mal von vorn. Alex hat ein braunes Notizbuch, in dem offensichtlich etwas steht, was Sie beunruhigt. Verstehe ich das richtig?«

Tom nippte ebenfalls an dem Kaffee. »Genau.« Inzwischen wirkte der Vater nicht mehr bedrohlich. Offenbar weckte das Koffein seine Lebensgeister.

»Um was geht es dabei?«

»Ich kann's schlecht beschreiben. Vielleicht ist das ein Rollenspiel. Oder so eine Art schockierende, literarische Erzählung. Ich kann das nicht einschätzen.«

Ruhr lachte. »Und ich verstehe kein Wort. Reden Sie Klartext! Was hat mein Sohn verbrochen?«

»Ich habe ein paar Seiten aus dem Buch fotografiert. Könnten Sie sich das ansehen?«, bat Tom.

»Zeigen Sie her.«

Tom zog das Telefon aus der Hosentasche und entsperrte das Display. Er rief das erste der vier Fotos auf und schob Ruhr das Gerät über den Tisch zu. Der zögerte ein letztes Mal, bevor er das Smartphone in die Hand nahm.

»Sie müssen nach rechts wischen. Es sind insgesamt vier Bilder«, erklärte Tom.

Anfangs sagte Ruhr nichts. Er vergrößerte einige Bildausschnitte und wischte jeweils nach ein paar Sekunden nach rechts. Dann legte er das Telefon beiseite. Er lachte kurz, aber nicht herzlich.

»Ehrlich gesagt, verstehe ich es noch immer nicht. Um was handelt es sich dabei Ihrer Meinung nach?«

»Ich hatte gehofft, Sie könnten das auflösen.«

»Ich glaube, mein Sohn hat eine makabre Fantasie. Das erfüllt mich jetzt nicht mit Stolz, aber muss ich mir deswegen Sorgen machen?

Sie sind der Lehrer. Alexander will Psychologie studieren. Ist das eine Art Trockenübung?«

»Sind es nur Fantasien?«

»Was sonst? Alexander versteckt hier im Keller wohl kaum eine Frau, oder?« Wieder lachte Ruhr.

In diesem Moment kehrte Alexander nach Hause zurück.

»Kommst du bitte sofort ins Wohnzimmer?«, rief sein Vater. »Wir haben einen Gast, der mit dir reden will.«

Es dauerte ein paar Sekunden, bis Alexander dem Wunsch nachkam.

»Herr Stobbe?«, fragte er überrascht, als er den Lehrer sah.

»Hallo, Alexander.«

»Was wollen Sie hier?«

»Er hat heute Seiten aus deinem Notizbuch abfotografiert«, erklärte Ruhr. »Darüber will er mit dir sprechen.«

Alexander riss die Augen auf. »Sie haben was*? Wann?«*

»Während des Probealarms«, antwortete Tom.

»Da waren Sie einfach an meinen Sachen? Das dürfen Sie nicht.« Alexander kam näher.

Tom stand auf. »In gewisser Weise darf ich das schon, wenn ich mir Sorgen mache. Kannst du mir erklären, was deine Notizen zu bedeuten haben?«

»Woher kommen diese Fantasien, mein Sohn?«

Alexanders Blick huschte zwischen seinem Vater und dem Lehrer hin und her.

Plötzlich ging alles sehr schnell. Auf einem Beistelltisch stand eine schwere, handliche Statue. Alexander griff danach. Ehe einer der beiden Erwachsenen reagieren konnte, holte er aus und schlug zu. Er traf den Lehrer an der Schläfe. Der Pädagoge fiel wie ein gefällter Baum zu Boden.

54

Sein Vater starrte ihn an. »Was hast du getan?«

»Das, was ich tun musste.«

»Bist du irre?«, brüllte Ruhr. »Das war's. Wir sind am Ende. Ich hatte ihn schon fast so weit. Er hätte das als krankhafte Fantasie abgetan. Und du?« Sein Vater bückte sich zum Lehrer und tastete nach einem Puls. »Er lebt noch. Wenn er sich davon erholt, alarmiert er die Bullen. Dann sind du und dein Freund *geliefert.«*

»Genau wie du«, erwiderte Alexander.

»Was heißt das?«

»Wenn ich in den Knast muss, erfährt die Welt, was damals passiert ist.«

»Drohst du mir?«

»Halt deine Schnauze, Vater! Ich muss nachdenken!«

Ruhr setzte zu einer Erwiderung an.

»Nicht jetzt!«, zischte sein Sohn. »Oder willst du alles wegschmeißen?« Alexander zog sein Handy aus der Hosentasche. Er wählte eine Nummer. »Ben, wir haben ein Problem. Du musst mir helfen. Einer meiner Lehrer ist uns auf die Schliche gekommen.« Er lauschte kurz. »Ich hab ihn niedergeschlagen. Er liegt bei uns im Wohnzimmer. Wir müssen ihn …« Alexander sprach den Satz nicht zu Ende. »Bis gleich.«

55

Benjamin Wimberg musste nicht klingeln. Alexander erwartete ihn bereits an der offenen Haustür.

»Komm rein! Ich kann nichts dafür. Das musst du mir glauben. Das miese Schwein hat in meinen Sachen rumgewühlt.«

»Dein Vater?«, fragte Wimberg.

»Nein. Das wäre egal. Mein Deutschlehrer.«

Sie gingen ins Wohnzimmer. Wimberg und Ruhr warfen sich einen kurzen Blick zu, ohne sich zu begrüßen oder etwas zu sagen. Wimberg konzentrierte sich auf den Lehrer. Er hockte sich zu ihm und tastete nach einem Puls.

»Das hab ich auch schon gemacht«, mischte sich Ruhr ein.

»Schön für Sie.« Wimberg entnahm seiner Jackentasche ein Glasfläschchen und eine Spritze.

»Was machen Sie da?«, wollte Ruhr wissen.

»Uns Zeit verschaffen. Wenn dieser Typ jetzt aufwacht, wäre das schlecht.« Er zog die Spritze auf, schob einen Ärmel des Lehrers hoch und injizierte ihm die Flüssigkeit.

»Was ist das?«, fragte Ruhr.

Wimberg verdrehte die Augen. »Nichts Schlimmes. Nur ein Narko-

semittel.« Er erhob sich. »Jetzt will ich von euch beiden genau wissen, was passiert ist.« Er wandte sich an Alexanders Vater. »Sie fangen an!«

Ruhr benötigte ein paar Sekunden, um sich zu sammeln. »Vorhin hat's an der Tür geklingelt. Dieser Mann stand davor. Wir kennen uns flüchtig von früheren Elternsprechtagen. Ich wusste also, wer er ist. Er wollte mit mir über Alexander sprechen. Wir haben uns hier ins Wohnzimmer gesetzt, und er hat mir abfotografierte Seiten aus Alexanders Notizbuch gezeigt.«

Wimberg hob seine Hand und wandte sich an Alexander. »Wie ist er an die Bilder gekommen? Hast du ihm das Buch gezeigt?«

»Ich bin nicht irre! Heute war Feuerprobealarm in der Schule. Unangekündigt. Sonst hätte ich das Buch zu Hause gelassen. Wir Schüler mussten uns auf dem Schulhof versammeln. Er hat das genutzt, um meine Sachen zu durchwühlen. Das hätte er nicht tun dürfen.«

»Und dann?«, fragte Wimberg.

»Ich hab's überflogen. Das war wirklich krasses Zeug, Alexander! Aber ich hatte Stobbe fast schon so weit, es für eine makabre Fantasie zu halten. Bis du kamst und alles schlimmer gemacht hast.«

»Von wegen!«, widersprach Alexander. »Er hätte das niemals geglaubt. Ich kenn ihn besser als du. Der hätte nachgebohrt. Rumgeschnüffelt. Das wäre gefährlich geworden. Ich hab's ihm angemerkt.«

»Also hast du ihn niedergeschlagen«, sagte Wimberg.

»Mit einer Statue. Ja. Er hat das nicht kommen sehen.« Alexander lächelte schadenfroh.

Wimberg berührte seine Nasenspitze. »Wie ist der Lehrer hergekommen?«

»Keine Ahnung«, sagte Ruhr.

»Alexander, kennst du seinen Wagen?«, fragte Wimberg.

»Nein.«

Wimberg tastete den Bewusstlosen ab und fand einen Schlüsselbund, an dem auch ein Autoschlüssel hing. »Er fährt Volkswagen. Sieh draußen nach, ob du ihn findest. Hier. Nutz die Funkfernbedienung.«

»Mach ich!« Alexander nahm den Schlüssel an sich und verließ das Wohnzimmer.

»Da hat Ihr Sohn Scheiße gebaut«, sagte Wimberg. »Wir stecken jetzt knietief mit ihm drin.«

»Ich weiß«, brummte Ruhr.

»Der Schlag auf den Schädel war äußerst dumm.«

»Was haben Sie vor?«

Alexander kehrte zurück, bevor Wimberg antworten konnte.

»Ich hab den Wagen gefunden. Steht bei den Nachbarn. Ist mir vorhin gar nicht aufgefallen.«

»Ich habe eine Aufgabe für euch beide«, sagte Wimberg. »Ihr fahrt gleich gemeinsam mit eurem Wagen zum Hamburger Hauptbahnhof. Eure Handys lasst ihr hier im Haus. Dafür nehmt ihr das Smartphone des Lehrers mit. Dort, und wirklich erst dort, zerstört ihr es und entsorgt es in einem Mülleimer. Am besten in einer Umverpackung. Kauft euch was bei KFC oder so. In eine Burgerbox passt das Handy gut rein.«

»Wieso sollten wir das tun?«, fragte Ruhr.

»Weil die Bullen herausfinden werden, wo der Lehrer am Tag seines Verschwindens überall gewesen ist. Wenn sich seine Spur am Bahnhof verliert, wäre das nicht schlecht. Sogar besser als am Flughafen. Flugtickets kann man nur mit Ausweis kaufen, Zugtickets nicht. Außerdem musst du dir eine gute Geschichte ausdenken, wieso dein Lehrer hier war, Alex.«

»Mach ich.«

»Moment! Nicht so schnell! Bullen? Was haben Sie vor?«, wollte Ruhr wissen.

»Ich rette uns allen den Arsch.«

»Sie können ihn nicht umbringen. Das geht nicht! Er hat uns nichts getan.«

»Was hat Ihnen denn Ihre Frau angetan?«, fragte Wimberg.

Ruhr schaute seinen Sohn an. »Du hast es einem Fremden erzählt?«

»Was denken Sie denn?« Wimberg lachte spöttisch.

»Ich helfe Ihnen nicht …«, begann Ruhr.

»Ihnen bleibt nichts anderes übrig«, unterbrach Wimberg ihn. »Alexander hat ihn niedergeschlagen, vielleicht sogar übel verletzt. Das ist mindestens Körperverletzung. Wenn wir ihn einfach gehen lassen, kommt alles raus. Dann enden wir drei vor Gericht. Sie wegen des Mordes an Ihrer Ehefrau, ich wegen ... egal. Und auch Ihr Sohn wäre fällig. Wollen Sie das?«

»Es muss *eine andere Lösung geben.«*

»Gibt es nicht. Wir müssen jetzt konsequent sein, wenn wir nicht den Rest unseres Lebens hinter Gittern verbringen wollen. Denn das wäre die Strafe, die Sie auf jeden Fall zu erwarten haben. Ich käme nicht unter zehn Jahren davon. Und Alexander? Ein paar Jahre garantiert. Obwohl er nach Jugendrecht verurteilt würde.«

»Wir können ihn nicht umbringen«, zischte Ruhr.

»Ich kümmere mich darum«, sagte Wimberg. »Sie müssen bloß das machen, was ich Ihnen auftrage. Und danach lügen. Dass Sie das können, haben Sie hinlänglich bewiesen. Ich bringe jetzt zuallererst den Wagen des Lehrers weg. Stelle ihn für eine Weile auf mein Grundstück. Zum Glück hab ich die Mittel, ein Auto dauerhaft verschwinden zu lassen. Ich nehm die Schlüssel des Mannes an mich. Dann komme ich mit meinem Wagen zurück, fahre rückwärts aufs Grundstück, und wir laden ihn in meinen Kofferraum. Rollen Sie ihn in eine Decke.«

»Was haben Sie dann vor?«

»Je weniger Sie wissen, desto besser.«

»Nein!«, widersprach Ruhr.

In einer fließenden Bewegung trat Wimberg dicht vor ihn. Ruhr zuckte zusammen und wich ein Stück zurück.

»Es gibt keine Alternative! Wann kapieren Sie's endlich? Noch sind Sie der einzige Mörder in diesem Haus. Seien Sie dankbar, dass ich Ihnen die Schmutzarbeit abnehme. Alexander, kümmer dich um deinen Alten. Ich hab auf diese Diskussion keinen Bock mehr!«

56

Miriam schmunzelte, als sie Tills Büro betrat. »Du sitzt richtig auf heißen Kohlen«, sagte sie.

»Hätte ich Jessica erreicht, wäre ich schon weg«, gab er zu.

»Nicht dein Ernst. Warum hast du mir das nicht erzählt, als wir über mein Telefonat mit dem Schweizer gesprochen haben?«

»Weil ich wusste, wie du reagieren würdest. Guck dir an, was ich gefunden habe.« Er zeigte ihr den Ausdruck des Bildes, auf dem das braune Notizbuch zu erkennen war. »Ich kann Alexander nachweisen, gelogen zu haben.«

Miriam nahm das Blatt und prüfte es genau. »Woher hast du das?«

»Vom Instagram-Account einer Mitschülerin.«

»Bin gespannt, was er sagen wird.«

»Ich kann's mir ziemlich genau vorstellen: ›Ach, Sie meinten *dieses* Buch. Daran hab ich gar nicht mehr gedacht. Ich hab's vor ein paar Wochen verloren.‹ Oder es ist ihm geklaut worden. Eine bessere Ausrede fällt ihm spontan vermutlich nicht ein.«

Miriam nickte. »Wahrscheinlich hast du recht. Was machst du dann?«

Er zuckte mit den Achseln. »Ich hoffe, Vater und Sohn bitten mich herein.«

»Das könnte nicht ungefährlich sein. Falls sie hinter Stobbes Verschwinden stecken. Ich hab kein gutes Gefühl dabei.«

»Trotzdem ist es besser, wenn du erst mal im Auto bleibst. Nicht, dass du Ärger bekommst, weil du mich in einer Ermittlung unterstützt und ihr dadurch einen offiziellen Anstrich gibst. Wir bauen eine Telefonverbindung auf. Dann kriegst du alles live mit.«

»Und ich greife sofort ein, falls ich was höre, das mir nicht gefällt.«

»Dann mal los!«

Sie parkten vor dem Haus des Ehepaars Wolle.

»Ruhrs Auto steht in der Garagenauffahrt«, stellte Till fest.

»Also scheint jemand zu Hause zu sein.«

»Gut für uns.« Till baute die Telefonverbindung zu Miriam auf. Dann steckte er das Handy in seine Jackentasche. »Halt dir mal dein Handy ans Ohr ... Gut. Verstehst du, was ich sage?«, fragte er.

»Ja.«

Um den Moment nicht zu dramatisieren, gab er ihr keinen Kuss, sondern stieg einfach aus. Er ging ein paar Schritte aufs Haus zu. »Hörst du mich noch immer?«

Till blickte über die Schulter. Miriam zeigte ihm den erhobenen Daumen. Sie hatte das Fahrerfenster heruntergelassen. Solange er vor der Tür stand, würde sie das Gespräch vermutlich auch so mithören können.

Till trat unters Vordach und klingelte. Die Sekunden

verstrichen ereignislos. Innerlich zählte er bis zehn, ehe er mehrfach anklopfte. Da noch immer niemand reagierte, drückte er den Klingelknopf beim zweiten Mal länger. Entweder wollten Vater und Sohn unter keinen Umständen gestört werden, oder sie waren gerade ohne Wagen unterwegs.

Was sollte er tun? Er zog das Telefon aus der Tasche. »Nicht wundern. Ich geh mal eben zu den Nachbarn, vor deren Haus wir parken«, sagte er. »Unser Gespräch können wir wohl beenden.«

»Okay.«

Till trennte die Verbindung. Er ging bis zur Haustür der Wolles und klingelte. Diesmal dauerte es nur einen Moment, bis ihm die Hausherrin öffnete.

»Hallo, Frau Wolle«, begrüßte er sie freundlich. »Till Buchinger mein Name. Ich hoffe, Sie erinnern sich an mich.«

»Ja, klar. Sie suchen nach diesem Lehrer«, sagte Sabrina Wolle. »Haben Sie Fortschritte erzielt?«

»Schätzungsweise schon. Aber wirklich beantworten können mir das bloß Alexander oder Wolfgang Ruhr.« Er deutete zum Haus der Familie. »Leider macht mir keiner auf, obwohl Ruhrs Fahrzeug vor der Tür steht.«

»Das ist ja seltsam.«

»Wissen Sie, ob die beiden vielleicht spazieren gegangen sind? Oder sich ein Taxi gerufen haben?«

»Nein. Aber …« Sie hielt inne.

»Haben Sie etwas beobachtet?«

»Als ich vor einer halben Stunde mal aus dem Küchenfenster geschaut habe, stand da ein schwarzer SUV in der Einfahrt. Er hat sogar ein bisschen auf der Straße geparkt, weil da nicht so viel Platz war. Vielleicht hat jemand sie abgeholt?«

»Das kann sein. Erinnern Sie sich zufällig ans Kennzeichen?«

Sie schüttelte den Kopf. »Leider nicht. Aber den Wagen sehe ich hier öfter in der Gegend. Ich schätze, der Besitzer wohnt irgendwo in unserem Viertel.«

»Gut zu wissen. Danke für diese Info. Haben Sie noch meine Visitenkarte?«

»Die hängt an der Pinnwand in der Küche.«

»Könnten Sie mich bitte sofort anrufen, wenn Sie einen Ihrer Nachbarn sehen? Wolfgang oder Alexander. Das wäre mir egal. Ich muss sie dringend sprechen.«

»Oje, Sie klingen so, als hätten Sie keine guten Nachrichten.«

Till überlegte, wie viel er ihr preisgeben konnte. Schließlich beugte er sich ein Stück vor und senkte die Stimme. »Ihnen kann ich bestimmt vertrauen. Ich habe Alexander bei einer Lüge erwischt. Und ich will wissen, warum er gelogen hat. Ich schätze, die Erklärung ist harmlos. Trotzdem werde ich nur ungern angelogen.«

Seine Erfahrung lehrte ihn, dass potenzielle Zeugen umso aufmerksamer agierten, je wichtiger sie ihre Rolle einschätzten.

Ein aufgeregter Glanz trat in Sabrina Wolles Augen. »Ist ja'n Ding. Wenn ich einen der beiden sehe, rufe ich Sie an.«

»Tausend Dank. Und falls wir uns nicht mehr sprechen, wünsche ich Ihnen und Ihrem Mann ein schönes Wochenende.«

»Danke, gleichfalls.«

Till wandte sich ab und stieg in den Wagen.

»Du Charmeur«, sagte Miriam amüsiert.

»Ich tu, was ich kann.«

»Was du ihr zugeflüstert hast, hab ich allerdings nicht verstanden.«

Till gab seine Worte wieder.

»Und was machen wir jetzt? Sollen wir eine Weile warten und das Haus beobachten?«, fragte Miriam.

»Nein, das übernimmt hoffentlich Frau Wolle für uns. Lass uns mal durch die Gegend fahren und nach einem schwarzen SUV Ausschau halten. Muss ja ein besonders großes Modell sein, wenn es ihr schon mehrfach aufgefallen ist.«

57

Wimberg wickelte Alexanders Leiche eng in Plastikfolie ein. So würde sich hoffentlich der Verwesungsprozess aufhalten lassen. Je später die Toten entdeckt würden, desto besser.

Als die Leiche zum Abtransport bereit war, fragte er sich, ob er alles richtig durchdacht hatte.

Eigentlich war es ein Wunder, dass noch niemand den Lehrer entdeckt hatte. So tief lag er nicht unter der Erde. Ein übermütiger Hund, ein Fuchs oder vielleicht sogar ein Wildschwein könnten ihn auf der Suche nach Nahrung wittern und freilegen. Ein Grab zu schaufeln, in das drei Tote passten, würde zu viel Zeit in Anspruch nehmen. Die Gefahr, dabei überrascht zu werden, war einfach zu groß. Deswegen hatte er sich für die andere naheliegende Möglichkeit entschieden.

Nach Alexander kümmerte er sich um Cora. Er streichelte ihren Körper. Was hatten sie alles miteinander erlebt! Er würde sie schrecklich vermissen. Es war schön gewesen, seine versteckt gehaltene Ehefrau aufsuchen zu können, wann immer ihm danach war.

Seufzend wickelte er sie ebenfalls in Plastikfolie ein. In der Nacht würde er beide Leichen und noch eine Rolle Folie in das Haus der Ruhrs bringen. Dann würde er auch Wolfgang Ruhr einwickeln. Die drei Toten würden schließlich im Keller landen, bis sich irgendwann jemand auf der Suche nach ihnen Zugang zum Gebäude verschaffen würde.

Er musste noch viel erledigen. Ruhrs Wagen müsste verschwinden, denn es gab nichts Auffälligeres als ein Auto, das wochenlang nicht vom Fleck bewegt wurde. In der Schule würde Alexanders Fehlen Fragen aufwerfen, nicht zuletzt wegen der Abiprüfungen. Hoffentlich hatte er sich immer an Wimbergs Regel gehalten und nie das Handy bei sich getragen. Bislang hatte der Junge nie dagegen verstoßen, allerdings waren ihm in letzter Zeit verhängnisvolle Fehler unterlaufen. Vielleicht hatte er auch das Handyverbot vergessen. In diesem Punkt konnte Wimberg nur aufs Beste hoffen.

Über den Zugang im Hausflur schleppte er die Leiche in die Garage, in der sein Wagen stand und verfrachtete die Toten in den Kofferraum.

Vorläufig gab es nichts mehr zu tun. Er musste auf den Schutz der Nacht warten, um zu den Ruhrs zurückzukehren. Wenn die Nachbarschaft schlief, würde er die Leichen in Ruhrs Haus ablegen und sich auch um den Vater kümmern. Dann würde er wieder mit dem Wagen zurückfahren und spätestens in der Nacht danach das Auto entsorgen.

Es gab so viel zu tun. Trotzdem glaubte Wimberg, alles auf die Reihe zu bekommen. Coras Tod war ein bedauerlicher Rückschlag, aber nicht das Ende der Welt. Er gestand sich sogar ein, in den vergangenen Monaten leicht das Interesse an ihr verloren zu haben. Nicht ungewöhnlich nach einer so langen Beziehung. Also war die erzwungene

Trennung vielleicht einfach nur der Startschuss für eine bessere Zukunft.

Er schloss den Kofferraum und verließ die Garage. Zunächst leerte er in der Küche ein Glas kalte Cola, dann machte er sich auf den Weg in den Keller.

Vor vier Jahren hatte er damit begonnen, das Untergeschoss herzurichten und bis zur Fertigstellung fast zwölf Monate gebraucht. Erst hatte er den Grundriss verändert, danach Stück für Stück die Einrichtung besorgt und alle nötigen Leitungen gelegt. Ein Meisterwerk! Er hatte eine komplette Wohnung in einem einzigen Raum untergebracht.

Fast nostalgisch setzte er sich aufs Bett und streichelte das Kopfkissen.

Wie viel Spaß es ihm gemacht hatte, Coras Willen zu brechen. Bis sie sich in ihr Schicksal gefügt hatte, waren Wochen vergangen, in denen er sie mehrfach übel zugerichtet hatte. Irgendwann hatte sie begriffen, dass es sich angenehmer leben ließ, wenn sie kooperierte. Schließlich war es möglich gewesen, ihr die Fesseln abzunehmen und ihr eine Art von Alltag zu ermöglichen.

Davon abgesehen, dass er sie als Sexsklavin gehalten hatte.

Wimberg lächelte. In ein paar Monaten, wenn die Leichen längst gefunden und die Ermittlungen hoffentlich im Sand verlaufen waren, würde er wieder auf die Jagd gehen. Cora hatte er im Ruhrgebiet aufgegabelt. Ein Zufallsopfer. Er hatte sie gesehen und sich geschnappt. Mit dem Narkotikum außer Gefecht gesetzt und vom Ruhrgebiet nach Hamburg verfrachtet. Sein nächstes Opfer würde er im Osten der Republik suchen. Ein junges Ding, vielleicht sogar noch etwas jünger als Cora. Zwanzig wäre das perfekte Alter.

Bestimmt würde es wieder eine Weile dauern, bis sie

sich damit arrangiert hätte, den Rest ihres Lebens als Sexsklavin verbringen zu müssen. Nie wieder die Sonne zu sehen. Aber auch diese Phase hatte ihren Reiz. Danach würden sie in einer Trauungszeremonie den ewig währenden Bund eingehen. *Bis dass der Tod uns scheidet.*

Vielleicht würde es sogar noch schöner als mit Cora werden. Er dachte gern an ihr weißes Brautkleid zurück, das er für den Anlass besorgt hatte. Seiner zweiten Frau würde er ein besser sitzendes Kleid besorgen. Im Laufe der vergangenen Jahre hatte er einen Blick für so etwas entwickelt. Die Hochzeitsnacht würde hoffentlich für sie beide unvergesslich werden.

Einen Fehler würde er allerdings nicht wiederholen. Diesmal würde er keinen Teenager aus der Nachbarschaft ins Vertrauen ziehen. Damit war es endgültig vorbei. Das war seine größte Dummheit gewesen.

58

Zu Hause angekommen, nahmen Till und Miriam nicht den Aufzug. Auf dem Weg in ihre Wohnung hatten sie beschlossen, ihre Nachbarin aufzusuchen und ihr reinen Wein einzuschenken. Sie glaubten nicht mehr daran, Tom Stobbe lebend zu finden. Das sollte Johanna Prietl erfahren. Vielleicht würde ihr der Neuanfang leichter fallen, je schneller sie mit ihrem alten Leben abschließen könnte. Auch wenn eventuell viele bürokratische Hürden vor ihr lagen.

Till klopfte an die Wohnungstür. Wie fast immer dauerte es nicht lange, bis Johanna ihnen öffnete.

Sie musterte Till und zog die Augenbrauen zusammen. »Ihr habt keine guten Nachrichten.«

Till schüttelte den Kopf, woraufhin sich Johanna die Hände vor den Mund schlug.

»Habt ihr ihn tot gefunden?«, fragte sie kaum vernehmlich.

»Nein«, antwortete Miriam. »Das nicht.«

Johanna senkte langsam die Hände wieder. »Kommt rein. Muss ja nicht das ganze Haus mithören.«

Sie setzten sich an den Wohnzimmertisch. Auf dem kurzen Weg dorthin stützte sich Johanna einmal an den Türrahmen und machte eine kurze Pause.

»Brauchst du Hilfe? Ist dir schwindelig?«, fragte Till.

»Geht schon.« Unfallfrei schaffte sie es zum Esstisch. »Was habt ihr herausgefunden?«

In den nächsten Minuten redete fast ausschließlich Till. Er berichtete ihr alles, was er seiner Auftraggeberin noch nicht mitgeteilt hatte. Das kombinierte er mit dem, was sie bereits wusste.

»Alles in allem bin ich davon überzeugt, dein Verlobter ist einem Verbrechen zum Opfer gefallen«, sagte er schließlich.

»Also ist er tot.«

Oder wird irgendwo gefangen gehalten, dachte er. Den Gedanken wollte er nicht laut aussprechen, denn sie hätte sich darauf gestürzt wie eine Verdurstende auf eine Fata Morgana in der Wüste. »Ich gehe in den nächsten Tagen noch einer Sache nach. Wenn sich das zerschlägt, kann ich nichts mehr für dich unternehmen. Dann sollten wir den Auftrag beenden.«

Johanna nickte bloß. »Danke«, wisperte sie, ehe sie sich räusperte und mit festem Blick zu Miriam schaute. »Muss ich ihn für tot erklären lassen? Wie funktioniert das?«

»Das ist im Verschollenheitsgesetz geregelt«, sagte Miriam.

»Schreckliches Wort.«

Miriam nickte. »Die Fristen, an die man sich halten muss, dauern ewig. Zehn Jahre ab dem Ende des Jahres, in dem das letzte Lebenszeichen erfolgte.«

»Zehn?« Johanna klang fassungslos. »Und was ist mit all den Verträgen, die wir gemeinsam abgeschlossen haben? Unser Bankkonto zum Beispiel.«

»Da solltest du dich anwaltlich beraten lassen. Als Steuerberater kennt dein Chef bestimmt auch juristische Details. Aber ich kann nicht verhehlen, dass es kompliziert ist, falls Tom verschwunden bleibt.«

»Danke, dass ihr ehrlich seid«, sagte Johanna leise. »Was für ein Albtraum.«

In ihrer eigenen Wohnung setzten sich Miriam und Till auf die Dachterrasse. Johanna tat Till unendlich leid. Das Beste, was er oder die Polizei für sie erreichen könnte, wäre, die Leiche ihres Verlobten aufzuspüren.

»Ich spreche am Montag noch einmal mit Zalazar«, sagte Miriam nach einer Weile. »Vielleicht hilft es, wenn ich ein bisschen Druck mache. Entweder soll er unseren Vorgesetzten bitten, dass Bastian und ich die Ermittlungen übernehmen. Oder er soll die Ruhrs härter anfassen.«

»Die erste Variante wäre mir lieber. Besteht da Hoffnung?«

»Vielleicht. Falls Zalazar mitspielt. Er bearbeitet normalerweise keine Tötungsdelikte. Das könnte unser Ansatzpunkt sein.«

»Jemand muss den Ruhrs auf den Zahn fühlen und sie nerven. Die verheimlichen uns was, und ich hab keine Lust mehr, mich von denen an der Nase herumführen zu lassen.« Till schaute auf seine Uhr. Am liebsten wäre er noch einmal zu dem Haus aufgebrochen. Aber das war sinnlos, solange sich Sabrina Wolle nicht bei ihm meldete.

59

Benjamin Wimberg starrte auf die Wochentagsanzeige der Wohnzimmeruhr. Als sie von Freitag auf Samstag umsprang, erhob er sich. Nun hatte er lange genug gewartet. Nachts war in Ruhrs Wohnviertel nicht viel los. Dort war es am Wochenende genauso wahrscheinlich, um Mitternacht auf Leute zu treffen wie um drei Uhr morgens. Es ergab keinen Sinn, den nächsten Schritt aufzuschieben.

Er ging in die Garage und setzte sich in seinen Wagen. Die Leichen lagen bereits im Kofferraum, unter einer braunen Decke. Wimberg drückte eine Taste auf der Funkfernbedienung. Langsam fuhr das Garagentor hoch.

Auf dem kurzen Weg zu den Ruhrs hielt er sich an die Geschwindigkeitsbegrenzung. Zwei ins Gespräch vertiefte Teenager, die ihn nicht wahrnahmen, waren die einzigen Menschen, denen er begegnete. Am Haus angekommen, fuhr er rückwärts so nah wie möglich an den Eingang. Nun musste es schnell gehen. Er verließ den Wagen und schloss die Haustür auf. Dann öffnete er die Kofferraumklappe. Er schaute die Straße rauf und runter – niemand zu sehen. Er schlug die Decke zurück, schleppte zuerst Alexanders

Leiche ins Haus und gleich darauf auch Coras. Zuletzt brachte er die Plastikfolie ins Gebäude, in die er Wolfgang Ruhr einwickeln würde. Unter Zeitdruck breitete er die Folie auf dem Wohnzimmerboden aus und rollte Ruhr darin ein.

60

Sabrina Wolle lag neben ihrem schnarchenden Ehemann und verdrehte die Augen. »Thorsten!«, zischte sie. Für einen Moment stoppte das nervtötende Geräusch, doch keine Minute später setzte es wieder ein. Sobald sie selbst schlief, störte sie das Schnarchen nicht, doch schien es bis dahin heute ein langer Weg zu sein. Egal, ob sie ihren Mann anstieße, ihm einen kleinen Tritt versetzte oder die Nase zuhielt – nichts davon würde helfen. Um diese Uhrzeit war er kaum aus dem Schlaf zu reißen. Schon gar nicht, wenn er mit einer harmlosen Erkältung kämpfte.

Als sie eine Viertelstunde später noch immer nicht müde war, beschloss sie, auf ein altes Hausmittel zu setzen. Sie schlug die Bettdecke beiseite und schwang die Beine aus dem Bett. Zuerst schlüpfte sie in ihre Fellpantoffeln, dann zog sie den Morgenmantel über. Nicht sonderlich leise verließ sie das Schlafzimmer. An Thorstens Schnarchen änderte das nichts.

Warum hatten Männer eigentlich immer so einen gesegneten Schlaf, während sich Frauen spätestens ab den Wechseljahren mit Ein- oder Durchschlafproblemen herumplagten? Das war nicht fair, und sie wusste von ihren verheirateten Freundinnen, dass es ihnen nicht anders erging. Bei Nacht beschlichen Frauen oft Gedanken, die sie um den erholsamen Schlaf brachten. Seit dem kurzen Gespräch mit dem Privatdetektiv musste sie permanent an ihre Nachbarn denken.

Waren sie in ein Verbrechen verwickelt? Langsam verdichtete sich bei ihr dieser Eindruck.

Sabrina Wolle ging in die Küche. Aus dem Kühlschrank nahm sie die angebrochene Milchflasche und das Honigglas. Zuerst schüttete sie Milch in eine Tasse und verrührte einen großen Löffel Honig darin. Die Mischung stellte sie in die Mikrowelle, um sie zu erwärmen. Während sie wartete, trat sie ans Fenster.

»Nanu«, sagte sie überrascht.

In der Einfahrt der Ruhrs stand ein Wagen, dessen Motorhaube bis auf den Gehweg ragte. Allerdings sah sie ohne ihre Brille zu wenig, um zu erkennen, ob es sich um dasselbe Fahrzeug wie am Nachmittag handelte.

Schnell ging sie ins Wohnzimmer, wo sie ihre Brille meist auf dem kleinen Beistelltisch neben dem Sofa ablegte. Doch dort lag die Sehhilfe nicht.

»Wo hab ich sie bloß hingelegt?«, murmelte sie.

In der Küche ertönte ein *Pling*. Die Mikrowelle hatte ihre Arbeit erledigt. Im selben Moment fiel Sabrina ein, wo sie die Brille deponiert hatte. Sie eilte ins Schlafzimmer, wo Thorsten noch immer schnarchte. Vom Nachttisch nahm sie die Brille und kehrte ans Küchenfenster zurück.

»Eindeutig«, sagte sie nach einem Blick nach draußen. Der schwarze SUV stand wieder bei den Nachbarn. Sie versuchte, das Kennzeichen zu entziffern, doch dazu waren ihre Augen trotz Brille zu schlecht. Was sollte sie jetzt tun? Den netten Mann anrufen? So spät in der Nacht? Unsicher trat sie an die Pinnwand. Die Visitenkarte des Detektivs fand sie sofort.

»Oje«, flüsterte sie. »Thorsten würde mich für verrückt erklären. Mitten in der Nacht einen Mann aus dem Schlaf zu reißen. Geht das?«

Sie konnte sich seine Antwort genau vorstellen, deswegen würde sie ihn gar nicht erst fragen.

Hatte der Privatdetektiv sie nicht aufgefordert, ihm sofort Bescheid zu geben, sobald sie etwas beobachtete?

Mühsam rief sie sich das Gespräch vom Nachmittag ins Gedächtnis. Er hatte sie gebeten, ihn zu kontaktieren, wenn sie ihre Nachbarn sähe. Hatte er auch etwas zum Thema SUV gesagt? Oder ging es ihm wirklich nur um Wolfgang und seinen Sohn?

61

Nacheinander schleppte Wimberg die drei Leichen in den kühleren Keller. Bis sich der Verwesungsgeruch im ganzen Haus breitmachte, verging vermutlich eine lange Zeit. Wahrscheinlich würden vorher Leute nach dem Rechten sehen, weil weder der Vater zur Arbeit noch der Sohn bei der Notenbekanntmachung im Gymnasium auftauchen würde. Das ließ sich nicht verhindern. Er konnte nur Dinge beeinflussen, die in seiner Macht lagen. Die Handys der beiden hatte er zerstört. Das Fahrzeug von Wolfgang Ruhr würde er in seiner eigenen Garage parken. Die Frage war bloß, wann er das Auto wegbringen sollte. Bereits heute Nacht? Nachdenklich ging Wimberg nach oben. Vielleicht wäre es besser, sein Glück nicht herauszufordern und später noch einmal zu Fuß hier aufzutauchen.

Wimberg betrat Alexanders Zimmer in der obersten Etage. Im letzten Jahr war er einmal hier gewesen, auf Alexanders Einladung hin. Damals hatte er sich zum ersten Mal gefragt, wieso er ihn ins Vertrauen gezogen hatte. Der Grund lag in ihrer mehrjährigen Freundschaft, die sich nach einer schicksalsreichen Begegnung entwickelt hatte, ein paar

Monate, bevor Cora bei ihm eingezogen war. Und in seinem Wunsch nach einer vollständigen Familie.

Wimberg setzte sich an den Schreibtisch des Jungen und startete den Laptop. Das System forderte eine Passworteingabe. Er tippte die sechsstellige Zahlenkombination ein. Alexander hatte sie ihm vor langer Zeit verraten und offenbar nie geändert. Wimberg wollte sich überzeugen, dass er die Informationen aus dem Notizbuch nicht auch in eine Computerdatei übertragen hatte. Also öffnete er das Schreibprogramm und durchforstete die einzelnen Dateien. Außerdem interessierte ihn der Browserverlauf. Sobald er alles geprüft hätte, würde er entscheiden, wie er mit dem Wagen vorginge.

62

In seinem Traum war Till wieder jung. Die Abiturprüfungen standen kurz bevor, und er hatte noch nicht einen Tag dafür gelernt. Zu seinen Klassenkameraden gehörte Alexander Ruhr. Die beiden sahen sich an, ohne ein Wort zu sagen. Plötzlich ertönte die Schulglocke, die jedoch ganz anders klang als früher. Und sie hörte nicht auf …

Es dauerte ein paar Sekunden, bis er sich aus den Tiefen des Schlafs gekämpft hatte. Das Handy auf seinem Nachttisch klingelte. Till tastete danach und sah eine unbekannte Hamburger Festnetznummer. Neben ihm regte sich Miriam.

»Wer ist das?«, fragte sie schläfrig.

»Keine Ahnung.« Er räusperte sich. »Buchinger«, meldete er sich.

»Hallo. Oh Gott, ich hab Sie geweckt«, erklang eine Stimme, die ihm vage bekannt vorkam.

»Das ist nicht schlimm.« Till setzte sich aufrecht hin. »Frau Wolle?«

»Ja, genau. Entschuldigen Sie die Störung.«

»Überhaupt kein Problem. Wirklich nicht. Haben Sie bei den Ruhrs etwas beobachtet?«

»Deswegen rufe ich an. Ich konnte nicht einschlafen. Mein Mann schnarcht. Na ja, also bin ich gerade in die Küche und wollte mir heiße Milch mit Honig machen. Das hilft mir bei Einschlafproblemen. Zufällig hab ich dabei aus dem Fenster geschaut. Erinnern Sie sich? Wir haben über den schwarzen SUV gesprochen. Der steht wieder in der Garagenauffahrt.«

»Können Sie das Kennzeichen erkennen? Das wäre wichtig.«

»Leider nicht. Meine Augen sind selbst mit Brille zu schlecht dafür.«

»Besitzen Sie ein Mobiltelefon mit Kamerafunktion?«

»Unser Sohn hat uns erst zu Weihnachten zwei neue Handys geschenkt.«

»Perfekt! Schießen Sie ein Foto von dem Auto. Das Nummernschild muss darauf zu sehen sein. Dann kann ich es auf jeden Fall identifizieren.«

»Ich schalte mein Handy nachts immer aus.«

»Schalten Sie es bitte ein. Das Foto wäre wichtig. Geht das?«

»Das krieg ich hin.«

»Und ich breche hier sofort auf. Bin in spätestens zwanzig Minuten bei Ihnen und bringe meine Partnerin mit. Wir sehen uns gleich. Denken Sie unbedingt an das Foto.«

»Darum kümmere ich mich.«

Till beendete das Gespräch, Miriam schlug bereits die Bettdecke beiseite.

»Ich hab genug mitbekommen, um zu wissen, dass wir uns wohl besser beeilen.«

Till stand auf. »Das sollten wir. Unterwegs erzähl ich dir ausführlich, was ich geträumt hab. Wieder mal von den Abiturprüfungen, für die ich nicht gelernt habe.«

Miriam schmunzelte. »Scheint ein echtes Trauma für dich zu sein.«

»Diesmal war es ein bisschen anders. Alexander Ruhr war in meinem Kurs. Was will mir mein Unterbewusstsein damit bloß sagen?«

63

Sabrina Wolle legte das Festnetztelefon beiseite. Sie war aufgeregt. Fast fühlte es sich so an, als spiele sie eine wichtige Rolle in einem der Theaterstücke, die sie so liebte. Konnte sie wirklich dazu beitragen, einen Kriminalfall zu lösen? Dann hätte sie beim nächsten Treffen mit ihren Freundinnen viel zu erzählen.

Wo hatte sie am Abend das Handy hingelegt?

Sie schaute zuerst auf dem Beistelltisch neben dem Sofa nach, auf dem sie auch die Brille vermutet hatte. Wieder Fehlanzeige.

»Denk nach, Sabrina«, murmelte sie.

Langsam drehte sie sich einmal um die eigene Achse. Auf dem Esstisch entdeckte sie ein Gerät. Doch das war Thorstens Handy, dessen PIN sie nicht kannte.

Dann fiel es ihr ein. Schnell ging sie in ihr kleines Nähzimmer. Tatsächlich lag dort das Telefon neben der Nähmaschine. Sie hatte gestern nach dem Fernsehprogramm noch im Internet nach guten Tipps für eine besondere Nähtechnik gesucht, die ihr Schwierigkeiten bereitete. Wieso war ihr das nicht gleich eingefallen?

Sie drückte die Einschalttaste. Nach wenigen Sekunden startete das System. Da ihr vor Aufregung leicht schwindelig war, setzte sie sich kurz auf den Nähstuhl.

64

Wimberg trat aus dem Haus. Leise zog er die Tür zu und drehte den Schlüssel im Schloss zweimal herum. Gleich würde er sich einen Gin Tonic mixen, um die Anspannung abzuschütteln. Die Arbeit der letzten Stunden hatte ihn angestrengt. Am meisten jedoch hatte ihm die Suche an Alexanders Computer belastet. Der Junge hatte in einem Ordner Gedichte gesammelt. Viele davon beschäftigten sich mit dem Tod oder der Gefangenschaft. Einige Zeilen waren ihm an die Nieren gegangen. Er wunderte sich, dass Alexander ihm diese Verse nie gezeigt hatte. Sie zu löschen, war Wimberg zwar schwergefallen, hatte sich aber richtig angefühlt. Er wollte jedes Risiko vermeiden, irgendwo in den Gedichtzeilen einen Hinweis auf sich selbst überlesen zu haben.

Wimberg stieg in seinen Wagen. Dabei bemerkte er, dass im gegenüberliegenden Haus mehrere Lampen eingeschaltet waren. Hatte das etwas zu bedeuten? Bei seiner Ankunft gegen Mitternacht waren alle Räume in dem Einfamilienhaus dunkel gewesen. Darauf hatte er geachtet. Ein Irrtum war ausgeschlossen. Von Alexander wusste er, wer gegenüber wohnte. Ein Rentnerehepaar. War es ungewöhnlich, dass um diese Uhrzeit dort Lichter brannten? Oder war das Paar zu später Stunde von einer Party heimgekehrt? Dann hätten sie eventuell seinen Wagen bemerkt. Keine schöne Vorstellung.

Er schaute durch die Windschutzscheibe nach draußen. Vielleicht könnte er beobachten, was sich im Haus gegenüber tat. Er wartete. Dabei spürte er einen unangenehmen Druck auf der Blase, der ihm im Haus nicht aufgefallen war. War es wirklich sinnvoll, die Nachbarn zu beobachten? Momentan nahm er hinter keinem Fenster eine Bewegung wahr. Uferten seine Spekulationen zu sehr aus? Es war eher unwahrscheinlich, dass die Rentner auf sein Fahrzeug geachtet hatten.

Der Druck auf die Blase wurde stärker. Wimberg startete den Motor. Er dürfte nicht paranoid werden, sonst würden ihm garantiert Fehler unterlaufen. Wenn er künftig hinter jeder Gardine Spione vermuten würde, könnte er sich gleich den Bullen stellen.

Langsam fuhr er von der Garagenauffahrt. Ein oder zwei Gin Tonic würden ihm guttun. Er musste unbedingt entspannen.

65

Sabrina Wolle tippte die vierstellige PIN ein. Nun ließe sich die Kamera benutzen. Hoffentlich machte sie bei dem Foto alles richtig. Am besten wäre es, mehrere Bilder zu schießen, damit der Privatdetektiv eine Auswahl hätte.

»Sabrina?«, drang Thorstens Stimme gedämpft zu ihr.

»Ich kann jetzt nicht«, antwortete sie.

»Was machst du?«

Statt sich auf eine Diskussion durch die geschlossene Schlafzimmertür einzulassen, kehrte sie in die Küche zurück. Beim Blick aus dem Fenster blieb ihr Herz stehen. »Oh nein!« Von dem Fahrzeug fehlte jede Spur.

Thorsten verließ das Schlafzimmer und kam zu ihr. »Was machst du?«, wiederholte er.

»Ich warte auf diesen Buchinger. Aber das mit dem Foto hat nicht geklappt. Verdammt!«

»Weib, ich versteh kein Wort von dem, was du da plapperst.«

»Hast du mich gerade ›Weib‹ genannt?« Sie schaute ihn finster an.

Entschuldigend hob er die Hände. »Sorry, ich wollte

einen Scherz machen. Du siehst mitgenommen aus, Schatz. Ist was passiert?«

Sie setzte sich auf einen Stuhl und legte das Handy beiseite. Er nahm ihr gegenüber Platz.

»Du hast mal wieder geschnarcht, daher konnte ich nicht einschlafen. Also bin ich in die Küche ...«

Die Worte sprudelten nur so aus ihr heraus. Thorsten hörte ihr zu, ohne sie zu unterbrechen. Allerdings schien er mit ihrer Entscheidung nicht einverstanden zu sein. »Du kannst nicht mitten in der Nacht bei einem Fremden anrufen, bloß weil bei einem Nachbarn ein Wagen in der Garagenauffahrt steht.«

»Nicht irgendein Wagen.«

»Papperlapapp! Da bist du völlig übers Ziel hinausgeschossen.«

»Gar nicht!«, widersprach sie. »Herr Buchinger war richtig dankbar. Das ist so ärgerlich mit dem Foto. Hoffentlich ist er deswegen nicht enttäuscht.«

»Ich weiß nicht«, brummte ihr Ehemann. »Hätte bestimmt gereicht, ihn morgen früh anzurufen. Vielleicht waren unsere Nachbarn mit jemandem unterwegs, und der hat sie vorhin nach Hause gebracht. Also völlig harmlos. Deshalb reißt man niemanden aus dem Schlaf.«

Sie stand auf und trat ans Fenster. »Drüben ist alles dunkel.«

»Ja und?«

»Wenn die Ruhrs gerade erst nach Hause gekommen wären, würde irgendwo Licht brennen. Ich hab ein ganz ungutes Gefühl dabei. Da stimmt doch was nicht.«

»Du guckst zu viele Krimis.«

»Warten wir ab, was der Detektiv sagt. Ich bleib so lang auf. Du kannst ja ins Bett gehen.«

»Ganz sicher nicht. Du solltest dir übrigens was anderes

anziehen. Oder willst du im Morgenmantel einem Fremden die Tür aufmachen?«

Sie schaute an sich herab und grinste. »Daran hab ich gar nicht gedacht. Bist du also wenigstens für etwas nützlich.«

66

Bereits aus einiger Entfernung sah Till, dass in der Garagenauffahrt kein SUV stand, sondern nur der Wagen von Wolfgang Ruhr. Das Haus war unbeleuchtet. Bei dem Ehepaar Wolle brannten ein paar Lichter.

»Das Fahrzeug ist weg«, sagte Miriam.

»Ist mir schon aufgefallen. Hoffentlich hat das mit dem Foto geklappt.«

Till parkte an derselben Stelle wie nachmittags. Er blickte zum Haus und sah Sabrina Wolle am Küchenfenster. Ihr Gesichtsausdruck verhieß nichts Gutes. Die Haustür öffnete sich, und der Ehemann trat heraus. Till und Miriam stiegen aus.

»Ich muss mich für meine Frau entschuldigen«, sagte der Mann. »Sie hätte bis morgen früh warten und Sie nicht aus dem Schlaf reißen sollen.«

»Ganz im Gegenteil«, erwiderte Till. »Ich bin Ihrer Frau sehr dankbar.«

Frau Wolle tauchte hinter ihrem Ehemann auf. Ein triumphierendes Lächeln huschte über ihr Gesicht. »Das mit dem Foto hat nicht geklappt. Tut mir sehr leid.«

»Können wir reingehen?«, fragte Till. »Sonst stehen wir hier wie auf dem Präsentierteller. Das ist übrigens meine Partnerin Miriam Decking.« Er verzichtete bewusst auf die Nennung ihres Dienstgrades, denn sie begleitete ihn vorläufig in privater Funktion.

Die Wolles führten sie ins Wohnzimmer. Auf dem Weg dorthin erzählte die Hausherrin, dass der Wagen offenbar seinen Standort schon verlassen hatte, bevor ihr Handy einsatzbereit gewesen war.

»Tut mir leid«, wiederholte sie. »Hätte ich am Küchenfenster gewartet, hätte ich wenigstens gesehen, wer hinterm Steuer saß. Aber mein Telefon lag im Nähzimmer.«

»Nicht zu ändern«, sagte Till. »Trotzdem gut zu wissen, dass bei den Nachbarn vor wenigen Minuten etwas passiert ist.«

»Du willst bei ihnen klingeln«, folgerte Miriam.

»Worauf du dich verlassen kannst.« Er wandte sich wieder an Sabrina Wolle. »Haben Sie Vater oder Sohn im Laufe des Tages zu Gesicht bekommen?«

Die Frau schüttelte den Kopf. »Und ich hab wirklich oft aus dem Fenster geschaut.«

Gleich beim ersten Mal drückte Till die Klingel mehrere Sekunden lang. Es gab keinen Grund, Zurückhaltung an den Tag zu legen. Im Haus tat sich jedoch nichts. Nirgendwo ging ein Licht an. Miriam klopfte mit der Faust an die Tür. Auch daraufhin folgte keine Reaktion.

»Hast du eine Handhabe, uns legal Zutritt zu verschaffen?«, fragte Till.

»Offiziell? Nein. Gefahr im Verzug ist hier nicht gegeben. Wenn überhaupt, müsstest du illegal vorgehen. Eine Fensterscheibe einschlagen oder so. Empfehlen kann ich dir das nicht. Ist es den Ärger wert?«

»Ich hab kein gutes Gefühl«, sagte Till.

»Das reicht nicht.«

»Entweder sind Wolfgang und Alexander von dem SUV mitten in der Nacht abgeholt worden, oder im Haus spielen sich krumme Dinge ab.«

»Die erste Variante ist nicht unwahrscheinlich.«

»Was schlägst du vor?«

»Setzen wir uns in den Wagen und warten, ob in den nächsten Stunden etwas passiert. Vielleicht fällt uns so eine Handhabe in den Schoß.«

»Dann sag ich eben den Wolles Bescheid, dass wir Stellung beziehen und sie sich ruhig hinlegen können.«

»Ich komm mit«, sagte Miriam. »Hoffentlich darf ich ihre Toilette benutzen, und vielleicht ist Frau Wolle so nett und macht uns zwei Tassen Kaffee.«

67

Das Eis klirrte im Glas, als Wimberg zunächst den Gin und dann das Tonic einfüllte. Er nippte an der Mischung und schüttete ein wenig Gin nach.

Mit dem Longdrink setzte er sich in seinen Wohnzimmersessel. Langsam nahm er mehrere Schlucke. Die meiste Arbeit war geschafft. Er müsste sich nur noch um den Wagen kümmern und dann darauf hoffen, dass die Leichen nicht zu schnell gefunden wurden. Die Bullen würden ausgiebig ermitteln. Sie hatten so viele Fragen zu klären. Wer war die tote Frau? Wo hatte ihr Entführer sie festgehalten? Wer hatte die drei Menschen ermordet? Hing das mit dem Verschwinden des Lehrers zusammen?

Bei den meisten Punkten könnten sie irgendwann Spuren zu ihm entdecken. Aber das Risiko war nicht überwältigend groß. Vielleicht hatte gelegentlich ein Nachbar Alexander bei ihm gesehen. Das war sogar ziemlich wahrscheinlich. Fraglich war jedoch, ob die Bullen die Nachbarschaft so ausgiebig befragen würden. Immerhin wohnte er fünf Straßen von den Ruhrs entfernt, knapp achthundert Meter. Im Viertel standen fast ausschließlich Einfamilienhäuser, trotzdem wären das geschätzt zweihundert Leute, die sie aufsuchen müssten. Hatten sie dafür die Kapazitäten?

Eher nicht. Bei so vielen Leichen bat die Polizei vermutlich irgendwann die Öffentlichkeit um Hilfe. Würden sie Bilder der Opfer veröffentlichen und sich erkundigen, wer sie gesehen hatte?

Alexander hatte sich meistens mit dem Rad auf den Weg zu ihm gemacht. Einige Nachbarn hätten das bemerken können. Aber würden sie ihn erkennen, falls sie auf ein Foto von ihm in der Zeitung, im Fernsehen oder dem Internet stießen?

Und selbst wenn die Bullen irgendwann bei ihm vor der Tür auftauchen und ihn nach Alexander befragten, hätte er noch immer eine Trumpfkarte. In einem Zimmer des Erdgeschosses stand eine Tischtennisplatte. Er würde behaupten, Alexander und er hätten regelmäßig zusammen gespielt.

Wer sollte ihm das Gegenteil beweisen?

Falls die Bullen ihn darum bäten, sich dieses Zimmer ansehen zu dürfen, würde er es ihnen gestatten. Für eine Inspizierung des ganzen Hauses müssten sie ihm einen Durchsuchungsbeschluss vorlegen. Dann wäre es ohnehin zu spät.

Er dachte an Ruhrs Fahrzeug. Zum Glück war Wimberg mit einem Schrotthändler in Flensburg befreundet, der es mit der Buchhaltung nicht allzu genau nahm. Zu ihm hatte er den Wagen des Lehrers gebracht und dabei zugesehen, wie er zunächst ausgeschlachtet und dann in die Schrottpresse verfrachtet worden war. Diese Lösung würde er auch für die Familienkutsche wählen. Fragte sich bloß, bis wann er damit warten sollte. Je länger das Fahrzeug unbewegt vor dem Haus stände, desto eher könnte das jemandem aus der Nachbarschaft auffallen. Wenn er ihn hingegen in seiner eigenen Garage unterbrachte, könnten wiederum seine Nachbarn den SUV vor der Garagenauffahrt bemerken. Aber das war im Frühling oder Sommer nicht ungewöhnlich. Wimberg war in den Monaten, in denen die nächtlichen Temperaturen nicht zu tief fielen, oft zu faul, den Wagen unterzustellen.

Sollte er sich noch heute Nacht um das Auto kümmern? Er könnte den kurzen Weg zu Fuß zurücklegen und vor allem auf das Haus der Nachbarn achten, in dem ihm vorhin Lichter aufgefallen waren. Falls diese ausgeschaltet waren, würde er Ruhrs Wagen in seine Garage fahren. Sollten die Nachbarn jedoch noch immer wach sein, würde er einen besseren Zeitpunkt abpassen.

Wimberg trank den letzten Schluck und stellte das leere Glas auf den Couchtisch. Sobald er zurückgekehrt wäre, würde er wie ein Stein ins Bett fallen und hoffentlich bis zur Mittagszeit schlafen. Das hatte er sich nach dem Stress verdient.

68

Till nippte an dem starken Kaffee. Sabrina Wolle hatte ihnen eine Thermoskanne gefüllt, außerdem zwei Tassen geliehen. Ihr Ehemann hatte ihnen auf Drängen seiner Frau einen Ersatzschlüssel für die Haustür überlassen, damit sie jederzeit das Gästeklo aufsuchen konnten, das direkt vom Hausflur erreichbar war.

Till schaute auf die Uhr und gähnte. Es war fünf Minuten nach zwei. »Wie lange halten wir durch?«, fragte er.

»Ich offensichtlich länger als du«, antwortete Miriam. Im nächsten Moment gähnte auch sie.

Till schmunzelte. »Sicher?«

»Hundertprozentig. Meinetwegen können wir bis zum Morgen hierbleiben und dann noch einmal bei den Ruhrs Sturm klingeln. Nächte in Autos sind zwar nicht schön, aber wir können uns ja notfalls mit kurzen Schlafpausen abwechseln. Als wir jung waren, sind wir ja auch erst am frühen Samstagmorgen aus der Disco getorkelt.«

»Das waren Zeiten!«

Er stellte seinen leeren Becher in die Halterung und

dehnte seinen Nacken. »Wenn du willst, kannst du zuerst die Augen schließen.«

»Sicher? Deine Stimme klingt nicht richtig frisch.«

»Bevor mir die Augen zufallen, weck ich dich.«

»Okay, dagegen hab ich nichts.« Sie zog ihre Jacke aus und legte sie wie eine Decke über ihren Körper. »Fast so bequem wie zu Hause«, seufzte sie.

69

Wimberg zog die Haustür zu. Die Nacht war sternenklar und die Temperatur angenehm. Hätte er nicht eine Aufgabe zu erledigen, könnte er den nächtlichen Spaziergang sogar genießen.

Der Wagenschlüssel für die Familienkutsche steckte in seiner Hosentasche. Das Haus würde er diesmal nicht betreten. Ab sofort war es notwendig, wöchentlich den Briefkasten zu inspizieren. Sobald er überquoll, müsste er ihn leeren. Auch das wäre ein Risiko, denn genau in einem solchen Moment könnte ihn ein Zeuge beobachten. Wie sollte er erklären, nach der Post geschaut zu haben?

Wimberg bog bereits nach wenigen Metern in die nächste Straße ein. Sein Haus war perfekt gelegen. Es gab nur drei Nachbarhäuser, von denen jemand Alexander bei seinen häufigen Besuchen beobachtet haben könnte. Um diese Uhrzeit kam ihm niemand entgegen. Hoffentlich blieb ihm das Glück in dieser Hinsicht treu. Wenn ihn ein Nachbar mit Ruhrs Wagen wegfahren sehen würde, wäre das ein Problem.

Um sich abzulenken, dachte er an Cora. Er war damals

mit dem Vorhaben aufgebrochen, eine Frau zu finden, die fortan in seinem Keller leben müsste. Für das Ruhrgebiet hatte er sich entschieden, weil dort viele Menschen wohnten und er keine Verbindung nach Westdeutschland besaß. Seine Anforderungen an die ideale Kandidatin waren simpel gewesen. Sie sollte zwischen fünfundzwanzig und fünfunddreißig Jahre alt sein, lange Haare haben und schlank sein. Spärliche Auswahlkriterien. Vier Tage war er zu unterschiedlichen Uhrzeiten auf den Straßen unterwegs gewesen, bis er Cora an einem Altkleidercontainer entdeckt hatte, wo sie tütenweise Kleidung einwarf. Er hatte den Wagen direkt neben ihr geparkt. Sie hatte ihm einen flüchtigen Blick zugeworfen, ehe sie die nächste Tüte in die Klappe packte. Mit einem Stromschocker hatte er sie außer Gefecht gesetzt und in seinen Kofferraum getragen. Dann hatte er ihr ein Narkotikum verabreicht. Aufgewacht war sie erst wieder in ihrem neuen Zuhause.

Er lächelte bei dieser Erinnerung. In den ersten Wochen war sie wie eine Wildkatze gewesen. Er hatte sich wie ein Dompteur gefühlt, der ihren freien Willen brach. Bei ihren Gesprächen erfuhr er, wie viel Glück er bei der Auswahl gehabt hatte. Coras Ex-Freund war kurz zuvor bei ihr ausgezogen. Weil sie sich die Miete allein nicht leisten konnte, hatte sie die alte Wohnung gekündigt und eine kleinere angemietet. Um Platz zu schaffen, hatte sie nicht zuletzt ausrangierte Kleidung weggebracht. Kontakt zu ihren in Holland lebenden Eltern hatte sie seit vielen Jahren nicht mehr, und auch die Anzahl ihrer Freunde war überschaubar. Wimberg hatte nie ihren Namen im Internet gesucht, um keine digitalen Spuren zu hinterlassen. Das Interesse an ihrem Verschwinden dürfte nicht groß ausgefallen sein. Sie hatte nicht einmal einen verantwortungsvollen Job, sondern als angestellte Friseurin gearbeitet. Ob ihm bei der nächsten Frau das Glück wieder hold wäre?

Diesmal würde er in Dresden, Leipzig oder Halle suchen, denn auch in den Osten besaß er keine Verbindungen.

Er bog in die letzte Straße ein und verdrängte die Erinnerungen an die Vergangenheit. Das Haus der Ruhrs lag noch knapp zweihundert Meter entfernt. Von wenigen Lampen direkt an der Haustür einiger Häuser abgesehen, brannte nirgendwo Licht. Gute Voraussetzungen, um das Vorhaben durchzuziehen. Als er sich näherte, konzentrierte er sich auf das Gebäude der Nachbarn, das ebenfalls unbeleuchtet war. Trotzdem hatte sich etwas seit seinem vorherigen Aufbruch verändert. Er brauchte ein paar Sekunden, um die Veränderung zu erkennen. Vor dem Haus parkte ein Wagen, der zuvor nicht dort gestanden hatte.

Wimberg verlangsamte seinen Schritt. Zwei Personen saßen im Fahrzeug. Eine Frau und ein Mann. Die Frau schien zu schlafen. Der Mann hingegen war wach und hatte ihn wahrgenommen. Wimberg ging noch ein paar Meter weiter. Bis ihn die Erkenntnis wie ein Peitschenhieb traf. Er hatte schon einmal ein Foto von dem Kerl auf einer Homepage gesehen. Das war der Personenfahnder Till Buchinger, mit dem die Verlobte des Lehrers einen Vertrag abgeschlossen hatte.

Schlagartig blieb er stehen, drehte sich um und lief kopflos davon.

70

Till rüttelte an Miriams Schulter, während er dem Flüchtenden nachschaute. »Wach auf!«

Miriam reagierte sofort. »Was ist passiert?«

»Siehst du den Mann am Ende der Straße?« Till drückte den Startknopf des Wagens.

»Ja.«

Der Motor sprang an.

»Der hat sich vorhin dem Haus genähert und mich entdeckt. Wir haben uns einen Moment angesehen. Dann ist er weggerannt.«

»Nichts wie hinterher!«

Till fuhr los. Der Flüchtende bog in die nächste Straße ein und verschwand aus ihrem Sichtfeld.

»Scheiße!«, brummte Till. Er beschleunigte über die erlaubten dreißig Stundenkilometer hinaus.

An der Kreuzung schaute er nach rechts. Von dem Flüchtenden war nichts zu sehen.

»Wo ist er?«

»Fahr nach rechts!«, sagte Miriam.

Till folgte der Aufforderung. Die nächste Kreuzung lag weniger als einhundert Meter entfernt.

»Nein!«, stöhnte er.

Von dem Mann fehlte jede Spur.

»Übernimm du das Steuer«, sagte Till. Er aktivierte die elektronische Handbremse »Ich renn nach links, du fährst nach rechts. Und bau eine Telefonverbindung zu mir auf.«

»Okay.«

Till öffnete die Fahrertür, sprang aus dem Wagen und rannte los. Sekunden später klingelte das Telefon in seiner Jackentasche. Er holte es heraus und nahm das Gespräch entgegen.

»Bist du hinterm Steuer?«

»Ja. Aber hier ist keine Spur von ihm.«

Till erhöhte sein Tempo. Lange würde er einen solchen Sprint nicht durchhalten. Doch es kam darauf an, den Mann zu entdecken.

Die Straße vollführte einen kleinen Knick. Als er dem Verlauf folgte, erblickte er ungefähr dreihundert Meter von sich entfernt den Flüchtenden. Nur wenige Sekunden später bog der um die nächste Ecke und verschwand wieder aus seinem Sichtfeld.

»Ich bin hinter ihm«, sagte er. »Komm zurück!«

»Bin so gut wie da.«

71

Wimberg kürzte an der nächsten Ecke den Weg über das Grundstück eines Nachbarn ab. Seine rettende Zuflucht lag nun dicht vor ihm. Wenn er es ungesehen ins Haus schaffte, hätte er noch eine kleine Chance. Seine Verfolger durften bloß nicht mitbekommen, wohin er sich zurückzog.

Völlig außer Atem erreichte er sein Haus. In der Garagenauffahrt stand der SUV. Hatten die Nachbarn der Ruhrs den Wagen beschreiben können? Dann wäre seine Flucht sinnlos gewesen. Ihm fehlte jetzt die Zeit, einzusteigen und in die Garage zu fahren. Dafür war sein Vorsprung zu klein.

Er zerrte den Haustürschlüssel aus der Hosentasche und versuchte, den Schlüssel ins Schloss zu stecken, was ihm bei seinem Schnaufen schwerfiel. Er atmete ein und hielt die Luft an. Jetzt klappte es. Wimberg entsperrte die Tür. Ehe er sie aufzog, schaute er über die Schulter. Von dem Verfolger war nichts zu sehen. Hatte er es noch rechtzeitig geschafft? Wimberg schlüpfte in den Hausflur und schloss geräuschlos die Tür.

Vorläufig konnte er nur abwarten. Seine Gedanken

rasten. Warum wartete der Personenfahnder bei den Ruhrs, und wer war die Frau auf dem Beifahrersitz?

Die Bullen würden die Leichen deutlich früher finden als ihm lieb war. Und seine Flucht zu Fuß würde den Verdacht nahelegen, dass er in der Nachbarschaft wohnte. Es würde nicht lange dauern, bis sie die Straßen durchkämmten, den Personenfahnder im Schlepptau. Der könnte ihn wiedererkennen. Wimberg musste verschwinden. Aber wie würden sie vorgehen, wenn sie ihn nicht anträfen? Sich mit einem Durchsuchungsbeschluss Zutritt verschaffen? Dann wäre er geliefert. Im Keller würden sie viele Spuren mit Cora in Verbindung bringen können. Vielleicht fänden sie sogar Hinweise auf Alexanders Besuche.

Was könnten der Personenfahnder und seine Begleitung in den nächsten Stunden bewirken? Waren sie gut genug vernetzt, um ihm noch heute Nacht die Bullen auf den Hals zu hetzen, falls ihnen der SUV den entscheidenden Hinweis lieferte?

Das stand zu befürchten. Also wäre es klug, schnellstmöglich unterzutauchen. Er hatte für diesen Fall Vorkehrungen getroffen. Dafür müsste er zunächst nach Flensburg gelangen. Dort hatte er in einem Lagerhaus in der Nähe des Schrottplatzes eine kleine Stellfläche angemietet. Darin lagerte er lediglich einen Karton mit wichtigen Utensilien wie einem gefälschten Pass. Bei seinem Schrotthändler könnte er den SUV eintauschen.

Vom Hausflur ging er in den Raum, in dem auch die Tischtennisplatte stand. Er nahm ein Bild von der Wand und legte den Safe frei. In aller Ruhe gab er den sechsstelligen Code ein. Im Safe lagen eine geladene Pistole und dreitausend Euro Bargeld in einem Briefumschlag. Beides nahm er heraus. Er war zu allem entschlossen. Niemals würde er sich kampflos ergeben.

72

Der Mann war verschwunden. Die letzte Straße endete in einer Sackgasse mit einem Wendehammer. Von seinem Standpunkt sah Till keine Möglichkeit, wie ein Fußgänger am Ende der Sackgasse weiterkommen sollte.

Auf beiden Seiten der Straße lagen jeweils vier bebaute Grundstücke.

Aber nur in einer Garagenauffahrt stand ein schwarzer SUV.

Till hörte einen näherkommenden Wagen. Er drehte sich um und winkte Miriam zu sich. Die hielt neben ihm und fuhr das Fenster herunter.

»Ich hab ihn bis hierher verfolgt. Ich schätze, er wohnt in diesem Haus.« Till deutete zu dem Gebäude, vor dem der schwarze SUV parkte. »Ich frage mich, ob es sich lohnen würde, Sabrina Wolle zu wecken. Wenn sie das Fahrzeug identifiziert, wissen wir genau Bescheid.«

»Gute Idee. Bei der Aufregung heute Nacht schläft sie vermutlich nicht tief. Ich bring sie her, falls sie und ihr Mann damit einverstanden sind.«

»Ich warte hier.«

»Pass bloß auf dich auf«, warnte Miriam ihn. »Am liebsten würde ich dir meine Waffe überlassen, aber du weißt, ich darf das nicht.«

»Ich geh in Deckung, wenn er das Haus verlässt. Keine Sorge.«

»Okay. Ich beeil mich. Falls Frau Wolle zu lange braucht, komme ich ohne sie zurück.«

»Wird schon klappen.«

Miriam legte den Rückwärtsgang ein. Till warf ihr einen letzten Blick zu, dann konzentrierte er sich aufs Haus. Er würde sein Versprechen halten. Sollte sich die Tür öffnen und der Mann in seinen SUV steigen, würde Till ihn ziehen lassen.

Nach zehn ereignislosen Minuten hörte Till erneut einen nahenden Wagen. Konnte das schon Miriam sein? Seine Hoffnung erfüllte sich. Auf dem Beifahrersitz saß Sabrina Wolle. Sie hielten neben ihm, und er öffnete die Beifahrertür.

»Das ist alles so spannend«, sagte Frau Wolle. »Das werden mir meine Freundinnen nicht glauben.«

»Ist das der SUV, den Sie durchs Küchenfenster gesehen haben?«, fragte Till.

Die Zeugin löste den Sicherheitsgurt und stieg aus. »Ich muss ein bisschen näher rangehen. Ist das in Ordnung?«

»Ich begleite Sie!« Langsam ging Till mit ihr auf das Grundstück zu, bis sie etwa zwanzig Schritte von der Garagenauffahrt entfernt waren.

»Ja, das ist er«, stellte sie fest.

»Ganz sicher?«

»Hundertprozentig.«

»Dann bringt Hauptkommissarin Decking Sie wieder nach Hause. Sie haben uns sehr geholfen.«

»Erfahre ich, wie die Sache ausgeht?«

»Ich halte Sie auf dem Laufenden.« Till brachte die Nachbarin zum Wagen. Er nickte Miriam zu. »Bestätigt.«

»Ich fahre Frau Wolle nach Hause. Wenn ich zurück bin, überlegen wir gemeinsam die nächsten Schritte.«

»Und bis dahin bleibe ich ein braver Junge.« Er zwinkerte ihr zu.

»Das kann ich dir nur raten. Ich beeil mich.«

Till schaute dem Fahrzeug hinterher, ehe er sich wieder aufs Haus konzentrierte. In seinem Kopf setzten sich die Puzzlestücke zusammen. Bei den Ruhrs meldete sich niemand, dafür hatte der SUV zweimal in der Garagenauffahrt von Vater und Sohn geparkt. Der Fahrer schien mitten in der Nacht zu Fuß zu dem Grundstück zurückzukehren, flüchtete jedoch, als er ihn bemerkt hatte. Das war kein gutes Zeichen. Aber wie passte der unbekannte Mann zu dem verschwundenen Lehrer, und was verband ihn mit dem 20-jährigen Alexander?

73

Von einem unbeleuchteten Fenster im Erdgeschoss aus beobachtete Wimberg hinter der Gardine, was auf der Straße vorging. Der Personenfahnder unterhielt sich mit seiner Begleiterin, die mittlerweile hinter dem Steuer des Wagens saß. Kurz darauf fuhr sie davon, während Buchinger vor Ort blieb. Zehn Minuten lang passierte nichts. Dann kehrte das Auto zurück. Diesmal saß noch jemand im Fahrzeug. Erst als die Person ausstieg, erkannte Wimberg sie. Das war die Nachbarin der Ruhrs. In Begleitung des Personenfahnders näherte sie sich seinem Grundstück, blieb schließlich stehen und nickte. Daraufhin drehten die beiden wieder um. Er konnte sich genau ausmalen, was passiert war. Die Frau hatte seinen SUV identifiziert.

Buchinger brachte sie wieder zum Wagen, in den sie einstieg. Er unterhielt sich kurz mit seiner Partnerin, dann setzte das Auto zurück und verschwand aus Wimbergs Sichtfeld. Vermutlich wurde die Nachbarin nach Hause gebracht. Wer würde als Nächstes in der Straße auftauchen? Die Bullen? Gut möglich.

Momentan hielt sich jedoch nur Buchinger in Sichtweite

auf. Vielleicht war das Wimbergs letzte Chance, in sein Auto zu gelangen und davonzurasen.

Jetzt oder nie! Er trat vom Fenster weg und ging zu dem Tisch, auf den er das Geld und die Waffe gelegt hatte. Die Pistole schob er in den hinteren Hosenbund. Probeweise zog er die Waffe rasch und zielte damit nach vorn. Buchinger hätte keine Chance, falls er sich ihm in den Weg stellen würde.

74

Die Haustür öffnete sich. Till griff zu seinem Telefon und baute die Verbindung zu Miriam auf. Unterdessen trat ein Mann aus dem Haus.

»Ja?«, meldete sich Miriam knapp.

»Wo bist du?«

»Auf dem Hinweg. Wir sind fast da.«

»Hier kommt jemand raus. Ich brauch dich.«

Der Mann zog die Tür zu, ohne Till den Rücken zuzudrehen. Er ging ein paar Schritte auf seinen SUV zu. Gleichzeitig hörte Till, wie sich Miriam mit ihrer Beifahrerin unterhielt, verstand aber nicht jedes Wort. Sie schien den Wagen anzuhalten.

»Frau Wolle läuft den Rest der Strecke. Ich dreh um und bin in einer Minute da«, sagte Miriam.

»Beeil dich.«

»Riskier nichts! Das ist es nicht wert.«

»Aber irgendetwas müssen wir tun.« Till beschloss, ein Risiko einzugehen. Er hielt das Handy hoch. »Ich habe die Polizei am Apparat«, rief er. »Sie haben keine Chance, das Viertel zu verlassen.«

»Till! Das ist Wahnsinn!«, erklang Miriams Stimme aus dem Handy.

Der Mann blieb stehen. Ein paar Sekunden schauten sie sich an. Dann setzte er stumm seinen Weg fort. Er entsperrte das Fahrzeug, dessen Blinklichter kurz aufleuchteten.

Till stellte sich mitten auf die Straße. »Wo bist du?«, rief er.

»Fast da«, vernahm er leise Miriams Stimme.

»Überfahr mich nicht! Ich steh auf der Straße.«

Der Motor des schwarzen Wagens sprang an. Der SUV setzte rückwärts aus der Auffahrt. Er manövrierte sich in Fahrtrichtung und rollte an. In diesem Moment bog Miriam um die Kurve. Sie stellte das Auto quer über die Fahrbahn. Der Geländewagen könnte die Blockade nur überwinden, wenn er das kleinere Fahrzeug frontal rammte.

Miriam sprang aus dem Wagen. »Komm zu mir!«

Till verließ seine Position und brachte sich in Sicherheit. Der SUV beschleunigte. Auf halbem Weg bremste der Fahrer abrupt. Er starrte wütend nach vorn und schien seine Optionen zu überdenken.

Miriam zog ihre Pistole aus dem Schulterholster. Gleichzeitig präsentierte sie dem Mann das aufgeklappte Lederetui, in dem ihr Dienstausweis steckte.

»LKA Hamburg. Schalten Sie den Motor aus, und kommen Sie mit erhobenen Händen aus dem Fahrzeug!«, befahl sie laut.

Im Leerlauf ließ der Fahrer den Motor aufheulen. Miriam steckte das Etui wieder ein. Mit beiden Händen umklammerte sie die Pistole.

Plötzlich schoss der SUV nach vorne.

»Zur Seite!«, schrien Miriam und Till gleichzeitig. Sie wichen zu unterschiedlichen Seiten aus.

Die Front des SUV stieß gegen das Heck von Tills Auto. Scheppernd und ächzend drehte sich der Wagen langsam.

»Komm mir nicht in die Schussbahn«, warnte Miriam. »Ich ziel auf die Reifen!«

Der SUV schob das Hindernis beiseite. Breitbeinig stellte sich Miriam auf die Straße. Gerade als das schwarze Fahrzeug beschleunigte, schoss sie das erste Mal. Sie traf den linken Hinterreifen. Der SUV schlingerte aufgrund des Einschlags.

Miriam schoss erneut und landete wieder einen Volltreffer. Diesmal erwischte sie das rechte Hinterrad. Durch die nun platten Reifen schlingerte der Wagen noch heftiger als zuvor. Die Bremslichter leuchteten auf, und Sekunden später stand das Fahrzeug still.

»Komm zu mir!«, rief Till, der hinter seinem demolierten Auto Schutz suchte.

»Geht nicht!«, antwortete Miriam. »Ich muss den Mann aus dem Wagen kriegen. Alarmier den Notruf! Sie sollen uns Verstärkung schicken.«

75

Wimberg zog seine Pistole aus dem Hosenbund und legte sie in die Mittelkonsole. Er schaute in den Rückspiegel. Der Personenfahnder hatte sich hinter dem Autowrack verschanzt. Die Polizistin stand schussbereit auf der Fahrbahn.

Wenn er wenigstens sie niederstrecken könnte ... Aber sie hatte die bessere Position. Er könnte sie nicht aus dem Fahrzeug heraus treffen – allenfalls mit einem ziemlich unwahrscheinlichen Glücksschuss. Also musste er aussteigen und auf sie zielen. In der Zwischenzeit könnte sie ihn abknallen wie einen tollwütigen Hund.

Selbst wenn er Glück haben sollte, wäre er noch nicht gerettet, denn im Rückspiegel sah er, wie der Personenfahnder telefonierte. Ziemlich sicher alarmierte er die Bullen. In wenigen Minuten würden Streifenwagen vor Ort auftauchen. Wimberg hatte kein fahrtüchtiges Auto zur Verfügung. Die Schlampe hatte ihm beide Hinterreifen zerschossen. So käme er nicht weit. Und der andere Wagen hatte durch den Zusammenprall einen Totalschaden.

Sie würden ihn verhaften. Die Anklage würde auf dreifachen Mord und Freiheitsberaubung lauten. Für die Boulevardpresse wäre das ein gefundenes Fressen. Er und Alexander. Ein teuflisches Duo. Das Urteil stände vor Prozessbeginn fest. Lebenslänglich mit anschließender Sicherheitsverwahrung. Kein Anwalt dieser Welt könnte daran etwas ändern. Wenn die Häftlinge im Knast von seinen Taten erführen, was bei der zu erwartenden Presseberichterstattung unvermeidlich wäre, hätte er keinen leichten Stand. Er hatte jahrelang eine Frau gefangen gehalten und vergewaltigt. Manche Knackis würden ihm zeigen, was sie von so einem Mitgefangenen hielten.

Wimberg streichelte die Pistole.

Es gab einen Ausweg. Sollte er sich selbst das Leben nehmen oder der Polizistin den dreckigen Job überlassen?

Sobald er aus dem Fahrzeug stieg und seine Waffe präsentierte, würde ihr nichts anderes übrig bleiben, als abzudrücken. Treffsicher war sie, das hatte sie bei den Reifen unter Beweis gestellt.

Aber was, wenn sie ihm nur ins Bein oder in die Schulter schoss?

Sollte er dieses Risiko eingehen?

76

»Sie schicken Verstärkung. Dauert ungefähr sieben Minuten«, rief Till.

»Okay. Bleib, wo du bist. Wir unternehmen nichts, bis die Kollegen da sind.«

Miriam zielte auf den SUV. Sie würde den Mann so lange in Schach halten, bis die Streifenwagen einträfen. Aber würde er tatenlos hinterm Steuer sitzen bleiben, oder plante er einen letzten Schachzug?

»Kommen Sie mit erhobenen Händen raus und knien sich auf die Straße!«, forderte sie laut. »Sie sind verhaftet.«

»Er bewegt sich!«, rief Till. Von seiner Position aus hatte er die bessere Sicht auf das Wageninnere. »Vorsicht! Der hat eine Knarre.«

In diesem Moment ertönte ein Schuss im Fahrzeug. Blut spritzte an die Fensterscheiben. Der Kopf des Verdächtigen kippte zur Seite.

»Siehst du, ob er sich noch bewegt?«, fragte Miriam.

»Er ist tot«, antwortete Till.

Vorsichtig näherte sie sich dem Auto. Ein Blick bestätigte Tills Aussage. Dennoch blieb sie weiterhin schussbereit und öffnete die Wagentür.

»Tu dir selbst einen Gefallen und komm nicht näher«, sagte sie. »Kein schöner Anblick.«

Miriam wandte sich ab und trat ein paar Schritte zur Seite. Um die Sicherstellung der Waffe und alles Weitere musste sich die Spurensicherung kümmern.

77

Nach einem intensiven Arbeitswochenende hatte Miriam Bastian Dorfer in ihre neue Wohnung eingeladen. Montagnachmittag fuhren sie gemeinsam nach Dienstschluss zu ihr. Bei bewölktem Himmel, aber angenehm warmen Temperaturen setzten sie sich auf die Dachterrasse. Till kannte zwar bereits einige Details, trotzdem hörte er sich noch einmal alles an.

In einem Safe in Wimbergs Haus hatten sie einen Personalausweis und weitere persönliche Dokumente einer Frau namens Cora Hrustic gefunden. Sie war gut zwei Jahre zuvor von ihrer Arbeitgeberin als vermisst gemeldet worden.

»Die Polizei in Waltrop hat sich damals nicht mit Ruhm bekleckert und keine große Initiative entwickelt. In ihren Augen war Hrustic der typische Fall einer verschuldeten, unzufriedenen Frau, die alle Brücken hinter sich abgerissen hat«, sagte Miriam.

»Verbindungen zu Wimberg haben wir allerdings noch nicht gefunden. Falls sie ein Zufallsopfer war, hätten die

Kollegen ohnehin keine Chance gehabt«, wandte ihr Partner ein.

»Trotzdem. Die Frau war fast zweieinhalb Jahre als Sexsklavin gefangen. Und niemanden hat es interessiert. Das ist schrecklich«, fügte Miriam hinzu.

»Seid ihr bei Stobbe weitergekommen?« Till dachte an ihre Nachbarin, der die Gewissheit über den Verbleib ihres Verlobten helfen würde, den Verlust zu verkraften.

»Wir haben heute das Handybewegungsprofil von Wimberg erhalten. Er war am vierten April mehrere Stunden in einem Waldgebiet, in dem es allerdings nicht durchgängig Netzversorgung gibt. Deswegen ist das nur eine sehr ungenaue Ortsangabe. Wir vermuten, Stobbes Leiche liegt irgendwo in diesem Wald vergraben. Suchtrupps durchkämmen das Gebiet ab morgen. Mit Leichenspürhunden«, erklärte Dorfer. »Ein paar Tage später ist Wimberg übrigens nach Flensburg gefahren. Wir haben Anhaltspunkte dafür, dass er dort einen Schrotthändler aufgesucht hat. Die Kollegen in Schleswig-Holstein wollen ihm auf den Zahn zu fühlen. Ich bin überzeugt, Wimberg hat da den Wagen entsorgt. Ob wir das dem Schrotthändler nachweisen können? Zweifelhaft.«

»Die IT hat eine Software auf Wimbergs Handy gefunden«, sagte Miriam. »Ein GPS-Ortungssignal. Es hat sie zu Johanna Prietls Fahrzeug geführt.«

»Was?« Till verstand nicht genau, was das bedeutete.

»Das erste Signal stammte vom siebten April, an dem Tag hat Wimberg es aktiviert. Wir haben heute Prietls Auto unter die Lupe genommen. Im hinteren Radkasten war ein GPS-Sender versteckt. Damit hat er den Standort ihres Wagens geortet.«

»Wow!« Er runzelte die Stirn.

»Woran denkst du?«, fragte Miriam.

»Erinnerst du dich? Johanna hatte sich am ersten Tag

ihres Wiedereinstiegs bei der Arbeit gewundert, weil ihre Wohnungstür nicht abgeschlossen war. Hat sich Wimberg bei ihr umgesehen und wäre fast von ihr überrascht worden? Lag ich falsch mit meiner Vermutung, Johanna hätte vergessen, die Tür abzuschließen?«

Miriam grinste, während Dorfer die Augen verdrehte.

»Wollt ihr mir was sagen?«, fragte Till irritiert.

Wortlos zog Dorfer sein Portemonnaie aus der Hose und entnahm einen Zwanzig-Euro-Schein, den er seiner Partnerin reichte.

»Ich hab dir ja gesagt, dass er auf diesen Gedanken kommt.« Miriam klang stolz.

»Erklärung bitte«, forderte Till.

»Letzten Dienstag war Wimberg hier im Heimweg. Das wissen wir ebenfalls dank seines Bewegungsprofils. Als ich Bastian das mit der Nachbarin erzählte, hab ich behauptet, du würdest diesen Rückschluss ziehen, sobald du davon erfährst. Er hat dagegen gewettet. Auf seinem Handy war übrigens auch ein Foto von dem Vertrag, den du mit Johanna abgeschlossen hast.«

»Erschütternd, wie wenig du mir zutraust«, sagte Till.

Dorfer zuckte lediglich die Achseln.

»Was ist mit dem Verhältnis der Ruhrs zu Wimberg? Vor allem von Alexander zu dem Mörder. Seid ihr da weitergekommen?«, wollte Till wissen.

»Alexander hat viele *Gespräche* mit Hrustic geführt. Wir haben Spuren von ihm im Verlies gefunden. Er ist in dem Kellerraum gestorben. Wir vermuten, Hrustic hat es irgendwie geschafft, ihn mit einem Hammer zu töten, bevor sie von Wimberg ermordet wurde. Auch wenn wir keine Ahnung haben, wie sie an den Hammer gekommen ist. Das werden wir wohl nie erfahren.«

»Hat Alexander sie ebenfalls vergewaltigt?«, fragte Till.

»Wir tendieren nicht zu der Annahme«, antwortete

Dorfer. »Oder er hat nichts darüber in seinem Buch notiert. Falls die Rechtsmedizin keine DNA-Spuren bei Hrustic findet, schließen wir das aus.«

»Wimberg war übrigens zeugungsunfähig«, sagte Miriam. »Wir haben einen Arztbericht in seinen persönlichen Unterlagen gefunden. Übermorgen haben wir einen Termin bei dem Urologen und hoffen herauszufinden, ob ihn die Diagnose erschüttert hat. Vielleicht war das der Grund, warum er einen Teenager ins Vertrauen gezogen hat. Weil er nicht nur eine Frau haben wollte, sondern auch einen Sohn.«

»Krank«, murmelte Till. »Ob Wolfgang Ruhr schon immer Bescheid wusste? Oder erst, seit der Lehrer bei ihnen aufgetaucht ist?«

»Das werden wir nie erfahren«, antwortete Dorfer.

»Und wie das mit dem Unfall in den Schweizer Bergen zusammenhängt auch nicht«, fügte Miriam hinzu. »Ich hab den Kantonspolizisten Hänzi auf den neuesten Stand gebracht. Er ist sich sicherer denn je, dass es kein Unfall war. Hänzi glaubt, Alexander hat alles mitangesehen und seinen Vater bei den Befragungen gedeckt. Falls das stimmt, würde das erklären, warum Wolfgang Ruhr nichts wegen der Gefangenen in Wimbergs Haus und Alexanders Beteiligung daran gesagt hat.«

Till schnaubte. Sich in eine solch kranke Gedankenwelt hineinzuversetzen, bereitete ihm Schwierigkeiten. »Kommen wir zur wichtigsten Frage. Was ist mit meinem Wagen?«

Miriam lächelte. »Du glaubst nicht wirklich, dass das schon geklärt ist, oder? Vermutlich sieht's nicht schlecht aus. Ich habe als Polizistin dein Auto in einem Einsatz beschlagnahmt. Deswegen kommt wahrscheinlich unsere Versicherung für den Totalschaden auf. Nachteilig ist unsere Beziehung. Das verkompliziert die Schadensabwicklung. Die

Kollegen haben mir versprochen, innerhalb eines Monats zu einem Urteil zu kommen.«

»Ein Monat?«, stöhnte Till. »Na super!«

»Was soll's? So lange fährst du halt jeden Morgen mit dem Rad ins Büro. Hält dich schlank.« Dorfer zwinkerte ihm zu.

»Darum geht's mir gar nicht. Was, wenn ich mal schnell von einem Ort zum anderen muss?«

»Dann nimm ein Taxi«, schlug Dorfer vor.

»Danke für deine kreativen Ideen«, brummte Till. »Ohne dich wäre mir das nicht eingefallen.«

»Was haltet ihr davon, wenn wir noch ins Bistro gehen?«, fragte Miriam. »Meine gewonnenen zwanzig Euro auf den Kopf hauen. Ich hätte Lust auf die Käseplatte.«

Zehn Minuten später saßen sie im Freien an einem der Bistro-Tische. Der Besitzer, der wie bei ihrer allerersten Begegnung seine schwarze Brille in den blonden Haaren trug, kam rasch zu ihnen.

»Hey, Nachbarn, schön, euch zu sehen.«

Miriam stellte ihren Partner vor.

Nach kurzem Smalltalk wandte sich der Bistrobesitzer an Till. »Mein Autohändler hat mir übrigens sofort einen Katalog für dich gebracht. Warte, ich hol ihn dir.«

Er ging ins Bistro. Miriam musterte Till überrascht. »Wann hast du mit Andreas darüber gesprochen?«

Till schmunzelte. »Heute Mittag, als ich hier einen Kaffee getrunken habe. Er hat mir seinen Händler empfohlen, aber so zügig hätte ich nicht mit der Kontaktanbahnung gerechnet.«

»Und wenn unsere Versicherung den Schaden nicht übernimmt?«, fragte Miriam.

»Dann verklag ich dich wegen deines miesen Parkverhaltens auf Schadensersatz. Frau am Steuer, Abenteuer.« Till grinste.

Dorfer gluckste vor Lachen. »Eure gemeinsame Zukunft fängt wirklich spannend an.«

Andreas Clermont kehrte zu ihnen an den Tisch zurück, eine Broschüre in der Hand.

»Oh ja«, bestätigte Till. »Spannender geht's nicht.« Er warf Miriam glücklich einen Luftkuss zu. »Und jetzt entschuldigt mich. Ich habe zu tun.« Er nahm den Katalog entgegen und schlug ihn in der Mitte auf. »Wow!«, sagte er beim Anblick des ersten Fahrzeugs. »Schönes Modell. Genau wie meine Frau.« Er sah zu Miriam auf und zwinkerte ihr zu.

Dorfer stöhnte und wandte sich an Andreas. »Sind die immer so schlimm?«

»Schlimmer«, sagte der Bistrobesitzer. »Wir wohnen direkt unter ihnen. Du kannst dir vorstellen, was das bedeutet.«

Alle am Tisch lachten herzhaft. Nach den Ereignissen des Wochenendes tat es ihnen gut, albern zu sein.

NACHWORT

Liebe Leserinnen und Leser,

ich bitte Sie in meinem Nachwort ja immer darum, mir zu schreiben. Zu meinem großen Glück hat das vor nicht allzu langer Zeit mein Leser Dominic Hänzi tatsächlich getan. Falls Sie ein gutes Namensgedächtnis haben, erinnern Sie sich vielleicht, dass Dominic Hänzi der Name des Schweizer Kantonspolizisten ist, mit dem Miriam Decking telefoniert hat. Der „wahre" Herr Hänzi ist ebenfalls Kantonspolizist und hat mir bei diesem Roman mit seinem Fachwissen sehr geholfen. Der von mir beschriebene Zwischenfall in den Schweizer Bergen hat nämlich einen wahren, aber zum Glück nicht verbrecherischen Hintergrund. Ohne Herrn Hänzi wäre ich darauf vermutlich nicht gestoßen.

Auch das von mir im Roman beschriebene *Bistro Clermont* gibt es in der Realität. Genauso wie auch der äußerst liebenswerte Andreas Clermont keine fiktive Figur ist. Ganz im Gegenteil. Das *Bistro Clermont* gehört zu unserer Nachbarschaft, und falls Sie jemals in Hamburg sein sollten, kann ich Ihnen einen Besuch sehr ans Herz legen. Ihre Chance, mich dort anzutreffen, ist gar nicht so klein. Für meine Frau und mich gehört das Bistro nämlich zu unseren Lieblingsorten. Ich überlege sogar, in den Sommermonaten mein Büro manchmal nach draußen zu verlegen, mir den Laptop zu schnappen und bei einem Espresso über den ein oder anderen Mord zu schreiben. Falls Sie mich an einem der Tische sitzen sehen, zögern Sie nicht, mich anzusprechen. Ich freue mich immer, mit Lesern ins Gespräch zu kommen. Ich kümmere mich um Sie. Versprochen. (Und achten Sie jetzt bitte nicht auf mein diabolisches Lachen.)

Ich hoffe, Ihnen hat der Thriller *Der Kümmerer* gefallen. Wenn Sie Lust haben, können Sie mir das gern mitteilen. Machen Sie es wie Herr Hänzi! Neben persönlichen Nachrichten freue ich mich aber auch über Rezensionen, die Sie auf der Produktseite von *Der Kümmerer* bei Amazon hinterlassen können. Dafür bedanke ich mich sehr herzlich!

Falls Sie es noch nicht getan haben, dann tragen Sie sich bitte in meinen Newsletter ein, durch den Sie immer auf dem neuesten Stand sind, was meine Veröffentlichungen anbelangt. So helfen Sie mir ganz besonders!

www.marcus-huennebeck.de/newsletter

Alle neuen Empfänger erhalten die Kurzgeschichte *Die Namen des Todes – Die Jagd beginnt* als Dankeschön geschenkt.

Per E-Mail kontaktieren Sie mich unter: kontakt@marcus-huennebeck.de

Per Facebook erreichen Sie mich wie folgt: www.facebook.com/MarcusHuennebeck

Und per Instagram unter:
www.instagram.com/marcushuennebeck

Vielen Dank und herzliche Grüße

Marcus Hünnebeck

LESETIPPS

Ich werde oft nach der richtigen Reihenfolge meiner Bücher gefragt. Diese finden Sie im Folgenden, auch wenn ich der Meinung bin, dass man jeden meiner Thriller unabhängig von den anderen lesen kann. Aber für alle Leser, die sich gern an der chronologischen Reihenfolge des Erscheinens orientieren, ist diese Auflistung gedacht.

Die KEG-Reihe:

Die Todestherapie
Der Wundennäher
Der Schädelbrecher
Blut und Zorn
Die TodesApp
Muttertränen
Todesschimmer
Vaters Rache
Rachekrieger
Der Geisterfahrer
Nesthäkchens Schrei

Bittere Brut
Tödlicher Fake
Schreikind
Eiskalte Reue
Der Schattenbringer
Der Mädchenpflücker
Feuerqual
Totgeschlagen
Böser Sandmann
Der Blutmaler

Die Buchinger-Reihe:

So tief der Schmerz
Kein letzter Blick
Wundenherz
Zu viel gesehen
Zwischen den Seiten
Der Kümmerer

Bei meinen übrigen Büchern finden Sie die Reihenfolge direkt auf den Produktseiten der Bücher.

SO TIEF DER SCHMERZ

Eine traumatisierte Psychologin sinnt auf Rache. Jahre zuvor ist sie geschändet worden; nun bestraft sie nahestehende Personen ihrer Peiniger mit dem Tod. Als die Polizei durchschaut, nach welchem Muster die Opfer ausgewählt werden, verhindert sie im letzten Moment einen weiteren Mord. Doch der Täterin gelingt während des Zugriffs die Flucht, und sie taucht spurlos unter.

Hauptkommissar Krumm bittet den Personenfahnder Till Buchinger um Unterstützung. Buchinger kennt die Tricks, mit denen Menschen von der Bildfläche verschwinden. Obwohl er Krumm nicht vertraut, erklärt er sich mit der Zusammenarbeit einverstanden, denn die Mörderin hat auch einen seiner engsten Freunde brutal umgebracht. Aber seine Suche nach der skrupellosen Psychologin löst eine Kettenreaktion aus, die sein Leben und das vieler anderer Unschuldiger gefährdet.

DIE TODESTHERAPIE

Gero Ruppert kennt sich aus mit Trauer und Verzweiflung. Der Psychologe betreut Eltern, die ihre Kinder auf schmerzliche Weise verloren haben. Als ein 17-jähriges Mädchen brutal missbraucht und ermordet wird, kontaktiert Ruppert die verwaiste Mutter und bietet ihr an, sie psychologisch zu behandeln.

Drei weitere junge Frauen sterben, und Ruppert kümmert sich um die trauernden Hinterbliebenen. Für die Soko rund um die Kommissare Drosten und Sommer steht trotz wasserdichter Alibis der Hauptverdächtige fest: Der Mörder kann nur Gero Ruppert selbst sein. Hat er einen Helfer? Spielt er ein falsches Spiel mit traumatisierten Eltern? Doch die Polizisten ahnen nicht, dass der Psychologe bedroht wird. Er muss den Anweisungen eines Erpressers folgen, um nicht seine eigene Tochter zu verlieren. Je näher die Soko den wahren Hintergründen kommt, desto stärker gefährdet sie das Leben des Mädchens – wogegen Ruppert mit allen Mitteln kämpft.

Printed in Poland
by Amazon Fulfillment
Poland Sp. z o.o., Wrocław

90297883R00167